ゾラの可能性

表象・科学・身体

小倉孝誠・宮下志朗 編

藤原書店

集だと、いささか自負している。専門分野が多岐にわたるということは、ゾラ文学の射程の広さをよく示しているわけで、実際それを反映するかのように、本書に収められた諸論文はゾラという巨大な作家の多様な世界を照らし出してくれる。

バルザックが王政復古期と七月王政期の見取り図を作成してみせたように、ゾラは十九世紀後半(第二帝政期と第三共和制初期)のフランスを、そのあらゆる側面において語り尽くし、描ききった作家といってよい。ゾラは産業革命、近代テクノロジー、資本主義的な商業空間など、それ以前にはほとんど取りあげられなかった主題をはじめて小説化し、民衆や労働のテーマに文学的な市民権をもたらし、都市、群衆、身体と病理など、その後二十世紀にはいって根本的な主題になるものをいち早く物語化した。ゾラはまさしく近代性《モデルニテ》の小説家であり、現代社会をはるかに見とおした作家であった。そのことは、いくら強調しても足りないくらいである。

本書はテーマ別に配列された六章から構成されている。

同時代のフランス社会を特徴づける、あるいは揺るがした諸問題がゾラ作品においてどのように表象されているかが、まず歴史的な視点から総括される。十九世紀の小説は歴史的現実に深く根ざし、それと同時に歴史と社会を解釈し、読み解くことができるのだという強烈な意識に支えられていた。ゾラの文学においては、とりわけそうした側面が際立っている(第一章「歴史」、アラン・コルバン、モーリス・アギュロン、工藤庸子)。

続いて五つのテーマに沿って、ゾラ文学の現代性が具体的に検証されていく。

『ルーゴン=マッカール叢書』の作者が医学、遺伝学、テクノロジーなど同時代の科学的な知に色濃く染まっていたことはつとに指摘されてきた。それを単なる影響関係として論じるのではなく、フィクションの世界にたくみに転移させつつ、独自のイメージ体系を築き上げたゾラの想像力の布置を問うことが可能であろう（第二章「科学」、アンリ・ミットラン、ジャック・ノワレ、金森修）。医学的な知との関連で重要なのが身体、とりわけ女性の身体のテーマであり、初期の『テレーズ・ラカン』から最晩年の『豊饒』にいたるまで、ゾラはこの主題に絶えず魅せられていた。近年多くの成果をあげてきたジェンダー批評の観点からみても、きわめて興味深い作家なのである（第三章「女性」、ミシェル・ペロー、小倉孝誠）。

ゾラは見ることに淫した、すぐれて「視線の作家」だった。人、もの、機械、空間、建築、風景などを描写することに類い稀な才能を示し、絵画や写真の技術に関心をいだいた。またゾラの文学技法には、彼の時代にまだ存在しなかった映画を想わせるものが少なくない。彼の作品が二十世紀の映画作家たちにとって特権的な参照対象となったのは、偶然ではないのだ。その意味で、現代の視覚文化を先取りしていた作家である（第四章「視覚文化」、稲賀繁美、高山宏、野崎歓）。そのゾラのまなざしをもっとも強く引きつけたもののひとつが都市、とりわけ「十九世紀の首都」パリとその風景だった。ゾラが表象したパリがあるからこそ、現代のわれわれは十九世紀後半のパリを、その光と闇を、快楽と苦痛を、喜びと悲しみをイメージできるのである（第五章「都市」、朝比奈弘治、宮下志朗）。

そして最後に、フランスと日本の例にそくして、ゾラと他の作家たちの照応関係が論じられる。読者は十六世紀の作家ラブレーとの思いがけない、しかし説得的な呼応に驚くだろうし、明治期の日本文学にゾラがおよぼした決定的なインパクトを、豊富なテクストによって把握することになる（第六章「間テクスト性」、荻野アンナ、柏木隆雄）。

以上の六章に分類された諸論考をとおして、読者はあらためてゾラという作家の豊かさと現代性を認識できるはずである。

二〇〇五年五月

ゾラの可能性　●目次

ゾラの可能性
表象・科学・身体

第1章　歴史

歴史家から見たゾラ

アラン・コルバン
（小倉孝誠・訳）

一八八七年八月十八日付けの『フィガロ』紙に「五人宣言」が載る。その中でゾラの小説は、『ルーゴン＝マッカール叢書』の作者の身体的、精神的、性的障害を示す徴候にほかならないとされた。一八八八年十二月八日、布類整理係だった若きジャンヌ・ロズロがエミール・ゾラの愛人になる。ミシェル・ペローが書いているように〔本書所収の『ルルド』から『真実』まで」を参照のこと〕、この結合は「感覚と外貌と展望の再生」をもたらした。「実存的な転機と創作上の区切り」を同時に決定づけ、「男女両性の関係が主軸である」ような新たな連作の先触れとなる。一八八八年はまたゾラが写真に興味をもった年でもあり、それはたちまち大きな情熱になっていく。この年ゾラはアルフレッド・ブリュノーと出会い、二人の友情から一連のオペラが生まれる。その第一作『夢』が初演されたのは一八九一年六月のことである。翌年ゾラは実験心理学上の処置を受け、自己観察の記録を口述する。『ルーゴン＝マッカール叢書』は一八九三年に完結し、『パスカル博士』〔シリーズの最終作〕に登場するクロチルドは作家の愛人にそなわっていたさまざまな魅力で飾り立てられている。

●「第三のゾラ」

読者にはお分かりいただけただろう。アンリ・ミットランが述べている「第三のゾラ」へと至る変化は数年の間に準備され、実現したのである。展覧会の観客、そしてそれ以上に本カタログ〔本稿はゾラ展のカタログに寄せられたもの〕の読者は、この新たなゾラ像が重視されていることに気づいたことだろう。人々が新たなゾラ像にますます注目するようになったことを表すしるしである。青年時代から『ルーゴン＝マッカール叢書』の悲劇性にばかり心を奪われてきた多くの人々にとって、これはまさしく発見だ。『四福音書』の作者が成し遂げた「天への飛躍」にたいするこの新たな関心の芽ばえを、参考文献一覧もまた示してくれる。そして『ルルド』、『ローマ』、『パリ』が最近、見事な序文を付したうえでポケットブックで復刊された。

本カタログの意義の大部分は、小説家にたいする関心をこのように広げたことにあり、歴史家はそのことにとりわけ敏感になるだろう。第二帝政に反抗したゾラ、帝政の饗宴や帝政最後の災厄を後年になってから描いた作家としてのゾラなら、歴史家はずっと前から知っていた。そして帝政と同じく第三共和制初期をも射程に入れた計画の曖昧性から生じるアナクロニズムを、好んで指摘してきた。プロスペル・リュカやベネディクト＝オーギュスト・モレルを読んで、ゾラが病的遺伝の犠牲者たる一連の作中人物を構想する示唆を得たことも、歴史家は知っていた。

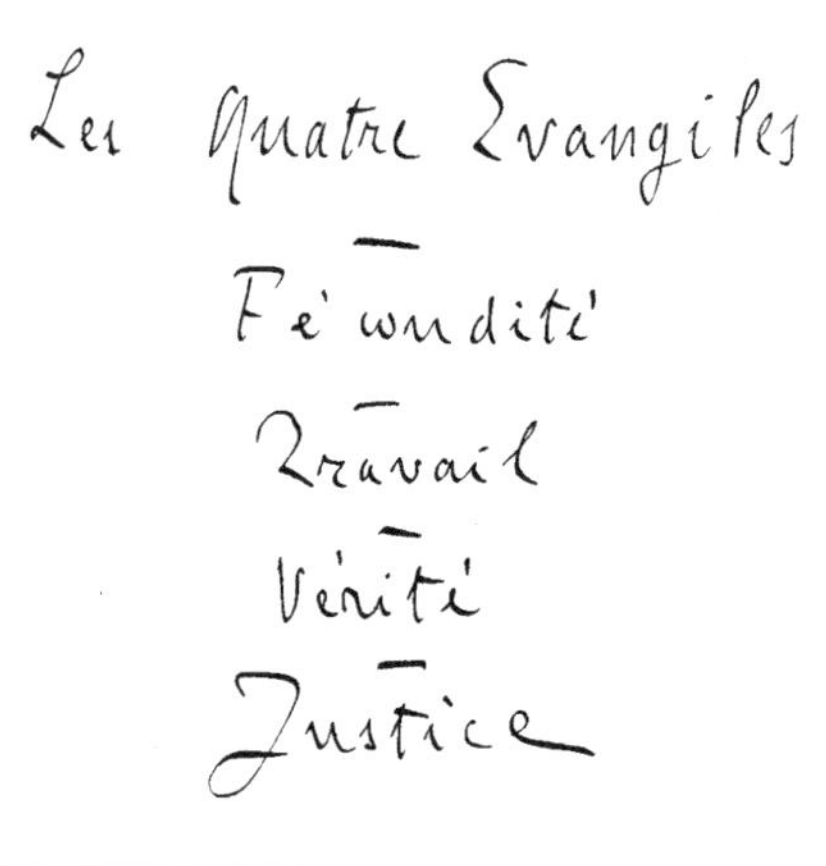

図1　『四福音書』の最初の草稿

最後の七篇の小説――そのうちの一篇『正義』は作者の生前に完成されなかった――の時間的枠組みは、もはや過去を回顧する物語の枠組みではない。今度は読者を、その永続性ゆえに現実味を欠くような現在へと引きもどす。現実味を欠くというのは、『三都市』叢書の主人公ピエール・フロマンの息子たちが成人に達して、『四福音書』シリーズに登場してくるからである。そのうちの一人『豊饒』のマチューは、小説の末尾で「まもなく百歳になる」と述べられている。夜のゾラの後に太陽のゾラが続く。それはユートピアに取り憑かれ、読者を未来へと放射するゾラである。この夢想への誘いを読んだ読者は、予言への情熱が満たされたためにゾラの想像力とペンが自由奔放になったという感じを抱く。かつてジャン・ボリがゾラ的な幻想と見なした汚らわしい交合とはまったく異なり、女性の肉体の輝きや身体の調和ある結合への賛辞が展開される。ミシェル・ペローも強調しているように、血の流出と神経病理学的な発作の悲劇の後に、精液と乳の支配がやって来る。確かに晩年の小説でも、身体の損傷は相変わらず描かれている。労働災害や人間の身体的衰え（『ルルド』）、毒物の恐怖（『ローマ』）、あるいはもぐりの医者にかかって堕胎したり、瀉血したりする女の苦しみ（『豊饒』）などがそうだ。しかし、かつてのペシミズムが稀薄になり、ゾラが未来にたいして昂揚した認識をもつようになったのは事実である。

家庭のくつろぎの中に幸福を見出し、二つの家庭〔妻との生活と愛人ジャンヌとの生活〕の写真を数多く撮り、それをたいせつにアルバムに貼り付けたこの「第三のゾラ」は、逆説的なことに作中人物を好んで公共空間に据えた。彼は宗教行列の群衆や、ぶらぶら歩く観光客の散策や、愛するひとを求めての歩みを長々と描く。かつて彼の小説にしばしば出てきたさまざまな室内の場面をまるで忘れてしまったかのように。

●近代世界を表象する

ゾラと歴史の関係を考察し、その近代性への組み込みがどの程度のものだったか調べてみよう。一八八八年から一九〇二年までゾラがフランス社会の重要な変化を観察したことを証明する要素は枚挙にいとまがない。私が知るかぎり、この時期のゾラの作品においてはもはや帝政が問題になっていないし、共和制の勝利を導いたさまざまな事件も語られていない。皇太子の死〔一八七九年〕以降、ボナパルト派の脅威は薄ら

Les Trois-Huit du Maître
VIVE DREYFUS
VIVE PICQUART!
— Huit heures de travail. Huit heures de sommeil
Huit heures de cabinets, et je m'en trouve bien!

図2 ドレフュス事件の際に出たゾラの風刺画

ぎ、共和派にとって今や危険は別のところにあった。晩年のゾラの政治闘争については手短かに済ませよう、その矯激さは周知のことだから。一八九八年に発表された「私は告発する！」の大胆さには、ゾラが共和制を新たに基礎づけようとする諸価値の称賛がつけ加わる。他方で、外国人排斥や反ユダヤ主義と関連する侮辱や風刺画――豚や溲瓶といった風刺画……――の標的になったゾラは、われわれが今論じているゾラではない。一八八七年の時点ですでに、断罪の大筋は定まっていた。

十九世紀末は、経済史家が第二の産業革命、つまり電気と石油、エンジンと電話の革命と見なす時代に当たる。そしてゾラの作品はこの変化を鮮やかに反映している。かつて『ルーゴン＝マッカール叢書』で描かれた怖ろしい機械はものを呑みつくし、消化し、排泄する身体そのものであり、それを作動させるのは物質的、感情的に従属させられた労働者であり、喘ぎや痙攣や唸り声をともない、発作にさらされ、悲劇的な死を運命づけられていた。ゾラ晩年の小説では、そうした機械に取って代わって善良で、清潔で、静かで、人々を解放する機械が登場してくる。ギヨーム・フロマンが発明した小型エンジンと平和な製鉄所（『パリ』）に較べると、『労働』に出てくる最初の精錬所アビームは過去の残滓にすぎない。ゾラがそれによって労働と行為の規制を期待しているこうした機械の人間化は、たんに第二の産業革命を象徴するばかりではない。それはまた感性の変化、とりわけ騒音、振動、煤煙、そして歴史家たちが十九世紀末に見出すあらゆる産業公害にたいする許容の閾値の変化を表しているのである。

同様にして、ゾラに見られる科学性への要求の転換は彼の近代性への欲望を証拠立

Généraux futurs (Page imitée de Zola)

Si dans l'avenir MM. Labori et Zola devenaient généraux, — ils ne seraient jamais d'accord, car l'un voudrait toujours défaire ce que l'autre aurait fait !... La voilà bien l'éternelle rivalité des Chefs !...

La question de la « Bonne Foi »

てる。実験心理学＝生理学や、リボ、フェレ、ビネ、トゥールーズが実践していたような精神病理学の価値を知り、かつてミシェル・フーコーが強調した性科学の発展にも通暁していたゾラは、みずからを被験者として差しだし、測定とテストによって客観化される告白をしたとき、時代の先端に身を置いていた。その告白の間に、内省、自己を語る言葉、そして自我のエクリチュールが、それまでなかったような次元をまとうことになる。そうしたものが実験と、知覚の強度の測定と、人体測定術のしきたりに支えられていたからである。それは人類学者ラカサーニュが犯罪者に書かせた自分史を想起させずにいないし、この自分史の重要性は最近フィリップ・アルティエールが示してくれたところである。ゾラにおいてとりわけ顕著なのは、性の快楽を描く物語にのしかかるタブーを破ろうとする意志である。フランス国立図書館に保存され、執筆年代は不明だが一八七六年以降であることはまちがいない草稿（NAF 18896）には、快楽にかんしてそれまで観察できず、表現もできなかったことをめぐって、驚くほど現代的な考察が書き留められている。感じられることと語りうることの限界について、当時として匹敵するもののないほど深遠なこの素描は、『ルーゴン＝マッカール叢書』の読者であった同時代人たちが非難した猥褻さをはるかに凌駕するものである。

それ以上に驚くべきは、ゾラと大衆文化の照応である。彼の場合、その結びつきは早い時期に始まった。この領域では起源の年である一八六三年から、ゾラは『プチ・ジュルナル』紙に寄稿しているし、一八七六年には『居酒屋』を売り出すためにもっとも洗練された広告手段を活用している。そして彼はきわめて早くから演劇と新聞の力を意識していた。その点で、一八九八年の「私は告発する！」はひとつの到達点になっている。ジャーナリズムのおかげでゾラは人脈と勢力網を築きあげ、世論のメカニズムを若い頃から知ったし、速筆の習慣を身につけた。彼にあっては、「真の細部の増殖」は数多くの実地検証と、ルポルタージュの実践と、三面記事を繰りかえし読むことに由来する。おそらくジャーナリズムに寄稿したことが彼の多様な好奇心を刺激し、みずからの社会参加の表現を容易にしたのである。

「第三のゾラ」の行動は、十九世紀中葉に形成され、一八九〇年代に栄えた新たな観察システムを反映している。『パリ』の作者ゾラは、アメリカの女性歴史家ヴァネッサ・シュワルツやヘイゼル・ハーンが記述しているような新たな観察者、現実効果を貪欲に求める観察者の典型そのものと見なしえよう。他方アラン・パジェスは、大通りの喧噪のなかで新聞売りの叫び声が絶えず響いていたことを強調する。そして「私は告発する！」という表題が、どれほどある音の風景に対応するものであるかを指摘している。それは人々の新たな身振り学や、動いている群衆の目の前で大量のポスターが貼られることと並行して繰り広げられる音の風景である。ゾラが写真に熱中したこともこうした文脈に位置づけられる。真の細部をとらえ、瞬間を把握したいという意図が自然主義の刷新へと導く。それは社会全体における調査方法の革新を示し、同時に、警察の捜査や心理的な分析において些細な徴候を重視するというパラダイムの影響力を映しだしているのである。

同じ視点に立つと、インタビューを受け、それを企画し、誘導する方法の面でもゾラは驚くほど現代的な作家である。そうすることによって大作家を訪問する際の方式を拡大した。自分が材料を提供し、検証するみずからの伝記をこのようなやり方で準備することによって、ゾラは伝記ジャンルを完結させる。ゾラは彼を研究しようとする人々を、彼らの自由を制限するような一連の資料と言説のなかに閉じこめてしまう。これは予言的なやり方だ。というのも二十世紀には、豊饒であると同時に不毛なこうしたやり方を支持した有名人がじつにたくさんいたからである。

人口減少の強迫観念が世紀末のフランスを苛んでいた。フランスの人口減少はドイツをかつて以上に脅威的な国にしてしまう。それは頽廃の徴候であり、フランス国家が近代世界に適応することを妨げる危険がある、というわけだ。ゾラもまたこの不安を共有していた。それで医者たちが告発した「夫婦間の不正」〔避妊のこと〕を断罪し、「堕胎を商売にする女」を非難し、卵巣摘出の弊害を描き、田舎に住む乳母をめぐる恐るべき実態を語った。ただしそうした批判の中で、当時の新マルサス主義の運動家たちによって推奨された人工的な避妊手段――コンドーム、あらゆる種類のペッサリー――を、ゾラは無視している。『豊饒』の準備ノートに出てくる資料は、この領域ではいくらか古臭い。

この点でゾラは警鐘を鳴らしたり、ジャック・ベルティヨン〔ゾラと同時代の医者、人口統計学者、一八五一―一九二二〕に倣うだけでは満足しない。彼がおこなった生殖の擁護は、ベル・エポック期の快楽主義とは少し異なる快楽主義にも依拠しているのだ。それを証言しているのは、晩年の小説で言及されている欲望の刺激様態である。男の欲望は輝くばかりの肌や、熟れた肉体や、丸い胸や、金髪を見るから生じるのであって、うねるようなシルエットや、顔の優美さや、表情の思わせぶりな淫乱さを目にして生まれるのではない。受胎が期待できるからこそ欲望が生じるのだ。子供を産めない女、そうなりたいと願う女は干からび、しおれ、消えていく。マリアンヌとマチュー〔『豊饒』の主人公〕が感じる激しい悦楽は父、母、子という人間の三角形、つまり生殖という目標の中に組み入れられる。そして両者が分かちあう快楽は自然の中で子供に乳をあたえる女の快楽を告げるのである。ここでは夫婦のベッドがアダムとイヴの揺りかごの性質をおびている。そのうえ『豊饒』は一八九〇年代に栄えた田園主義、あるいは農村主義に浸透されている。シャントブレッドの領地が醸し出す詩情は、ルネ・バザン〔フランスの伝統主義的作家、一八五三―一九三二〕の『マニフィカト』と較べて読むべきだ。ただし、そこには都市の病理という側面は表れていない。

それ以上の驚嘆に値するのは、ゾラが何人かの作中人物や読者に科学の欠落をめぐって疑問を抱かせるときの両義的なやり方である。ピエール・フロマンがローマ滞在中にこうむる苦痛の描写は、当時進行し、彼が透徹したまなざしを向けていた宗教再興の熱狂にゾラが与しないまでも、その徴候をよく認識していたことを示唆している〔『ローマ』への言及〕。これから定義し、称揚すべき未来の宗教が彼の作品の中枢にあったのだ。レオ十三世がフロマン神父に許す謁見はおそらく、『三都市』シリーズの核を構成している。『ルルド』がカトリックの禁書にされたにもかかわらずレオ十三世との謁見を望んだゾラだったが、周知のように、ローマ法王からその好意を得ることはできなかった。

この十九世紀末において、ゾラと同時代を共鳴させる特徴は枚挙にいとまがない。もう二つ例をあげておこう。『豊饒』の最後に、植民地のユートピアに関する昂揚したページが出てくる。西部アフリカとその可能性というこの無邪気なヴィジョンは、幻想的なかたちでジュール・ヴェルヌの『バルサック調査隊の驚異の冒険』〔邦題は『サハラ砂漠の秘密』〕にも見出されるということを現代の読者が知らなければ、ゾラの作品は読者を唖然とさせるだろう。そしてまたクロード・キゲールはかつて、多産な女と植物界の聖書的な調和を言祝ぐこの小説『豊饒』が、アール・ヌーヴォーとどれほど近いかを強調した[1]。この視点から『ルーゴン＝マッカール叢書』との比較をとおして、最後の二つの小説シリーズでは、嗅覚が後退して視覚的なものが支配的になることを指摘しておきたい。繰りかえしになるが、ゾラの芸術は光学の進歩と、行動、欲望、不安の変化によってもたらされた感覚上の大変革を映し出しているのである。

●同時代性との微妙なずれ

しかしここで認めておかなければならないのは、この十五年間（一八八八—一九〇二）にゾラは、歴史家たちが強調しているような当時進行していたプロセスに完全に同化していたわけではない、ということである。もっとも、こうした分析の危険は認識しておこう。現代性というときには、常に恣意的な部分をはらんでいる。それは単に、調査されたと同時に宣言された歴史の流れを参照することでしかないからだ。そのうえで、ゾラにあっては古くからの参照系が強く作用し、過去との絆が深く根ざしていることを示す指標は数多い。

一八八〇年代には執拗なまでに目立った教育的なねらいが、その後の十年間には社会全体で気晴らしと娯楽の欲求に取って代わられる。大衆的レジャーの楽しみを刺激するこの激動を、ゾラはかならずしも正しく描きだしていない。彼は相変わらず民衆の未来である学校を称揚する。塔のかたちをした頭部をもつ子供——頭蓋測定術の遅まきながらの影響を示す——をつくる夫婦、あるいはむしろ小学校教師の多産な家庭（『真実』）は、この小説が刊行されたときすでにいくらか古びていたように思われる。

十九世紀から二十世紀にかけての変わり目は、反教権主義《アンチクレリカリスム》の最盛期に当たる。ところが、『ルルド』や『ローマ』や『真実』の作者が当時示し、彼が聖職者側から攻撃の対象になったことでよく正当化される反教権主義は、遠い起源をもち、いくらか時代錯誤的になった幻想性の領域に属するものである。ルルドの洞窟を支配する神父たちの巧妙な行動を除外しても（『ルルド』）、ナニ枢機卿の策謀（『ローマ』）、地方の高位聖職者たちの策謀（『真実』）、そしてそれ以上に毒を盛る司祭の悪業（『ローマ』）や犯罪的な修道僧の行為（『真実』）などは、ゾラが晩年になってからフォージャ神父の悪事（『プラッサンの征服』）に立ち戻ったことを示している。こうしたものが想起させるのは、エミール・コンブ〔政治家、一九〇二年首相となる〕の反教権主義が惹起した激しい論争の特殊性というよりも、むしろ暗黒小説であり、ウージェーヌ・シュー〔フランスの大衆作家、一八〇四―五七〕が空想した恐るべき陰謀であり〔イエズス会の陰謀を語る『さまよえるユダヤ人』への言及〕、ミシュレの弾劾であり、第三共和制初期に聖職者に向けられた攻撃にほかならない。

ゾラ的なユートピアの典拠となる作家であるサン゠シモン、とりわけフーリエ（『労働』）は当時、社会主義諸政党の中で流行していたわけではないし、労働界において支配的だったアナルコサンディカリズムの流れにおいてはなおさらそうだった。

もう一度言おう。ゾラはみずからの個人的体験にもとづいて融合的な愛と悦楽を称賛したが、その愛と悦楽はエロティシズムの領域に属してはいるものの、十九世紀末に一般に称揚されていた快楽の様態を反映するものではない。マリアンヌとマチューの結合がもたらす歓喜（『豊饒』）は、ジャン・ロラン〔デカダン派の作家、一八五五―一九〇六〕が描いたような真っ白い肌の陶酔した公爵夫人たちや、精神の毒を使用することによって得られる官能的な刺激からヒロインを遠ざけている。演劇の舞台における姦通の流行、売買春の領域における背徳の神殿である売春宿や大きな娼家の成功、自由恋愛の理論化、そして夫婦の寝室におけるエロティシズムの洗練の進化を考えれば、ゾラは時流に逆らう闘士という立場に置かれていたことが分かる。マリアンヌが豊かな乳房を惜しげもなく露出するさまは、この身体部分のエロス化という当時進行していたプロセスと矛盾するものである。ゾラ晩年の小説において、欲望を生じさせる女性の形象はアール・ヌーヴォーと一致するが、ブラム・ダイクストラが世

紀末の女性の表象をめぐる研究の中で詳説した「倒錯の偶像」の形象とは異なる。(2)

とりわけ言えるのは、ゾラ晩年の小説にパストゥール理論の勝利がほとんど反響していないということである。『ルーゴン＝マッカール叢書』をつうじて感染症の現象学に従っていたゾラはその後、病理的危険の近代的な表象や、それがもたらす新たな感性へと導くこの重要な転換を表現していない。これら晩年の小説においてせいぜい指摘できるのは、かつて環境の描写を規定していた生物学的な不安が弱まったことであり、おそらくそれが、ペシミズムが弱まった理由のひとつであろう。しかも新たな楽天主義は、パストゥール理論の勝利とそれがはらんでいた未来への期待によって強められたかもしれないのに、実際はそうではなかった。

それに対して新たな楽天主義は、世紀末の悲劇性を基礎づけている多くの要素にかんしてゾラが沈黙したことによく表れている。一八八〇年から『ナナ』の作家の死までの間に、かつて考えられていた以上に多くの世代を蝕むかもしれない長期にわたる遺伝の存在が明らかになっていた。アルフレッド・フルニエ教授が一八八六年に素描した先天性梅毒患者の恐るべき姿、そしてその後に、イプセンの『幽霊』やブリウーの『梅毒患者』といった作品が収めた成功によって、性病禍が引きおこす恐怖心がかつてないほど深く瀰漫する。他方で、新ダーウィニズムが生物学的な不安に新たな次元をもたらしてそれを強め、小説はそのようにして増大した恐怖心を強く反響させてしまう。一八九四年にマックス・ノルダウはゾラを「高等な変質者」、性的な精神病者、「下着のフェティシストで、鼻を鳴らしてにおいを嗅ぎ回る男」と見なしたものだが、そのゾラは遺伝をめぐる新たな神話に関心を抱いたにちがいない。同じ年に、シャルル・フェレの『神経症の家族』を含めて数冊の著作が遺伝の問題を論じた。翌一八九五年には、ヴァランタン・マニャンが『変質者』を刊行する……。ところが何人かの常軌を逸した女性の肖像、とりわけマリー・ド・ゲルサン（『ルルド』の作中人物）のそれを除けば（彼女をめぐってゾラは、シャルコーやジル・ド・ラ・トゥーレットから借用したヒステリー性神経衰弱の形象を例証している）、こうした社会不安の形態は、最後の二つの小説シリーズでかすかに浮上してくるにすぎないし、作品の準備ノートでもそれはあまり重要視されていない。病的な性の苦悩は作家の意図には含まれていなかった、と言わざるをえない。

『豊饒』の最後のページで展開されている植民地のユートピアと、ジョゼフ・コンラッドの『闇の奥』（一八九九）に見られる醒めた調子を比較すれば、この点にかんする二人の小説家の思索の違いと、後者の特徴である驚くべき予言能力がよく分かる。

そしてまた、本カタログに寄稿した専門家の幾人かが多かれ少なかれ明瞭に指摘しているように、ゾラはたまには、教訓的な意図に染まった心理小説から想を得たと主張することはあるものの、そうした小説にたいしては距離を置いていた。しかしもちろん、ゾラが卑屈にドストエフスキーを模倣しなかったことや、原則として文学的流行を追わなかったことで彼を非難するなど論外であろう。

●多様な形式を操る

最後に、ゾラの作品のなかで、現代の歴史家にとってとりわけ魅力的な側面をいくつか指摘しておこう。すなわち実地調査の方法と、資料から物語に、あるいはそのほうが良ければ「現実の解釈方法」に移行する際の手続きのことである。

展覧会の観客とカタログの読者は、この点について多くを学んだであろうし、準備ノートを作成するためにゾラが必要とした活動の大きさも理解できたであろう。滞在、訪問、散策、インタビュー、読書、三面記事や観察記録のコレクションなどが一連の方法であり、いくらか誇張はあるものの、それを民族誌学的な調査に等しいと見なすこともできた。その後に続くのが草案、分析的な一覧表、そして作中人物のカード化作業である。作中人物は単なる主題上の役割や機能的な役割から離れて生き生きした精彩をおび、連続的なモンタージュ作業によって肉付けされ、最後には意味をはらんだ名前をまとう真の肖像として定着する。そして資料としてのデッサンがノート全体を支え、明確化する。それは図式化と精密化の長い作業を経た後に、物語の構想《デッサン》に変貌する。この大量の資料のおかげでわれわれは、「プランが進行していく過程で絶えず形式が調整されていくさま」（コレット・ベッケール）を跡づけられるのだ。作品に音楽性をもたらしている微妙なリズムの源泉であるこの典拠と規範と夢想の取り扱いほど、ゾラにあって瞠目に値するものはおそらくない。

　こうした名人芸は、ゾラが終生にわたって取り組んだ執筆活動の多様性によって可能になったものだ。実際、小説を執筆する際の準備過程の綿密さだけにとどまってはならないだろう。交互に、あるいは同時に美術批評家、文学評論家、報道記者、論争家、オペラ台本作者、写真家、詩人、短篇・中篇の作者であったゾラは、さまざまな形式を操る無限の能力を忍耐強く獲得していったのである。

Alain Corbin, “Zola au regard de l'historien”, in *Zola*, sous la direction de Michèle Sacquin, Bibliothèque nationale de France/Fayard, 2002.

原注

（1）Claude Quiguer, *Femmes et machines 1900. Lectures d'une obsession modern style*, Klincksieck, 1979.

（2）Bram Dijkstra, *Les Idoles de la perversité*, Seuil, 1992.〔ブラム・ダイクストラ『倒錯の偶像——世紀末幻想としての女性悪』富士川義之ほか訳、パピルス社、一九九四年〕

ゾラという名の共和主義者

モーリス・アギュロン
（宮下志朗・訳）

●政治史におけるゾラ

ヴィクトル・ユゴーと同じく、エミール・ゾラもまた、フランス文学史のみならず、フランス政治史にもほぼひとしく属する作家といえる。『居酒屋』『ジェルミナール』『ナナ』といえば、だれでも知っているのだから、ゾラはもちろん小説家として有名な存在である。しかしながら、政治こそが、彼に最高の栄誉をもたらしたのであって、ヴォルテール、ルソー、さらにはヴィクトル・ユゴー、ラザール・カルノ、アルフォンス・ボーダン[1]の後を受けて、しかもジョレス、ショルシェール〔十九世紀の政治家で、奴隷制度を廃止した〕、ジャン・ムーランなどに先んじて、ゾラはパンテオンに祀られたのだ〔一九〇八年〕。

すでに老齢にさしかかっていたにもかかわらず、ドレフュス事件ではたした役割に対して、この栄誉は与えられた。とはいえ、彼は、それ以外にも資格があったのであって、まずこのことを思い出しておきたい。

ゾラは共和主義者を選択すべく、ごくふつうに運命づけられていた。優れた、行動的なエンジニアとなるイタリア移民の息子として生まれたエミール・ゾラは[2]、積極的で、教養もあり、パリから地方に気軽に移り住むというところの、いわば自分たちの伝統やルーツより、むしろ立身出世やモデルニテに惹かれるような社会階層《ミリュー》の出身者といえる。やがて父親の死によって、家族が貧困におちいると、エミールはパリで、それも編集・出版という新しい職業と結びついた、知的なプチ・ブルジョワジーの世界で生きていく。出版の世界は、ボヘミアンや「各流派の若者たち」とすぐ隣り合わせの、活発な場であって、少なくともパリにおいては、すでにかなり非キリスト教化していた。ところが、十九世紀半ばともなれば、地方の保守的な伝統もなく、ナポレオン主義の伝統もなく、カトリシズムにも染まっていない場合、その人間を、君主制につなぎとめておけるはずもなかった。したがって消去法であるにしても、その人間は、潜在的に共和主義者なのだ。では、その共和主義者なるものの定義を三つの言葉でいうならば、民衆と、権利と、自由の側に立つことにほかならず、帝国なるものが、その正反対であるのは明らかであった。再建すべき共和国は、第二帝政の対極として定義できるのだし、第二帝政は共和国の引き立て役となるだろうと考えたのは、ゾラだけではなかった。ゾラと共和国の歴史との、個人的なつながりとは、いってみれば、こうした月並みなキャンペーンを、小説に置き換えるという野心を実現したことにほかならない。ウージェーヌ・テノが歴史研究〔ゾラは『ルーゴン家の繁栄』執筆に際して、テノの著作『一八五一年十二月の地方』を参照している〕により、ヴィクトル・ユゴーが政治的な呪詛のことばにより、そしてまたレオン・ガンベッタが口頭弁論によって表明したことがらを、彼は小説により表現したことになる。(3)

●第二帝政の崩壊を先取りする

「第二帝政下における、ある家族の自然的・社会的な物語」という副題をもつ『ルーゴン＝マッカール叢書』の第一作、『ルーゴン家の繁栄』〔一八七一年〕は、一八五一年十二月二日のクーデタの話から、すなわち、地方における、失敗に終わった抵抗のこころみと、それに続く弾圧から起筆されている。第二帝政がいまだ傷ひとつない時期に、ゾラはこの小説を、いわば事態を先取りした、大胆な筆致で描き出したのであって、歴史が動きを見せる前に、第二帝政なる制度を、いち早く「歴史のなかに」送り返しているのである。つまり『ルーゴン家の繁栄』は、一八七〇年九月四日の第三共和制の誕生と重なり合うようにして刊行されるのであり、小説は、一八四八年から一八五一年にかけての、挫折した先駆者たちのこころみを賞揚しているのだ。

地名を置き換えながらも、一八五一年十二月のできごとをかなり正確に物語っているからという理由だけで、『ルーゴン家の繁栄』が共和主義的だというわけではない。(4) また、ゾラがその犠牲者たちを心から賞賛し、同情を寄せているから、共和主義的だというわけでもない。従来あまり指摘されてこなかったものの、象徴的な表現のしかたにおいても、『ルーゴン家の繁栄』は共和主義的なのである。シリーズ第一作の『ルーゴン家の繁栄』からすでに、物語では、人間集団というよりもむしろ、強力な意味作用を有するモノが衝突している。ルイ・ナポレオンの側には、名士連中、有産階級、保守主義者など、「秩序派」という大集団が控えているわけだが、この既成価値の陣営、根本的に守りの姿勢をとる陣営を、小説家は、プラッサンの時代錯誤的な「城塞《ランパール》」の背後に、執拗に閉じこもる存在として描き出している。それとは反対に、共和主義者の側は、村ごとに集まり、合流して戦いの場に向けて行進する。「サント＝ルール台地」の「ラ・セイユの森」を四日間にわたって歩き続ける、あの「縦列部隊《コロンヌ》」こそは、進歩なるものの明らかな寓意にほかならない。要するにゾラは、「城塞」によって、右派の側——当時は、ことごとく君主制を擁護していた——に保守主義という価値観を配置し、一方の共和主義の側には、行進する「縦列部隊」によって、運動という価値観を配置したのである。こうして一八七〇年のゾラは、当時の共和主義思想の中軸をなしていた直観を、自分のことばで表現したことになる。(5)

この城塞と縦列部隊に始まるところの、象徴としての大きなモノという言語表現によって共和主義を体現させる手法は、中央市場《レ・アル》、ブランデー蒸留器、機関車というふうに受け継がれていくのであって[6]、ここにも、すぐれてユゴー的なものを感じずにはいられない。エミール・ゾラへの悪意にみちた、有名な『日記』において、エドモン・ド・ゴンクールは、たえず次のような愚痴をもらす――自分たち兄弟が自然主義小説を発明したのだから、ゾラは弟分で後継者、ただの生徒にすぎないのに、こちらより有名なのは、実に理不尽ではないかと。だがゴンクールは分かっていない。ゾラは、ゴンクール兄弟の生徒にして自然主義におけるライバルであるにとどまらず、自分では動きだすことのない、抽象的な現実に、生命を吹きこむという、ヴィクトル・ユゴー譲りの技術を、当然のように引き継いで、これを再現することに成功したのだ。

とはいえ、ここでは自然主義と『ルーゴン＝マッカール叢書』の全体に話を戻そう。ルーゴン家とマッカール家というファミリーには、「自然的」ならびに「社会的」な物語がある。この一族のメンバーの、それぞれ異なる運命をたどっていっても、彼らの性格の、不可解なまでの類縁性は消え去ることがない。だが、こうしてさまざまな個人の歴史を、小説から小説へと読んでいくことで、社会のあらゆる環境《ミリュー》、職業、階層を渡り歩くことが可能となる。もちろん各小説は、それぞれ独立して読むことができるけれど、それらの全体が、予告されたフレスコ画をおおまかに描き出すこととなって、そこでは帝政と、その官僚や受益者が糾弾される。共和制の時代が訪れても、そうした社会的な欠陥のすべてが矯正されたわけではなく、ゾラはそうしたことがらを暴露しているのだ。

第二帝政に対する告発が、つまるところ共和主義的なものであって、実際、そのように認識されていることは一目瞭然である。しかしながら、『居酒屋』や『ジェルミナール』、あるいは『大地』における、当時の――あるいは今も続く――民衆の姿を、自然主義的に描き出すこと、つまり、あの容赦ない描き方も共和主義的なものなのだろうか？　そうではあるまいと考えた人間もあったが、ゾラ本人は自己弁護をしている。[7] ゾラにとっての自然主義小説とは、一方は医学の一環としての心理学に、他方は社会学にと、いわば科学的精神に属するものにほかならないのだ。科学主義であるからには、共和主義であるしかない、なぜならば、民衆に媚びて、それを理想化するのでは共和主義とはいえないのだからという理屈である。要するにゾラは、みずからの科学主義までも含めて、自分が共和主義者なのだと実感していたのである。

●共和主義の体現

結局のところ、事物のシンボリズムなどの細部においても、ゾラには、共和主義の文化――あるいはそのフォークロアがといってもいいかもしれない――が浸透していたことが判明する。『ルーゴン家の繁栄』という、一八五一年十二月のプロヴァンス地方における戦いを描いた、終末の物語で、ゾラはぬかりなく、赤い毛皮つきコートを着たミエット〔徒刑囚の娘〕を、反乱軍の赤い旗を捧げ持つ役として配置している。[8] そして二十年後、『ルーゴン＝マッカール叢書』が完成すると、今度はキリスト教の伝統を、楽観主義的で、人類愛にみちた世俗の福音主義に変容させることをめざして、『四福音書』シリーズに着手する。この連作は、フロマンという〔frometは「小麦」を意味する〕、食料にちなんだ姓を有する一族の、マチュー、マルク、リュック、ジャンという四人兄弟の物語なのだが、第一作『豊饒』〔一八九九年〕の主人公マチューの妻は、その名もマリアンヌ〔もちろんフランス共和国のシンボル〕というのだ。[9] マチューとマリアンヌ夫婦には、なんと十二人もの子供があり、美男美女ぞろいで、健やかに育ち、栄えていく。そして夫婦の幸福は、真の宗教へと変わっていく。

「夜の寝室で、マリアンヌは、まるで女神のように、彼にかしずかれ、崇められていた。それは聖母マリア信仰よりも、高貴にして、真実なる、母性への信仰であった。生命の永遠の開花のために受難に苦しみ、愛されて、祝福される、偉大なる苦しみの母に対する信仰である。」(『豊饒』)

このようにして、革命から受け継いだ、「自由の女神」や、旗手としての女性に始まって、ヴィクトル・ユゴー、ジュール・フェリー、ピュヴィス・ド・シャヴァンヌ〔パンテオンの壁画で有名〕らの楽観主義的な共和国が取り戻した、女神=母という神話に至るまで、女性像としての共和国への崇拝は十九世紀全体に及んでいるが、小説家ゾラは、これらをすべて取り上げることになる。

とはいえ彼の足は、しっかりと大地を踏みしめていた——共和国は、信心家や、神殿や、祝祭だけではなく、もちろん危機や、内部の矛盾もかかえていたのである。これからふれるドレフュス事件とは、そもそも共和主義者たちの内紛ではなかったのか? やがて誤審であった

図１　理想の共和国を示す19世紀末の寓意画

として非難される側、すなわちドレフュスを有罪とみなす陣営には、大統領、政府、議会、軍隊、裁判所と、すべての「既成秩序派《エスタブリシュメント》」が見いだされる。これと向かい合うようにして、この冤罪を告発する、孤独な人々がいたわけだが、そのなかには、ベルナール・ラザールのように、アナーキスト出身の者も混じっていた。「私は告発する！」の著者は、権利の崇拝という共和国のモラルを持ち出して、共和国の制度を批判し、大統領フェリックス・フォールまでも糾弾したわけだから、当時は、かなり体制破壊的なところがみられた。根を下ろした共和国体制が、むしろ、そうした思いをつのらせたのであった。こうしてゾラには、有罪判決〔軍に対する名誉毀損による〕と亡命の時期が訪れる。やがて事態は急転換する。反ドレフュス派の国家主義者たちが新大統領エミール・ルーベを攻撃し、自分たちの方が体制破壊的なネオ・ボナパルティストとしての旗幟を鮮明にし始めると、今度は逆に共和主義陣営が、にわかに立ち直りをみせて、ドレフュス派のキャンペーンを支持するようになって、ドレフュスとゾラは、勝利者として帰還するのだ。

しかも、まったくの偶然から、エミール・ゾラの栄光は、早すぎた突然の死という、おまけともいえる僥倖《ぎょうこう》にも恵まれることとなった。この種の衝撃は、いつの日も、英雄化に拍車をかけるものであって、一九〇八年、クレマンソーの内閣のときに、ゾラはめでたくパンテオン入りしたのである。

「第一次大戦以前の」パンテオンが、どれほど「共和主義的」なものであったのか、現在では忘れられかけている。（かつての君主制主義者、右派に寝返った、保守的ないし国家主義的な傾向の共和主義者といった）右の諸党派は、パンテオンを忌み嫌っていた。彼らの英雄が眠るのは、アンヴァリッドという反パンテオンなのである。ベル・エポック期のパンテオンとは、共和主義者ということばが、革命の盟友にして、進歩思想に燃え、民衆的で反教権主義な、本物の共和主義者だけを示すという意味合いにおいて、共和主義的なものだったのである。

現在にくらべると、和を重んじることのない、こうした共和国に対して、ゾラは奉仕したのであり、共和国はそうしたゾラのうちにみずからの姿を認めたのである。共和国が「帝政下には美しかった」(10)ということ、そのことが、われわれを『ルーゴン＝マッカール叢書』へと引き戻すのではないのか……。

Maurice Agulhon, "Un républicain nommé *Zola*", in *Zola*, sous la direction de Michèle Sacquin, Bibliothèque nationale de France/Fayard, 2002.

＊著者アギュロンはフランス政治史研究の第一人者であって、コレージュ・ド・フランス教授をつとめるが、若いころ、南仏エクス＝アン＝プロヴァンス大学に奉職していた。こうした因縁もあって、ゾラには、ひときわ大きな関心を寄せている。

原注

（1）人民の代表といえよう。十二月二日のクーデタへの抵抗を試みて、ボナパルト派の兵士たちに殺された。一八八九年にパンテオンに埋葬された。

（2）アンリ・ミットランが、フォリオ叢書の『ルーゴン家の繁栄』(Gallimard, 1981)に添えた、簡便な伝記にしたがう。なおわたしは、その「序文」で解説をおこなっている。

（3）これらはいずれも、よく知られたことではあるが、次の著作が有益である。Georges Weill, *Histoire du parti républicain en France*, 1814-1870, Félix Alcan, 1928, réimpr. Genève, Slatkine, 1980.

（4）ここで語られている蜂起とは、ヴァール県中央部におけるものであって、一八六九年にテノとノエル・ブランシュによって詳述された。最近における、この事件とその分析は、次の拙著を参照。Maurice Agulhon, *La République au village*, Plon, 1970. モール山塊に始まった反乱の動きは、ヴァール県を南部から北部へと進んだが、オープで粉砕された。重要なことだが、ゾラがほとんど唯一、史実を離れて自由に筆を走らせているのは、ヴァール県ロルグという、「潔白な」小さな村をプラッサンと命名して、自分がよく知っているエクス＝アン＝プロヴァンスの特徴をいろいろと与え、厳格なる名士連中の人物像や古い城塞を借りてきたことである。

（5）いずれにせよ、わたしは、注（2）の文献において、こうした見解を支持している。

（6）『パリの胃袋』『居酒屋』『獣人』の「登場人物」であることは、いうまでもない。

（7）一八八〇年代における、ゾラの小説作品をめぐる、論争や議論については、アンリ・ミットラン編の（2）の文献を参照。

（8）これは史実に基づいている。ヴァール県で、旗手として逮捕された女性闘士は実在し、その名をセザリーヌ・フェリエといった。だがゾラは劇的な効果を高めるために、彼女を人妻ではなく、野性の若い女にして、殺させてしまう。このことで逆に、民衆の闘争に姿をみせる数少ない女たちに、旗持ちにして「自由の女神」という、曖昧ではあるが、存在を誇示するような役割を演じさせるという傾向が明らかともなる。こうした分析は、プロヴァンス地方に関しては（4）に挙げた拙著で発展させたし、国家レベルでは、次の拙著で展開している。M. Agulhon, Marianne au combat, Flammarion, 1979.〔アギュロン『フランス共和国の肖像』阿河雄二郎ほか訳、ミネルヴァ書房、一九八九年〕

（9）ここでもゾラは、全体的な傾向を反映している。（8）の拙著の続編ともいえる、拙著 *Marianne au pouvoir* (Flammarion, 1989) の議論を参照のこと。

（10）「帝政下の共和国は、なんと美しかったことか！」というのは、十九世紀末の共和主義者が、さまざまな理由によって幻滅した際に用いた、有名な表現である。

マリアとマリアンヌ

——宗教社会学としての『ルルド』

工藤庸子

ルルド、それは十九世紀のカトリシズムが現代フランスに遺贈した、おそらくは最も重大なものであり……

ジャック・ル＝ゴフ、ルネ・レモン『フランス宗教史』[1]

●『ルーゴン＝マッカール』以降

『壊滅』一九万六〇〇〇、『ナナ』一八万二〇〇〇、『ルルド』一四万三〇〇〇、『居酒屋』一三万九〇〇〇。一八九三年『ルーゴン＝マッカール叢書』全二十巻を完結させたエミール・ゾラは、疲れも見せずに翌年から着々と『三都市』を上梓して、一八九八年三月、完成を見る。その時点における発行部数上位四位までの数字である。[2] 科学の世紀、非宗教性《ライシテ》の共和国において、聖地巡礼と病の奇跡的な治癒という話題が、これほどの反響を呼んだのはなにゆえか。小説技法の革新が認められたのでないとすれば、要因は社会的関心ということになる。

若き神父ピエール・フロマンを主人公とする『ルルド』『ローマ』『パリ』三部作を、都市小説のスタイルを借りた宗教小説として読み解くことができるかもしれない。第一作は、ピエールが幼なじみのマリーにつきそって巡礼の特別列車に乗り込む話。第二作は「新しい宗教」の理想を掲げたピエールが、ローマにおもむきカトリック教会との和解を求めて挫折する話。第三作でピエールは信仰を失っており、モンマルトルのサクレ＝クール寺院へのテロ攻撃を計画するアナーキストたちを知る。破局をこえた主人公が薔薇色の未来を信じるところで全巻の幕となるのだが、それは「科学という宗教」への賛歌として、ミシュレを彷彿させる「文明論」の語彙で語られる。

それはパリの昂揚であった。その法外な大きさのなかで念入りに作られつつある未来のすべて、やがて曙の光となってそこから飛翔するはずの未来のすべてだった。古代世界には確かにローマがあった、しかしそれは今や滅びのときを迎えており、パリが「現代」という時代に堂々と君臨しているのだった。太陽の軌道にそって、東から西へと、諸々の民を文明から文明へ運びゆくこの不断の運動のなかで、今日のパリは、それらの民の中心となっていた。それは頭脳だった、偉大なる過去によって運命づけられたように、諸々の都市のなかにあって指導する者、文明化する者、解放する者となっていた。諸国民に対し、それが自由の雄叫びを高らかに聞かせたのは、ほんの昨日のことだった。明日は、科学という宗教を、正義を、民主主義の期待する新たな信仰を、諸国民にもたらすことだろう。(3)

思いだしていただきたい。『ルーゴン＝マッカール叢書』において、第二帝政期のパリが、このように「文明化の使命」を体現する都市として描かれたことはないのである。じっさい第三共和制成立から三十年近くが経過した時点の未来都市パリは、とりあえず近代科学の勝利と世界制覇の夢に輝いていたにちがいない。ナシオン広場に共和国の象徴である巨大なマリアンヌ像が屹立したのが一八九九年、翌一九〇〇年の万国博覧会は電気照明とテクノロジーの祭典となった。

とはいえ宗教と科学の対立抗争が、後者の勝利によって終結するという三部作の結構そのものは、この時代を特徴づけるオプティミズムの産物と片づけてしまうこともできる。これに対して、以下の設問はすぐれて今日的なものではないだろうか。――ヨーロッパが「キリスト教文明」というアイデ

図1　「共和国の勝利」と題されたナシオン広場のマリアンヌ像

ンティティを構築した時代、若々しいフランス共和国と古き伝統に立つカトリック教会は、いかなる葛藤をくりひろげたか。そうした方向でゾラの後期作品群を読み解くことを想定しつつ、このささやかな試論では、むしろ前提となる歴史的展望を素描してみたい。

なにしろ『ルルド』には、宗教団体の活動、聖職者の信条、ジェンダーと信仰、奇跡という主題、等々、いってみれば宗教社会学の研究テーマのようなものが、ずしりとつまっているのである。それにまた、奇跡あるいは超自然的な現象を、いかに捉え理解するかという議論は、科学と宗教の分岐点をなし、近代文学もこれに深く参与した。だからこそフローベールもルナンも、キリスト教という啓示宗教について考察を重ねたのだった。

一八五八年、ピレネーの麓の寒村で粉屋の娘ベルナデット・スビルーが、マリアの出現を見た。以来、半世紀もたたぬうちに、ルルドはキリスト教世界有数の聖地となっており、ゾラ自身の記録によれば、一八九一年には、年間一五四の特別列車が仕立てられたという。一回に搬送される巡礼が六五〇人として、ほぼ十万。これに個別的なケースを加えて、二十万というのがゾラの推定だが、マリア像建立などの記念式典があり「フランスがカトリックであることを証明するためにオーガナイザーが獅子奮迅の働きをした」ときには五十万という数字も喧伝されていた。(4)

わたしたちにとっては、まずこの事態が謎めいている、と率直に認めよう。そもそも十九世紀のフランスが、なだらかに「非宗教性《ライシテ》」に向かったといえるのか。また巡礼の「オーガナイザー」とは誰なのか。

●修道会《コングレガシオン》とは何か

一七八九年には八万一〇〇〇人、一八〇八年には一万三〇〇〇人、一八七八年には一六万人。フランスの聖職者数の変遷である。一九〇〇年、ヴァルデック＝ルソー内閣による調査では、国内で活動する男性聖職者数二万九五八三人、女性聖職者数一二万八三一五人。カトリック圏の国々との比較でいうと、人口一万に対しフランスの聖職者数が四〇・五人、スペインでは二九・四人、イタリアでは一四・八人。統計は二〇〇三年に出版されたクリスチアン・ソレル『共和国と修道会の対決』による。(5)十九世紀末のフランスが世界に冠たるカトリックの国であったこと、女性の聖職者数が男性の四倍にのぼることを記憶にとどめよう。

つづいてロジェ・オーベール『キリスト教史9　自由主義とキリスト教』から、カトリック側の記述を引用しておきたい。「このような現象〔修道会の発展〕は特にフランスにおいて著しく、一七八九年には修道士が二万五〇〇〇人、修道女が三万七〇〇〇人であり、その後人口は三十パーセントしか増加していないのに、一八七七年の時点では修道士が三万二八七人（うち二万人は助修道士）と修道女一二万七七五三人を数えるに至っている。[6]」

呼称や算定基準に多少のずれはあるかもしれないが、数字に大差はない。どちらから見ても、十九世紀を通じてカトリック信仰を基盤とする社会的組織は活力を増しているのである。十数万人におよぶ聖職者たちは、いかなる活動に従事していたか。教会、修道院における聖職者本来の信仰の営みのほか、もっとも大きなセクターは教育であり、一八六一年の調査では、全体のほぼ七割とみなされる。[7]そして女性の場合は教育のほかに「アシスタンス」と呼ばれる領域があり、施療院や監獄や孤児院での職務、貧民救済事業、さらには付添婦のような仕事までを含んでいた。こうした活動の「オーガナイザー」である宗教団体は法人格をもち、大小の教育機関や病院などの施設経営はいうにおよばず、トラピストのチョコレートやグランド・シャルトルーズのリキュールなど、事業で成功をおさめた例もある。

毎年八月ルルドに向かう「国民巡礼」は、「聖母被昇天」（Assomption）修道会を中心に、複数の宗教団体や信徒団体、地元の聖職者などによって組織される一大イヴェントなのであり、一八九二年、ゾラは十二日間現地に滞在し、取材や調査を行った。

作品のなかで、早朝にパリを出発した列車は、貧しい重病人たちを収容した三等車を中心に描写されてゆく。疲れを知らぬ若い修道女イアサントが、献身的に病人を励まし、ロザリオの祈りや賛美歌をくり返し全員で唱和する。世俗の責任者は、ベテランのジョンキエール夫人で娘を伴っている。聖職者以外の主催者側の参加者は、「救いの聖母の救護」（Hospitalité de Notre-Dame-du-Salut）と称する信徒団体に所属するのだが、これは上流階級を中心にした組織であり、ヴァカンスのさなかに既婚の婦人たちが家庭をはなれ、壮絶といってよい奉仕活動に挺身することは、「シック」であるとみなされていたという。(8) ピエールもこの信徒団体の補助員という名目で、三等車に乗りこんでいる。ルルドには、この団体の営む「哀しみの聖母病院」(Hôpital Notre-Dame-des-Douleurs) があって巡礼の宿泊施設となっており、貴族やブルジョワの青年たちが担架を担ぎ、車椅子を押す係りとして待ち受けているのである。ジョンキエール嬢が、わずか四日間のルルド滞在で、みごと花婿をしとめるなどという逸話もあって、重い病に冒された人々の苦痛や絶望と、ヴォランティア活動にいそしむ健常者の昂揚した善意とは、奇妙なコントラストをなしている。ジョンキエール夫人の友人で若く裕福なデザニョー夫人にとって、この夏の催しは「情熱」だった。「絶対的な献身」に身をまかせ、「ぞくぞくするような憐憫」にひたることを心待ちにしているというのである。(9)

聖地ルルドにおける神父や修道士の活動、霊験あら

図2　ルルドの「哀しみの聖母病院」

図3　病人の世話を担当する信徒団体の婦人達

たかな聖水に病人を浸す溝《どぶ》のように不潔な沐浴場、医師が常駐して奇跡的な治癒の証明を与える医局、奇跡の洞窟の構造、建設されたばかりの煌《きら》びやかな教会堂、俗悪な観光産業、土地の世俗権力や教皇庁系と地元系の聖職者のあいだに出来する熾烈な闘いなど、ピトレスクな話題は無限にあるが、それを紹介していたのでは紙面がつきる。

●女性たちのカトリック？

統計に歴然とあらわれているように、女性と男性の聖職者数のギャップは、十九世紀を通じ目に見えて開いていった。その理由と原因はなにか？

まずソレルの著作から、きわめて説得的な数字を引いておこう。一九〇〇年、初等教育において教師の三分の一が修道会系によって占められている。これは担当生徒数にして全体の四分の一。その内訳は男児の場合一五パーセント、女児は四二パーセントである。[10] 成長したのちも政治的な発言権をもたぬはずの女性たちが、教育の世俗化政策において後回しにされたであろうことは、容易に想像がつく。片端から小説を読んでみればわかることだが、女子修道会系の寄宿学校で教育を受けることは、良家の娘のステータス・シンボルだった。これに対して第三共和制の公立小学校で学び、初等教育修了試験を受けた著名人といえば、まずコレットの名が浮かぶ。処女作『学校のクロディーヌ』は、非宗教的《ライック》な女学校の教師や少女たちの風俗を描いて一世を風靡したのだが、その出版が、まさに一九〇〇年のことである。

教育環境という意味で、これほどジェンダーによる差異があったことは強調しなければならないが、それですべてが説明されるわけではない。一八五二年から一九〇一年までにレジオン・ドヌール勲章を佩綬した女性七三名のうち四三名が聖職者だったという、これもきわめて雄弁な数字がある。[11] 一見逆説的ながら、宗教の世界は女性にとって、むしろ解放区だったのかもしれない。世俗的な職業では望むべくもない社会的プロモーションの可能性が、そこには示されていた。病院や監獄などの「アシスタンス」の領域は、性を超越した人間が望ましいという議論もあった。巡礼列車の総責任者イアサントは、少年のような風情の身軽で有能な女性であり、職業婦人としての充足感を見せている。

それにまた古《いにしえ》の時代から、教会や修道院が、結婚の頸木《くびき》、男性の支配から逃れる場として機能してきたことは、あらためて指摘するまでもない。モーパッサン『女の一生』にあるように、聖職者は女性の良心の導き手として、ときには結婚生活の最も秘められた問題にも介入することができた。第三共和制下、ジュール・フェリーにとって最大の標的であったイエズス会が、パリでは上流階級のご婦人たちの相談相手として、あなどれぬ勢力基盤をもっていたという話もある。家庭に拘束された女性にとって、礼拝や奉仕活動への参加は堂々と外出する口実ともなった。ジョンキエール夫人とともにルルドに向かうもうひとりの友人ヴォルマール夫人は、年に一度だけ恋人との逢瀬がかなう日を夢見て、忍従の生活に耐えているのである。

十八世紀、ディドロは『修道女』によって禁欲的な蟄居生活の非人間性を告発した。ユゴーも『レ・ミゼラブル』のなかで、蘊蓄を傾けて長大な修道院論を展開しているが、これを信じるなら、自虐的なまでに謹厳な信仰生活は目に見えてすたれていったものと思われる。それでも、厚い壁に守られて世俗の権力に抵抗する王政復古期の女子修道院は、治外法権的な自律性を保っており、ジャン・ヴァルジャンとコゼットにとって、司直の手を逃れることのできる唯一の隠れ家だった。

十九世紀に入りローマ教皇がつぎつぎに認可した新興の修道会の活動は、こうした伝統とは決定的に袂を分かっている。世紀末には、共和国の強力な世俗化政策によって活動の場を失った修道会が、海外に進出するという傾向も著しかった。一九〇〇年、国境の外で働く聖職者の数は、二万五〇〇〇から三万に達したであろうといわれ、なかには女子修道会系の者も少なからず含まれていた。[12] 大英帝国では、貧しく知的な娘たちが家庭教師の職を求めて植民地に向かった時代である。これを女性の社会進出《エマンシパシオン》と考えていけないわけがあろうか。

●聖母の「出現」

信仰の世界における女性の活力という現象と、おそらく無縁ではないと思われるのだが、十九世紀はマリアの世紀でもあった。先に参照したロジェ・オーベールは、「キリスト教の活力」と題した章で、十九世紀は「霊的発酵」の時代であったと断じ、女子修道会の発展などに言及したのち、この時代を特徴づけるマリア崇敬にふれている。[13]「さらに一連の聖母の出現がカトリック信仰のマリア崇敬に拍車をかけた。聖母の出現はすべてフランスで起こっていた」というのだが、カトリックの語彙で「出現」(apparition)とは、キリストや天使、聖母、聖人などの霊的存在が目に見えるかたちで現れることをいう。「出現」においては、現れたものが見る人のまえに実在するのだが、「幻視」(vision)においては実在しない。[14] 旧約聖書に語られた少年ヨセフや預言者ダニエルの夢は後者にあたる。「出現」であるかいなかを決定するのは、カトリック教会であり、たとえばゾラの作品のなかでも言及される一八四六年ラ・サレットにおける「出現」は一八五一年に、一八五八年のルルドの「出現」は一八六二年に「認定」されたものである。もともとマリア信仰は漁村や農村などの古い生活習慣に根づいており、社会の進歩から隔絶した空間であればなおのこと、伝承や風評が超自然的なものへの期待を育んだものと思われる。一連の出来事が、「神のはしため」である無名の修道女や羊飼いの少女のような貧しき者の身におきたことには、それなりの素地と必然性がある。

そうした流れのなかで一八五四年、教皇ピウス九世は重大な宣言を行った。聖母マリアはその母の胎内に宿ったときから無垢であり、原罪の汚れをまぬがれていたとする「無原罪の宿り」を教義として認めたのである。理性によって論証できぬことがらを宗教的な真理として掲げることにより、マリア崇敬は「科学」に先導される近代思想に対する橋頭堡、俗世の脅威に立ち向かうカトリック教会の象徴となる。『ヨハネ黙示録』に描かれた竜と闘うマリアは「強い女性」である。闘いに勝利する守護者という寓意の巨大なマリア像が、町を睥睨する丘のうえにつぎつぎと立てられた。[15] 一例を挙げれば、ル・ピュイ＝アン＝ヴレのマリア像は、クリミア戦争で敵方から奪った二一三台の大砲を鋳造しなおしたものであり、一八六〇年に完成を見た。彫像の本体は一六メートル。共和国の闘う女性、ナシオン広場のマリアンヌ像は九・五〇メートルだといえば、そのスケールが想像されようか。『ルルド』の終幕、ピエールが「新しい宗教」という考えに思いいたるとき、車窓から、地平線の丘のうえにチャペルと「大きな聖母像」が浮かびあがるのを目にしている。[16] マリアに捧げられた町のひとつが、そこにもあったということだ。

十九世紀中葉からカトリシズムのなかで、教皇に推頌されたマリア崇敬の占める位置がいよいよ高くなり、プロテスタント教会や東方正教会から批判の声があがっていた。むろんフランスの国内においても、キリスト教信仰がマリア一色に染められていたわけではない。ドイツ思想の影響下で、実証科学と齟齬をきたさぬキリスト教のあり方を模索する努力はつづけられており、たとえばエルネスト・ルナンの『イエス伝』は、超自然や奇跡という概念をいっさい援用することなく、文献学にもとづく

図4　ル・ピュイ＝アン＝ヴレのマリア像

「史的イエス」を描出し、キリスト教成立の過程を解き明かそうとするこころみだった。科学を信頼する共和主義者という立場を共有しながら、ゾラはルナンに対し、共感よりは敵愾心を抱いていたように見えるのだが、これは稿をあらためて考えるべき問題だろう。

すでに指摘したように『三都市』の結末で、主人公はマリアンヌの共和国に未来を託すことになる。ただし出生のときから彼は、マリアの刻印を受けていた。『ルルド』と『パリ』のヒロインが、いずれもマリー（＝マリア）という名であるという見え透いた仕掛けをぬきにしても、もうひとつ、あからさまに寓意的な構図があって、ピエールは「宗教」と「科学」の婚姻から生まれた子供なのである。信心以外に心のよりどころをもたぬ母。信仰の問題には関心もはらわぬ化学者の父。その父は、ピエールが幼いころに実験中の事故で死に、母は夫の不信仰を償うために息子を聖職者にすることだけを夢見ていた。ピエールは理性の言葉を眠らせる神学校の教育に深く失望しながらも、俗世への執着もないという消極的な理由から、母のつよい願望に屈したのだった。

ところが母の死後、ピエールは思いがけぬ発見をする。父の遺した書類や資料のなかに、ルルドに関する一連の文献がふくまれていた。理性の人であるという意味で、模範的な共和国市民になれたはずの父も、ひそかに自問していたのだろう。科学の言葉でマリアの奇跡を語ることができるのか、と。資質においては父の息子であるピエールが、母の権威をまとって立ち現れる宗教の誘惑を、いかに観察し、批判し、どのようなかたちで引き受けることになるか。『三都市』においてマリアとマリアンヌの——古からの都市ローマと未来をめざす都市パリの——葛藤を照らし出そうと考えるゾラにとって、ルルド巡礼は恰好の導入編となるはずだった。

●奇跡を書く

『ルルド』において、すくなくとも二つの奇跡が問題となる。ベルナデットの身におきたマリアの出現とマリーの病の治癒である。傍系の主題としては、奇跡の成就によってピエールが信仰の危機を脱することを、マリーは密かに念じていた。

出発する以前から、ピエールは父の所蔵していた文献と父の友人でピレネー出身の医師シャセーニュの証言をもとに、ベルナデットの研究をすすめていた。

たしかに彼女は嘘をついてはいなかった。彼女はジャンヌ・ダルクのように、幻《ヴィジョン》を見た、声を聴いたのだった。そしてカトリックの人たちがいうには、ジャンヌ・ダルクにようにフランスを解放した。それを生じさせた力、彼女と彼女の業《わざ》を生じさせた力とは、いったい何であったのか。なにゆえに、この哀れな少女のもとで幻《ヴィジョン》が大いなるものとなり、古の奇跡の再来といえるほどに、ほとんど新しい宗教が誕生したかのように、信仰篤き者たちを心底から揺りうごかしたのだろう。巨万の富を投じて建設された聖なる町には、十字軍以来ないと思われるほど、昂揚した夥《おびただ》しい群衆がつめかけていた。(17)

聖地にむかう列車のなかでピエールは、ルルドに関する小冊子を皆のまえで朗読するようにと頼まれる。名指されてはいないが、おそらくは作家アンリ・ラセールの『ルルドの聖母』であり、一〇〇万部という驚異的なベストセラーとなっていた。(18)ピエールは、与えられた本を傍らに置き、みずからの言葉でベルナデットの数奇な運命を語るのだが、その優しさにみちた物語は、分析にあたいする。

控えめな少女は虚弱で神経性の喘息をわずらっており、智慧が早いわけでもなかったが、敬虔で純朴な人々にかこまれて、聖書や信仰の書に親しみ、「幻視者のような美しい目」をもつ娘に育つ。洞窟での「出現」は、全部で一八回。ぼんやりとした白い光から、回をかさねるごとに明瞭なものとなり、美々しい衣をまとったマリアは、チャペルの建立や信仰の導きなどのお告げを口にするようになる。そして「わたしは無原罪の宿りです」と語ったというのである。

こうした事例には事欠かない時代だった。人里はなれた集落でも、神父は村人たちに、ラ・サレットの「出現」などについて語り聴かせていたかもしれない。ベルナデットの噂はルルド一帯に広まった。ある医者は、喘息性の疾患と思春期の危機がかさなって、「ヒステリー」の異常を呈したにすぎないと断定した。教会の側でも、娘の証言の信憑性をめぐり激しい議論が交わされた。嵐のような環境

図５　修道女マリー＝ベルナールとなったベルナデット、1868 年

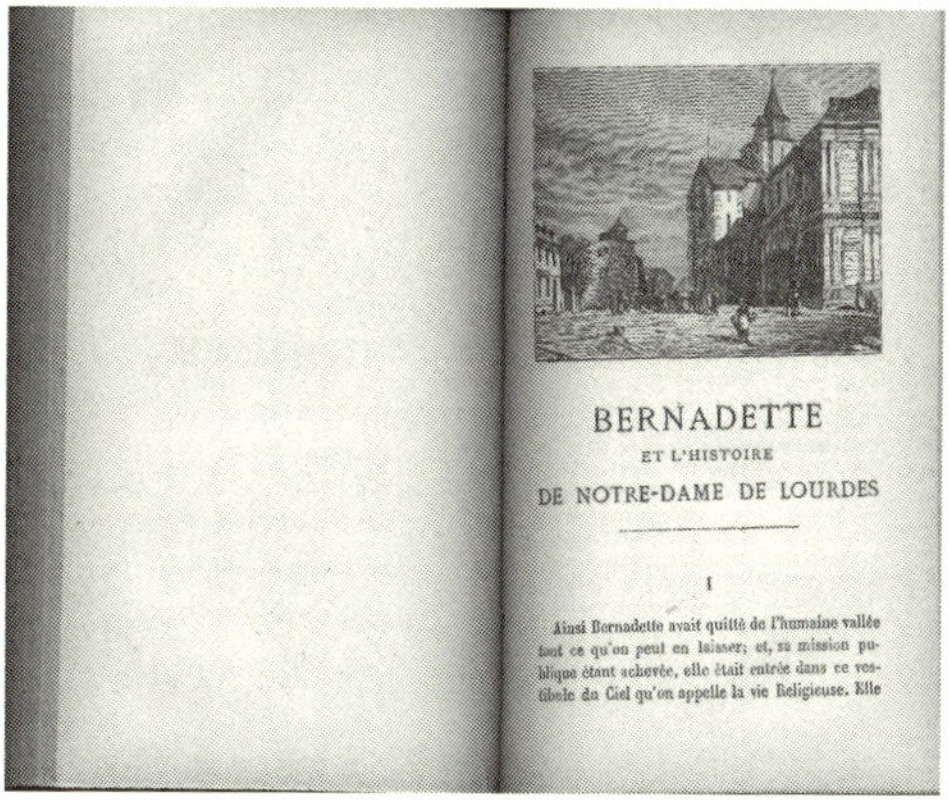

図６　アンリ・ラセール『ベルナデット』1890 年版より

図７　1864 年、聖母マリア像建立の典礼

のなかで、娘の容姿まで変貌をとげて崇高さを帯びる。ベルナデットは野生の薔薇のように、この「子供のような民の住む、眠ったように安らかな土地」から生まれたのだ、というのがピエールの理解だった。

ルルド滞在の三日目、マリーの身におきたことは、次のような語彙で語られる。集団礼拝の昂揚が絶頂に達して恩寵がつぎつぎにくだる場面である。ひとりの瀕死の病人が立ち上がると、盲《めしい》た者が洞窟の光を認め、唖者が感謝の言葉を口にする。

　だがピエールはマリーから目を離そうとしなかった。いま見えているものが、彼を感動で動転させていた。あいかわらず虚ろな病人の目が大きく見開かれ、蒼ざめた哀れな顔、そのむくんだ面《おもて》は、ひどい苦痛におそわれたかのように引きつっていた。彼女は口をきかなかった、おそらく病がぶり返したのだと思いこみ、絶望しているのだろう。それから突如、ちょうど「聖体の秘蹟」が彼女の目のまえを通りすぎ、その天球を象《かたど》った部分が陽光に煌めくのを見た瞬間、彼女は目がくらみ、稲妻に打たれたように思った。この輝きによって、彼女の目にふたたび灯火《ともしび》がともった。ついに生命の炎がそこに見出され、星のように光っていた。[19]

ピエールの差し伸べた手をふりはらい、マリーはすっくと立ち上がる。乙女の身体のなかに大きく疼くものがわきあがり、まず両脚が鎖を解かれたように自由をとりもどす。それから女の、妻の、母の生命力がほとばしるかのような感覚があり、とほうもなく重いものが腹部から胸のほうへと上昇していった。開かれた唇をついて「わたし、治りました！　治りました！」という叫びが発される。

同時代の知識人にとってこの断章は、先にベルナデットに対して使われた「ヒステリー」という医学用語を喚起するような具合に構成されているのではないだろうか。作品の冒頭部分にも、この点に関する伏線があり、マリーが巡礼に参加することの可否をめぐって医師たちの診断を仰いだとき、なかのひとりが治癒の可能性を仄めかしていた。神経病学者シャルコーの名高い実験や新しい学説は、すでに八〇年代に認知されており、おそらくゾラは、「ヒステリー性の麻痺」に対して「信仰による治癒」がありうるという趣旨のシャルコー自身の論文を、一八九二年に読んでいただろうと注には指摘されている。(20)

そもそもは落馬が原因で、その後は母の死や家の没落という不幸がつづき、しだいに悪化したマリーの麻痺症状は、そうした読解を誘う暗示にみちている。つまりマリーの奇跡に関する著者自身の解釈は、作品の仕掛けのなかに露呈しているのである。それゆえ、この点を逐一検証することはやめ、一足飛びに作品の終幕の部分を読むことにしたい。

マリーの病が治り、快活な娘の魅力が魔法のように開花する。ピエールは独身を誓った身であることを思い、痛恨の思いにとらわれる。しかしマリーは帰途の列車のなかで打ち明ける、ピエールの信仰と引き替えに、自分も乙女のまま一生をすごすことを聖母マリアに誓ったのだということを。列車の振動に身を任せ、寄り添って眠りを分かちあった夜を、語り手は「精神の契りが完遂された婚姻の夜」と呼ぶのであり、これが俗世の愛の結末となる。(21)さらにピエールは、ベルナデットが修道女の誓願をして、はかない生涯を終えた経緯《いきさつ》を深い憐憫とともに思いおこし、我が身をふり返ってこう確認するのだった。

完全に頭脳の人であった父と完全に信仰の人であった母という二重の遺伝による葛藤のなかにあって、自分は神父である以上、誓願を守りぬくために生涯を台無しにすることもいとわない。これまでも肉の声を黙らせ、女に触れぬための力を、もちつづけてきたのである。しかし最終的には父親が勝つのだということ、彼はひしひしと感じていた。自分の理性を犠牲にすることは、もはや不可能であると思われた。(22)

こうしてピエール・フロマンは「新しい宗教」という構想にたどりつく。あくまでも理性によって人間の苦しみと闘うことが、すべての前提となるのだが、科学のみで万人が充足しないことも疑いようがない。神秘や驚異にも扉を開き、ルルドの出来事も受け入れなければならない。とりわけ死ではなく生の渇望にあふれた信仰を人々の心に植えつけなければならない。

●無名の信仰と非宗教性《ライシテ》の時代

十九世紀を見わたすと、たとえばシャトーブリアン、ジョゼフ・ド・メーストル、バルベー・ドルヴィイのように信仰をもち、これを文筆の糧とする作家たちがいる。世紀末には、精神の危機からトラピ

図８　ルルドの聖母マリア像

スト修道会に参籠し、宗教的な世界がはらむ神秘を直視したユイスマンスのような小説家もあらわれた。フランス文学史においてキリスト教という主題が問われる場合、一般にこうした明示的な、署名入りの「カトリック文学」が俎上に載せられる。

今、わたしが興味を誘われているのは、むしろ非宗教的《ライック》な精神の持ち主が、無名の人々の信仰をいかに語るかという問題だ。反教権主義《アンチクレリカリスム》という意味では人後におちないフローベールも、聖職者を批判し信仰の神秘について考究しつづけた。生涯の最後には、キリスト教誕生の時代、中世の聖者伝説、そして同時代の素朴な信仰をテーマとした物語を、三部作として上梓した。『純な心』のヒロインの身におきることは、病の治癒ではないけれど、魂の救済という恩寵である。フェリシテが香炉の青い煙につつまれて「神秘の官能性」のなかで死んでゆく結末を書きながら、小説家はヒロインの身体に寄り添い、一体化する。おそらくは言葉の力によって、同質の感覚を、つまり「神秘の官能性」を分かち合っていたのではないかと思われるのだ。

相対的に見れば、『ルルド』の著者は、つねにピエールという観察者の視点を介在させることにより、「奇跡」に対して異化作用を伴う距離をおいている。まさにそのために『ルルド』は文学的エクリチュールにまで昇華されていないのかもしれなくて、むしろ社会学的アプローチという形容にふさわしい。

ゾラはルルドに取材旅行をしたときに、アンリ・ラセール（上述、ルルド専門のベストセラー作家）と何度か会見し、そのときの対話をノートに書きとめた。かりにベルナデットが幻覚を見たにすぎないとしても、いや、そうであればなおのこと、ルルドは宗教というものの偉業ではないか、というラセールの言葉に、ゾラが答えた部分である。

わたしも未知のものを否定するわけではありません。あの子供がこれほど世間の人をうごかしてしまったのは、人間がもっている未知のものへの欲求に応えてしまったからです。あなたがたは教義をもちいて、それを、つまり未知のものを組織化する、そこから啓示宗教を作りあげてしまいます。ベルナデットのような娘の幻視が引き起こした現象を説明するために、宗教を信じる必要はないのです。神経症の少女がこうした幻視を見たために、地面からひとつの町が出現し、巨額の金銭が降り注ぎ、山のような人が押しかける。なぜかといえば、驚異への切実な欲求がわれわれを苛んでおり、騙されたい、慰められたいというわれわれの願望があって、これらの幻視がそれに応えているからです。彼女はおそらく歴史的にちょうどいいときに、未知のものを開いてみせた、そして皆がそれに飛びついたのです。——わたしの著書の哲学的な説明は、そうしたものになるはずです。わたしは信者ではありません、奇跡を信じません。ただし人間が奇跡への欲求をもつと信じています。[23]

ゾラにかぎらず近代小説のなかで、超自然的なことがらを信じ、宗教感情にひたされる人間が描かれる場合、当事者が女性であるほうが、男性の場合より圧倒的に多いだろうと推察される。統計をとったわけではないが、考えてみれば当然の話であって、現実の社会で女性が男性よりも宗教的な環境に生きていたという事実が、この推察に根拠をあたえてくれる。ピエール・フロマンの例にあるような、懐疑的な父と敬虔な母という組み合わせは、いわば型どおりのものだった。それにまた十九世紀フランスにおいて、発言権をもつ「証言者」は大方男性であったという事実も、女性の神秘体験を男性の

図9　マリア像の前にひしめく群衆（アンリ・ラセール『ルルドのマリア出現』1952年版より）

図10　教会堂の内陣（同上）

観察者が冷静に記述するというジェンダー役割の分担を方向づけるだろう。

ここであらためて、ゾラの思考が前提とする二項対立的な概念装置、すなわち「理性と感情」「合理主義と神秘主義」「科学と宗教」といった構図を参照すれば、ジェンダーをめぐる「オリエンタリズム」の風景がおのずと見えてくる。女性はそこで、非文明の側にとりのこされたマージナルな性――感情的・神秘主義的・宗教的な性――として、くり返し描かれてゆくだろう。この小論の冒頭で紹介した『パリ』終幕の薔薇色の未来像、その「文明化の使命」には、植民地帝国を築きつつあるフランス共和国の、まさに父権的な世界観が反映されているのである。

最後に確認しておこう。非宗教性《ライシテ》の時代とは、宗教への関心が引き潮のように遠のいていった時代ではない。今日ルルドは毎年五〇〇万人、パリのバック通りにある「奇跡のメダル」教会は一八〇万人、ポルトガルのファーティマは四〇〇万人の巡礼を数えるという。いずれも十九世紀中葉から二十世紀初頭にかけての「マリアの出現」にかかわる聖地である。巡礼の数がそのまま信仰の根づきの指標となるわけではないけれど、それにしても、あの「キリスト教文明」というヨーロッパの自画像は、こうした無名の人々の仕草が背景に描かれていることで説得力を増すだろう。その事情は、おそらく現在も変わってはいない。

（1）Sous la direction de Jacques Le Goff et René Rémond, *Histoire de la France religieuse, 3. Du roi Très Chrétien à la laïcité républicaine XVIIIe-XIXe siècle*, volume dirigé par Philippe Joutard, Editions du Seuil, 2001, p. 470.「歴史」との対話をめざしつつ「文学」の側から「宗教」を考察しようとする者にとって、この双書はきわめて刺激的な入門書といえる。小論においては、とりわけ以下の論考が発想の裏づけとなった。Claude Langlois, « Féminisation du catholicisme », Philippe Boutry, « Le mouvement vers Rome et le renouveau missionnaire », Michel Vovelle « Cultes révolutionnaires et religions laïques ».

（2）Colette Bercker, Gina Gourdin-Servenière, Véronique Lavielle, *Dictionnaire d'Emile Zola, sa vie, son œuvre, son époque suivi du Dictionnaire des « Rougon-Macquart »*, Robert Laffont, Bouquins, 1993, p. 231.

（3）Emile Zola, *Paris*, *Œuvres complètes*, édition établie sous la direction de Henri Mitterand, tome 7, Cercle du Livre Précieux, 1968, p. 1566-1567.

（4）Zola, *Mon voyage à Lourdes*, *Œuvres complètes*, tome 7, p. 461.

（5）Christian Sorrel, *La République contre les congrégations, histoire d'une passion française 1899-1904*, Les Editions du Cerf, 2003, p. 13, p. 67-68.

十九世紀、カトリック教会は、清貧・貞潔・従順を誓う« vœux solennel »（盛式誓願）を宣立したうえで共同体を営む者のみを、« ordre »に属する正規の「聖職者」とみなし、« vœux simple »（単式誓願）による組織を« congrégation »その会員を« congréganiste »と呼んで区別した。ただし世俗的には両者の区別は明確にされておらず、ソレルの用法においても「聖職者」は両方を含む概念である。

（6）ロジェ・オーベールほか『キリスト教史9　自由主義とキリスト教』上智大学中世思想研究所編訳／監修、平凡社、一九九七年、二四二頁。

（7）Sorrel, p. 23. 正確な算定はむずかしいが、男性の七二パーセント、女性の六五パーセントが教育職であるという。

共和国の最大の課題であった教育問題に関しては、谷川稔『十字架と三色旗』が必読文献である。一八八〇年、ジュール・フェリー内閣は教育部門の宗教勢力を排除する法案を提出し、保守派の反撃に遭う。その後二十年、ライシテ原則をめぐる対立は、共和国の根幹にかかわる政治・社会問題だった。コングレガシオンとの闘いという意味での「宗教戦争」が決着を見るのは、ヴァルデック＝ルソー内閣の上程した非営利社団に関する一般法が一九〇一年七月に成立し、さらにエミール・コンブ内閣のいわゆる「政教分離法」が一九〇五年十二月に日の目を見た時点である。一八九〇年代は、相対的にはカトリック勢力が共和派に歩み寄った「ラリマン」（ralliement）の時代に当たる。これに対応する現象として、ソレルは修道会に関して「適応」（adaptation）という用語を使っている。

（8）Zola, *Mon voyage à Lourdes*, p. 414.

（9）Zola, *Lourdes*, *Œuvres complètes*, tome 7, p. 56.

（10）Sorrel, p. 54.

（11）*ibid.*, p. 22.

（12）*ibid.*, p. 59-64.

（13）オーベール、二三七―二五三頁。

（14）『岩波キリスト教辞典』岩波書店、二〇〇二年。

（15）シルヴィ・バルネイ『聖母マリア』船本弘毅監修、創元社「知の再発見」双書、一〇二―一〇三頁。

（16）Zola, *Lourdes*, p. 397.

（17）Zola, *Lourdes*, p. 80.

（18）「数十カ国語への翻訳を別にしても一〇〇万部近く」という数字は、ロジェ・オーベール上掲書による。しかもこれは『ルルドの聖母』（一八六九）一冊についての成果であり、ラセールは、数冊のルルド本を出版している。奇跡という現象を肯定する陣営が、大衆の心情に訴えることに成功した著作として、検討に値しよう。ゾラの『ルルド』と並置することで、「宗教」と「科学」の対比的な文体分析が可能になると思われる。

（19）Zola, *Lourdes*, p. 279.

（20）*ibid.*, p. 485, n°16. Jean Martin Charcot, « La foi qui guérit » は以下のサイトで、参照することができる。http://www. abreactions. asso. fr/psychanalyse paris. com/sommaire. php3

（21）*ibid.*, p. 382.

（22）*ibid.*, p. 396.

（23）Zola, *Mon voyage à Lourdes*, p. 443.

第2章　科学

自然主義と「モダン・スタイル」

アンリ・ミットラン
（小倉孝誠・訳）

現代批評（セールからドゥザレー、リポルからアモン、デュシェからボヌフイス、ノワレに至るまで）が実践してきた研究の蓄積にもかかわらず、人々はゾラの作品を註釈するに際して、いまだに彼が『実験小説論』を書くときに用いた言葉を使っている。観察、資料、法則、論理、真実、歴史、風俗、社会といった実証主義の用語である。これはある意味で正しいのだが、しかし部分的に正しいだけなのだ。『ルーゴン＝マッカール叢書』をみずからの時代の人間喜劇とすることによって、ゾラが同時代人の行動に関して比類ないほど豊かで、多様で、深みのある証言を残してくれたのは確かだが、彼の作品をそうした歴史的、社会学的な機能に還元してはならない。たとえ、彼の作品において神話的構造の連続性と豊かさが、社会学者および人間観察家《モラリスト》としてのまなざしを凌駕していることを示しても、それは変わらない。ゾラの小説テクストには別の霊感、別の鉱脈がある。テーヌやクロード・ベルナールやミシュレの弟子としてのゾラとは別の感性、直観、そして創造行為がある。自然主義には早い時期から「さかしま」や、「傍流」や、「周辺部」が見出されるのである。(1)

●小説とヒステリー

すでに一八六五年の時点で、『わが憎悪』がデカダンスという語の注目すべき用法を示している。リヨンで出ていた『公共の福祉』紙の若き時評欄担当者（当時ゾラは二十五歳）は、およそ次のように述べていた。われわれは末期ローマ帝国的な社会の市民、デカダンな人間であり、強烈な感覚とスパイスのきいた料理と洗練された好奇心や様式に培われ、それらを愛好し、神経症に悩まされ、さまざまな異常状態を経験することで満足し、ときにはそのために苦しんだり、死んだりすることに満足している。「現代文学を調べてみるがよい。そこには今の時代を動揺させている神経症のあらゆる結果が見てとれる。現代文学はわれわれの不安と、激しい探究と、恐怖と、未知の未来を前にして盲目となった現代社会が感じている全体的な危惧から直接生まれた産物にほかならない。(中略)いわば私の趣味は頽廃しているのだ。私が好むのは強烈なスパイスで味つけした文学の煮込み料理であり、一種の病的感性が古典主義時代の健康的な豊満さに取って代わっているようなデカダンスの文学である。私は時代の子なのだ」[2]。ゾラは『ジェルミニー・ラセルトゥー』〔ゴンクール兄弟の作品、一八六五年〕に倣って、文学的経歴をテレーズ・ラカンのヒステリーを物語ることから始めた。作中人物を歴史や、系図や、社会環境に強く組み入れるという方法――テーヌから学んだもの――はその後に採用される。そしてゾラは調査にもとづく小説が課す、常道の外にはみ出るという傾向をその後もけっして棄てなかった。彼には彼なりの空想があり、まったく異なる文学風土と、まったく異なる夢想や霊感の地平に向けて開かれた窓がある。たとえば『ムーレ神父のあやまち』や『夢』に見出される地平である。

実際、『ルーゴン゠マッカール叢書』に見られる統一と一貫性は表面的なものにすぎない。例外的な小説や、このシリーズにだまし絵のように挿入され、シリーズの論理性をいくらか混乱させる変則的な事態にも、それなりの場所はあたえられているのだ。私が『ムーレ神父のあやまち』の中に見るのは、まさにそうしたアノミーであり、連作全体の規則性と較べれば奇妙で異質な小説である。これは一八七〇年代の実証主義的な論証よりも、世紀末から浮上してくる感受性にはるかに近い作品であり、まさにそのことによって『わが憎悪』のいくらか時期尚早の審美主義に立ち戻る作品なのである。自然主義の空間において、十九世紀最後の四半世紀の口火となる一八七五年に刊行された『ムーレ神父のあやまち』は、「アール・ヌーヴォー」の豊饒さと繊細さを垣間見せてくれる。

●「アール・ヌーヴォー」的小説

しかしながら「実験小説」としての様相は確かに守られている。聖職者の独身生活から生じる神経症のほとんど生理学的な研究、虚弱な体質の若き司祭、世俗的な教育の偽善と不純さをまぬかれた娘(『ごった煮』に登場する娘や若い人妻たちとまったく正反対の人間)というように、小説家は対象と主題を選別した。ゾラは彼らの生活空間を限定してパラドゥーという閉じられた園を描き、小説の実験を成功させるために、その空間から二人の主人公以外の人間をすべて排除した。少なくとも作品の山場ではそうである。ゾラはまた若き司祭であるセルジュ・ムーレを記憶喪失にした。病気のせいで、彼は生まれた日のように無垢な状態に置かれる。そしてこの青年と娘は二人とも純真で、大地や植物だけと交流しながらもっとも清澄な自然状態のなかで暮らす。あとは、その後に何が起こるか観察するだけである。素材がこれほど自然であると同時に実験的な小説はないし、実験条件がこれほど見事にあらゆる汚染や「ノイズ」を払拭されている小説もない。その点で『ムーレ神父のあやまち』は自然主義モデルの頂点、その最適化にほかならない……。要するに実験室の小説ということである。ところがこの作品は同時に、自然主義モデルを完全にゆがめており、その位相を変え、まったく異なる主題および文体上の論理をこのモデルに押しつけてもいるのだ。

まず主人公セルジュ・ムーレ。周知のように、十九世紀末には催眠術、夢や錯乱の分析、貧血、神経症の状態にたいする関心が高まった[3]。ムーレ神父はその点で恰好の患者である。熱病で倒れた彼は長い錯乱状態におちいり、「さまざまな怖ろしい夢」で満たされた眠りに落ちる。そこでは生きたまま埋葬された者の悪夢、「果てしない地下室」に幽閉されるという悪夢が常に回帰してくる。「はげしい苦痛に襲われるたび、とつぜん、地下が壁でふさがれてしまう。天井からは土砂が崩れ落ちてくる。そして左右の壁が狭まるばかり。わたしは先に進もうとしても気が焦るだけで、ただ喘ぎつづけていた。そのうち、完全に障壁の中に閉じこめられてしまった。土砂崩れがひどくなるばかりで手足や頭を動かしてもどうにもならず、脱け出すことはもはや絶望的だった。……かと思うと、指でちょっと触れただけで、壁が忽然と消えてなくなり、広々とした回廊を自由に歩き回ることができたし、感じるのは発作の疲労だけだった」[4]。ここではネルヴァルと彼の『オーレリア』、セルジュ・ムーレ、モーパッサンが結びつき――夢の物語と狂気の物語――、（ネルヴァルとモーパッサンを治療した）ブランシュ博士、ゾラ、そしてフロイトが結びつく。それは夢幻状態の神秘と謎を前にして人々が感じていた、時代の強迫観念であった。

夢想は人間存在を二重化し、新たな人間に変える。セルジュ・ムーレは文字どおり「まったく新しい人間」に生まれ変わるのである。パラドゥーの古い館で、アルビーヌの傍らで目覚めた彼は、身も心も過去を喪失してしまう。私は《他者》である。「僕は自分の体が作りかえられ、すべてを取り去られ、壊れた機械仕掛けのように修理されているような気がした。（中略）僕はまったく新しい人間になろうとしている。病気になったせいで、すっかり体を掃除してもらったんだ」[5]。パラドゥーの園でアルビーヌの腕に抱かれるセルジュはムーレ神父の分身であり、クローン人間である。より正確にはその反転であり、対蹠である。小説の第一部から第二部にかけて、スータンを脱ぎ、剃髪をやめると一気に聖職者の束縛がなくなり、セルジュは幸福で解放的な変貌を経験する。他方、第二部の終わりでセルジュが再びムーレ神父に戻り、教会に復帰するときは不幸で不条理な変貌が起こる。幻想的な世紀末は精神上の二分法を利用しながら、好んで人格の分裂や仮面のドラマを作りあげた。そこでは同一の人間において善と悪、善良さと残酷さ、慈愛と盗み、禁欲とエロティシズム、信仰と無信仰、自然と神などが対立する。要するにジキル博士とハイド氏の世界である。[6]

司祭と恋人。セルジュ・ムーレは同時に両者になることはできない。ある時は司祭、その次に恋人というように、どちらか一方にしかなれないのだ。そして最終的には司祭が恋人に打ち勝つ。したがってセルジュはいかなる時でも、内面の分裂や他者による同一性の侵略が引き起こす不快や恐怖を感じることはない。結局のところ、彼は理性を保つのである。その点で彼は、次のように叫ぶ『オルラ』〔モーパッサンの幻想小説〕の主人公とはまったく異なる。「僕は破滅だ！　誰かが僕の魂に取り憑き、支配している！　誰かが僕の行為と、活動と、思考をすべて統制している。僕はもはや無だ、自分がしていることを怖ろしげに見つめる奴隷のような傍観者にすぎない」。ゾラの小説は幻想性の境界までは行っていないし、モーパッサンの物語よりも「理性的」である。いずれにせよ、ここには一つのモチーフが萌芽として現れており、十九世紀最後の四半世紀に流行することになる。それに結局、本当のムーレとは誰なのか、彼の仮面はどこにあるのか？　セルジュなのか、それとも司祭なのか？　小説はその点で両義的である、あるいは作中人物をめぐって二つの真実を語っている。自然が語る真実と、社会が語る真実である。そして最終的には、社会が語る真実が勝利をおさめる。この作品は「写実主義」小説、あるいは「自然主義」小説の規定をかなり自由に無視している、と考えることもできよう。それくらい奇妙なほど――そして信じがたいほど――容易に、セルジュ・ムーレは司祭の服を脱いだり身につけたり、アルシャンジアの空間とアルビーヌの空間を驚くほどに往復したりしながら、行動と、精神生活と、道徳を変える。要するに、アイデンティティ全体を変えるのである。

生きたまま埋葬される者の悪夢はどのように解釈すればいいのだろうか。「春、ある病み上がりの日記」、「オリヴィエ・ベカーユの死」（どちらも短篇小説で、後者は短篇集『ナイス・ミクーラン』（一八八四）に収録）、そして『ジェルミナール』など、この悪夢はゾラの作品に繰り返し現れる。それぞれのケースが文脈に応じて、固有の仮説を許容するだろう。『ムーレ神父のあやまち』の場合、読者が考えるのは退行と逸脱がまじった夢の行程であろう。「そのうち、完全に障壁の中に閉じこめられてしまった。土砂崩れがひどくなるばかりで手足や頭を動かしてもどうにもならず、脱け出すことはもはや絶望的だった。（中略）膝を血まみれにし、額をたえず岩にぶっつけながら、全力をつくして一刻もはやく到達しなければならないという苦業の意識にわたしはとらわれていた。いったいどこに到着するために？……わからない。なにもわからない……」(7)。母親の子宮への回帰、母の身体との新たな、しかし不可能な結合。そして同時に、新生児のように誕生前の幽閉から逃れ、ようやく陽《ひ》と誕生の光を浴びようとする不安で矯激な試みかもしれない。「壁が忽然と消えてなくなり、広々とした回廊を自由に歩き回ることができたし、感じるのは発作の疲労だけだった」(8)。ここで描かれているのは生物学上の母なのか、それとも教会という制度上の母なのか？　実際、病いの退行的眠りはセルジュ・ムーレに、それまで制度や教義や典礼によって否定され、廃絶されてきた身体とその力を取り戻させる。そしてこの退行的眠りのおかげで青年は、たいへんな思いをしながら、そして大きな苦しみを味わいながら、紋切り型の表現にいみじくもあるように、教会の「ふところ」の壁を打ち砕いた。生まれ変わるために、である。

●錯乱の象徴体系

ゾラ的な象徴体系は二つある。まずゾラが作中人物に体験させる現実の状況をめぐる象徴体系（たとえばセルジュとアルビーヌがパラドゥーの園をさまよう場面）、次に作中人物の眠りや、錯乱や、内的神話に頻出する夢の中の状況をめぐる象徴体系である。いずれの場合も、ゾラはクロード・ベルナールよりもフロイトに近い。そもそもセルジュ・ムーレは目覚めの後、あるいはむしろ覚醒の後も、胎児的な夢をみつづけるのだ。彼は裸であり、虚弱で、子供のように無力である。「彼はいわば生まれたばかりなのだ。明るい光を浴び、あたたかい大気の波に打たれ、体内に生気がとうとうと流れこむのを感じるあまり、思わず軽いさけび声をあげた。そして両手を高くあげた。（中略）『まあ、かわいい赤ちゃんね！』アルビーヌは、セルジュが空の眠りと同時に彼女の首にもたれたまま眠りこんでしまったのを見て、言った」[9]。ひと夏の間にセルジュが人生の起源をすべて経験するさまを示すことが、小説の第二部の流れになっていく。こうして彼は最初の覚醒から大人の根本的な体験まで、初期の感覚から意識と愛の出現までを経験する。ゾラは不可知論的な神話の様式にもとづいて、聖書の『創世記』をリライトしたのであり、男らしさの物語を語ったのである。

　その間にセルジュの病いは癒える……。彼が最後に欲望の自由と、男らしい力と、「十全な満足」を得るにしても、それは不安定と曖昧さの長い道を通った結果なのである。アルビーヌの腕に抱かれた病み上がりの子供同然で、この若い代理の母親に慈しまれ、彼は不安とおののきのなかで最初の日々を生きた。「彼女は何時間もじっと彼をみつめ、なんとか笑わせようと母親みたいにほほ笑みかけたりした。（中略）彼女の唯一の慰めは、彼がすくすくそだっていく可愛い子供のようだということだけだった」[10]。男としての属性をすべてなくしたセルジュは、一人の女の母親であると同時に恋人のような、誘惑する者であると同時に去勢する者のような指導の下で、人生と、言葉と、官能と、世界を学びなおす。アルビーヌは彼を生み、養い育て、導き、誘惑し、最後には彼を所有してしまう。セルジュは完全にものである。ベアトリス・スラマの言葉を用いるならば、『ムーレ神父のあやまち』は確かに、誘惑する女に目が眩み、魅了され、破滅させられる「世紀末的な男の小説」なのだ[11]。女と操り人形。しかし何よりもまず、パラドゥー＝楽園《パラディ》の保護された孤独のなかで生きるイヴとアダムである。「イヴがアダムを誘惑する。それは禁じられている。しかしイヴは禁じられているもののあらゆる歓びを弁護する」[12]。エロスとデカダンスの想像力がすべてそうであるように、男が支配権を失ったこの対面シーンを前にして、ゾラは二つのもののあいだで揺れ動いているように見える。ひとつはアルシャンジア修道士がしかめ面の代弁者になる抑圧的な言説であり（もっとも、あやまちという語はゾラ自身が使っている。「あやまちは穏やかで、葛藤を免れていなければならない」[13]）、もうひとつは女の魅力の宿命をめぐる饒舌で、陽気で、抒情的な夢想である。「川の中に足下から倒れた大理石の女」の彫像さえセルジュ・ムーレをうっとりさせ、夢想に耽らせる。その夢想のなかに認められるのは、ヴィリエ・ド・リラダンからラシルドやミルボーにいたる後年の数多の作品に頻出する屍体愛好的な幻想の予感と、ピグマリオンの神話が結びついたさまである[14]。セルジュ・ムーレの目をとおして、死と欲望がこの「上半身が裸で腰から下を衣でくるみ、仰向けになった女の大理石像」を変貌させる。「おそらく百年間、水に沈んだままの溺死体といった姿、悲しみのあまり身を泉の底に投じたにちがいないと想わせる姿だった。流れている澄んだ水の下のその顔は、白いなめらかな石のようになり、容貌は定かではないが、首の力で水面上にあらわれているかのような二つの豊かな乳房は、なんの損傷もなく、いまなお、往時の逸楽にふくらみ、息づいているかのようである」[15]。テクストの水の中に『ルーゴン＝マッカール叢書』が驚くほど鮮やかに映し出されている……。

　世紀末のコードにもとづいて『ムーレ神父のあやまち』を読み直すという作業を、もっと押し進めてみるべきだろうか。こうした事柄では、探しているものは必ず見つかるものだが、ことさら作品の意味を歪めなくても、アルシャンジアとセルジュ・ムーレというもうひとつの組み合わせについて考えることはできる。同性愛的な関係が覆い隠されたかたちで、潜在的に示されているのだ。おそらくゾラは、自分の小説からそのような結果が引き出されようとは意識すらしていなかっただろう。アルシャンジア自身、ムーレと同じく男らしさを喪失している。より正確には、作品の中で述べられているように、彼は女体にたいする欲望を消滅させた。「わしはもう何も衝動は感じなくなった。今では静かな暮らしだ[16]」。しかしアルシャンジアがムーレ神父を激しく嫉妬しながら監視する態度、彼がアルビーヌに抱く憎悪、ムーレ神父を誘惑するかのように彼の目の前でこれ見よがしに転倒すること、ジャンベルナが彼の耳を削ぎ落とすことによって課す象徴的な去勢、そうしたことすべてが読者をさまざまな夢想に誘う。「道の真ん中でムーレ神父の足を止め、おそろしい嫉妬に目を光らせながら、彼は神父を睨みつけた[17]」。パラドゥーに滞在した最初の頃は性的特徴がきわめて曖昧だった若き司祭の姿が、ここではいっそう不確かで、いわばいっそう両性具有的になっている。

結局のところムーレはイエスにたいして、かつて聖母マリアに告白したような愛を向けるのだ。そしてゾラは、司祭が祈りをあげるに際して瀆神をも怖れずに世俗的な悦楽の言語を用いることによって、言葉の二重の意味をもてあそぶ。「歓喜にうちふるえながら、彼は口を近づけて神と話しながらイエスと親密に内心の対話をかわしはじめた。彼は『雅歌』の一節を口ずさんでいた。「わたしの愛しい方はわたしのもの、そしてわたしはその方のもの」。（中略）おどろくべき親密さであった。イエスは彼の傍らまで降りてこられ、彼の願いや幸せ、希望について長い時間を費やして語ってくれるのであった。（中略）とりわけ今度はムーレ神父は、イエスにいつまでも身近に留まっていてほしかった。静まりかえった教会の中に六時を告げる音が鳴った。生けるものすべてが寝静まったなかで、彼ひとりがまだそれに耳をかたむけていた」[18]。神に対する冒瀆に近いこうした官能的な宗教性、自然に反した愛撫するような信仰心は、ゾラの後にも例がある。それはすでに、たとえばイギリスの「ラファエロ前派」の絵画と類似している。そしてその後、回心した近代作家でセルジュ・ムーレのように、神秘的な昂揚と、より世俗的な悩みとより密かな衝動の「甘美なる香り」を混同した者がどれほどいることだろうか[19]!

●ラファエロ前派の作家ゾラ?

浄めの効力を有する熱病によって生き返ったセルジュ・ムーレは確かに、「ラファエロ前派」の画家やイタリア・ルネサンスの芸術家たちが描いた美青年を想わせる。「細い手足、角ばった胸、そして肩のまるいやせぎすの体に、だぶだぶの服を着た彼が、背筋をのばして立っていた。頭をこころもちうしろにそらし、うなじの日灼けしている白い首を楽々と左右に動かしている。その顔には活力がみなぎり、生きいきとしていた。だがほほ笑んではいない。おだやかな口元、きりっと引き締まった頬、高い鼻、威厳のある灰色の目で静かにくつろいでいる顔つきである。ふさふさとした長い黒い髪がくろぐろとカールし、肩に垂れている。頬ひげは、唇とあごのところでちぢれ、皮膚の白さをきわ立たせていた」[20]。他方ムーレの伴侶アルビーヌ、白い女アルビーヌ〔Albine という名はラテン語で白いという意味の albus に通じる〕もまたあきらかに、時代の一類型を予兆している。モダン・スタイルの画家、挿絵画家、建築家、室内装飾家にたいして、表情とタイプを規定することになる女性の類型である。ミュシャのポスターや、オーブリー・ビアズリーの版画や、ギュスターヴ・モローの絵(たとえば《ガラテイア》)、それより古いロセッティやバーン=ジョーンズの絵、そして一九〇〇年前後に現れた応用芸術のより通俗化された見本をよく見てほしい。そうすれば『ムーレ神父のあやまち』の不幸なヒロインを新たな視線で見られるようになるだろう。

実際、彼女はイヴにほかならない。聖書にまつわる神話はいたるところに垣間見える。小説の草稿には次のように記されている。「ヒロインの内部で女が荒々しく目覚める。彼女はセルジュを欲し、彼は彼女のものになる。障害はあるが、自然の激しさはともかく生殖へと向かう。ヒロインはまったく無意識そのもの、社会感覚がなく道徳を学ばなかったイヴであり、恋する獣人である」(21)。要するに、聖書の中のイヴよりも本能的で、欲望の強いイヴなのだ。『旧約聖書』よりも自然主義の想像力のほうが、自然が声高に語るのである。しかし同時に矛盾を恐れずに言うならば、少なくとも小説の草稿によると、ヒロインはいくらか聖スルピス会を想わせるようなイヴ、きわめて理想的で、天使的《アンジェリック》な美しさをそなえたイヴである（アンジェリックというのもゾラ的な名前である〔ゾラ作『夢』のヒロインの名になっている〕）。「第二部では、彼女が愛らしく、ほっそりして、ミルクのように肌が白く、春のようにみずみずしく、顔はルネサンス期の聖母のように細面でなければならない。第三部ではもっとがっしりして、成熟した女になり、活力にあふれ、いくらか陰気だが常に美しい」(22)。そしてとりわけモダンな女――言葉の装飾的な意味におけるモダン――、「デカダンな夢想」に現れるような女であり、ゾラはこのような女の肖像と演出のために新たなイヴのあらゆる姿を案出した。

この点で中心的なイメージは女＝花のイメージである。花のなかの女、そしてあえて新語を用いるならば花化され、植物化された女、植物と花の世界に根付き、そこで改造された女のイメージ。これもまたその後、うんざりするほど至るところで反復されることになる時代のモチーフである。しかし一八七五年の時点ではまだ目新しい。有名なデザイナーよろしく、ゾラは流行を作る、あるいは感度の良い気圧計のように流行の接近を見抜く、とさえ言えるかもしれない。第二帝政期のプロヴァンス地方の人里離れた村の近くで物語が展開する小説『ムーレ神父のあやまち』には、「アール・ヌーヴォー」様式の装飾や、一九〇〇年スタイルの悪趣味はない。ただ共通して植物の比喩の影響をうける一人の作中人物と、ひとつの風景を読者は目にする。小説の第二部全体がその雰囲気に覆われているのだ。聖母マリアの連祷を唱えながらムーレ神父が教会で崇める神秘のバラに、一人の女＝バラが取って代わる。そしてその女は周囲のバラと深く一体化するので、バラの花は女性性の隠喩に変わってしまうのである。

「ベル・エポック」期に花の修辞が増えることを先取りするようなテクストは、全体を引用すべきであろう。十も二十もある例の中から、ここでは女性化とバラのエロス化をめぐる隠喩を含む意義深い文章をふたつだけ引用しておこう。「降りそそぐ金粉のような木もれ日の中、アルビーヌの肌は、金色を帯びた乳白色に映えていた。そして彼女の周りも、体も、バラの花びらで埋まり、淡いピンクに輝いている。櫛でゆるく留めたブロンドの髪は、沈む夕陽を浴びたかのようにきらきら輝き、ゆったりとうなじに流れている。腕も胸元も両ひざもむき出しの彼女の白いブラウス姿は、まるで生身の裸のようにみえた。そして花のように一種独特の香りを発散し、なんのはじらいもなく、その清純な肌をさらしていた」。「アルビーヌ自身も、この朝開花した一輪の大きな淡いピンクのバラだった。彼女の足は白く、ひざと腕はほのかなピンク、うなじはブロンド、腕は静脈の浮き出たうっとりするようなうるおいをもつ青白さだった。そして、なんともいえない香りを発散している。サンゴの盃のような唇から、その香りが流れ出ているのだった。セルジュはうっとりとしてその香りを吸い込み、さらにきつく彼女を抱きしめた」[23]。エドモン・ド・ゴンクールがどこかで婉曲的に述べているように、ゾラはおそらくこうしたページを「熱く燃えながら」、そして同時に古い詩の教則本を思いだしながら書いたのだろう。若い女と花を同列に置くこのようなページが、アルビーヌやその後の小説の数多くのヒロインに矛盾した両義性や、生得的であっていまだ無意識の背徳性を付与することになる。矛盾した両義性というのは、彼女たちがなかば貞淑でなかば官能的であり、なかば清純でなかば淫乱であり、不安を覚えさせると同時に情欲をそそり、自然の娘であるとともに超自然的な美だからである。あらゆる状態における女と花。それは文学が始まって以来の古い比喩だが、『ムーレ神父のあやまち』はほとんどシュルレアリスム的に、あるいは「超自然主義的」に拡大することによって、その比喩にいくらか活力を取り戻させた。

というのも、ここで女が茎のような体と、葉や花のような髪によって植物と同一化しているとすれば、植物のほうは逆に女性化し、常に生き生きとして、しだいに奇怪なイメージを生みだしていくからである。エロスには恐怖や、あやまちや、罰が結びつく。地獄はパラドゥーと同質なのだ。大きなバラの木の傍らには、「おびただしい数の枝と茨の茂み」が生えている。アルビーヌとセルジュが二人の抱擁を覆い隠してくれる大木に近づくにつれて、一方では植物のかたちがより大胆に性的な様相をおび、他方では、こうして引き出される交接のイメージや、作品中の言葉をそのまま用いるならば「情欲の痙攣」のイメージがより幻想的で、致命的なものになっていく。そしてそれは川の中に倒れ、川の水のせいで「顔がなくなった」あの女の大理石像が出現するまで続くのである……。

植物は悪臭を放つ雑草となり、蔓植物は蛇に変貌し、森は真っ赤に燃えあがり、「いろんな種類のサボテン」が、「まるで悪夢の中に出没する名もない奇怪な生きものが這いまわったり立ち上がったりしているさま」に変わる。そしてこの生きものが今度は生殖器のイメージに転化し、最後はこの生殖器がサディスティックな拷問器具の様相をまとう。ヴァギナのようなハート型のアロエは「鋭い刺をつけ」、葉は「刀剣のように細長く」、茎はペニスのようで「その先端に花がついて」いるし、「蛇のすばしこい舌のような雄しべを四方八方にひろげている肉厚の花もあった」[24]。

パラドゥーの空間を巡るアルビーヌとセルジュの旅は、ジュール・クラルティの言葉に倣うならば「夢幻的な」芸術の性質をおびている。最後に彼らは快楽を知ることになるのだが、そのためには恐怖の混じった通過儀礼的な歩みが必要だったのである。ここで読者が想起するのは、ミュシャが描いたほっそりと静かで身動きしない、穏やかな花を髪につけた女性像ではなく、むしろオクターヴ・ミルボーの『責め苦の庭』(一八九九)であろう。差異は考慮に入れたうえで言うならば、実際のところ中心的なモチーフは両者のあいだで似通っている。魅惑的で支配的な女が、彼女を欲する男＝子供を従える。女は男を「庭」の中に連れ込むが、その庭は楽園のようでありながら怖ろしく、植物が豊かに繁茂していると同時に淫靡で、魔法のようであるとともに地獄のようでもあり、健康的であるとともに病的でもあって、至るところで悦楽と死が同時にさまよっている。庭を完全な地獄に変貌させるためにミルボーに残されていたのは、バルベー・ドルヴィイとユイスマンスを経由した――そして緩和された――サド的な伝統をパラドゥーに付けくわえ、一九〇〇年のエデンの園に苦しめられた人体を住まわせることだった。

セルジュ・ムーレはレザルトーに戻り、アルビーヌはもはや死ぬしかない。運命は逆転して《法》が勝利をおさめ、『ムーレ神父のあやまち』には『責め苦の庭』にはないような悲劇的な次元がもたらされる。しかし、世紀末的なある種の美学からまったく離れるわけではない。人は花の香りが強すぎるからといって死ぬものだろうか。おそらくそんなことはない。『パスカル博士』のなかで老アントワーヌ・マッカールがそうであるように、酒を飲み過ぎたからといって自然に体が燃え尽きることなどないのと同じだ。小説の論理が空想に転換しているのである。パラドゥーの闇夜で、アルビーヌは矛盾にみちた自殺を選択する。美と穏やかさの極致が無の極致になり、婚礼の支度が死の飾りになる。「婚礼の時がきた。バラのファンファーレが厳粛な瞬間を告げようとしていた」[25]。これはきわめて美しく、感動的で、斬新なシーンだ。男に棄てられた女の自殺は小説や、芝居や、オペラで何度も語られたエピソードだが、伝統的に花と香りに結びついた意味合いを逆転させたのは、かなりめずらしいことである。それによって『ムーレ神父のあやまち』のゾラは、ボードレールからユイスマンスへと至る系譜に連なるのだ（ユイスマンスはデ・ゼサントにさまざまな訓練をさせる場面で、ゾラが書いたページを思い起こすことになる[26]）。その際に、再び「ラファエル前派の画家たち」のモチーフを経由する。死んで花の褥に横たわるアルビーヌはミレーの描く溺死した《オフィーリア》を想わせるし、そのオフィーリアもまた、溺死に死の息苦しさを付加するかのような植物群に囲まれている。それにアルビーヌはこの瞬間、パラドゥーに住むもう一人の死せる女、もう一人のオフィーリアと結びつく。「おそらく百年間、水に沈んだままの溺死体といった姿、悲しみのあまり身を泉の底に投じたにちがいないと想わせる姿だった[27]」。性、植物、水、訣別、絶望。雅なる宴は終わりを告げる。「人気のない冷たく古い庭の中を、二つの影がさきほど通りすぎた」。ゾラ作品に関する紋切り型の註釈を読んできた者は、『ムーレ神父のあやまち』にほとんどヴェルレーヌ的な憂愁の響きを見出して驚くことになる……。

●自然主義とネオ・ロココ趣味

しかしながらゾラの場合も、世紀末の芸術一般においても、女＝花は単なる主題ではないし、女性性やその魅力、脆弱さをめぐる夢想にすぎなかったわけではない。それは同時にひとつの形式であり、舞台装置であり、造型的な探究の契機であり、髪と葉の曲線をめぐる夢想でもあった。その点で『ムーレ神父のあやまち』は、一方でルイ十五世時代の美学と結びつき、他方で世紀末のネオ・ロココ趣味の美学につながる。ゴンクール兄弟を先駆者とするネオ・ロココ趣味によって、曲線模様や、ねじれた図柄や、波うつリズムや、植物の曲線を様式化した形式の流れるような造型性にたいする古くからの好みが、新たに生き返ったのである。第二部第一章でセルジュ・ムーレが目覚めるのは「ルイ十五世様式の古い家具をしつらえた」部屋であり、その壁には「楕円形の羽目板」が張られ、「天井は丸く」、「カルトゥーシュ〔渦巻き様のモチーフの装飾〕や、メダルや、結んだリボンで縁取りしてあった」。この作品では自然においても構築された物語空間においても、すべてが丸みをおび、楕円形になり、色合いが転調する。こうした曲線のモチーフが、自然界であれ人間界であれ多様な現象とものを際立たせる不変要素として役立つ。「二時ごろ、ようやくその太陽の波は、ひじかけ椅子を乗り越え、ベッドに這いのぼってきた。そしてふりほどいた髪のように毛布の上にひろがった」[28]。ひとつの波が別の波から生まれるように、このようなイメージは同じような波動にしたがって次々に生みだされていく。ちょうどガレやラリックの花瓶の飾り焼結ガラスのように、小説の語彙と言い回しが流れの比喩表現に満ちているのである……。

円の軌道のように、小説は初めにもどって閉じられる。風景の物語と形式は換喩と隠喩をまじえながら図像として、作中人物の物語と形式をあらためて語ってくれる——あるいはその逆かもしれない。二つの記号体系が相互に浸透し反映しあって、男性的なものと女性的なものという二つの原理の相互的な欲望という、自然の大法則を表現する。そして「物語の入れ子構造」という第二の鏡像レベルでいえば、二人の若い主人公は、セルジュが生まれ変わった部屋の羽目板を飾っている官能的な絵画の背景に、自分たちがいずれ結びつくことの予兆を読みとることができる。そしてまたその部屋で「何年も前に」死に、館の住人が長いあいだ想い出を偲んできた未知の女性の物語の中に、悲しい結末を読みとることもできたであろう。アルビーヌの運命は二重の表象であるあの曲線模様のうちに書き込まれているのだ。『ルーゴン家の繁栄』〔『ルーゴン＝マッカール叢書』の第一巻〕の冒頭で、ミエットがシルヴェール・ムーレといっしょにやって来て――彼らもまた理想化された宿命的な愛を生きるカップルだ――腰掛ける墓石に、彼女の運命が書き込まれているように。「死せるマリー、ここに眠る」。主題と構造におけるこうした変化や反射効果は、作品が装飾性の方向に流れるのを助長する一方で、アルビーヌとセルジュの恋物語をそれ以上に伝説の空間に投じいれる――これは後にメーテルランクが頭角を現してくる領域である。二人の主人公は、自然主義的な素描を脱小説化するというひそかな作業に参加しているのであり、後年の小説美学の推移を先取りしているのである。そうした推移の徴候が明確になり、そのようなものとして註釈されるようになるのは、ようやく一八九〇年前後のことである。

ゾラはその限界と危険を感じとったせいであろうが、その方向にこれ以上進むことはなかった。こうしたモチーフや形式を活用し、洗練させる仕事は他の作家たちにゆだねるだろう。二十年後、ギマールが描いた最初の地下鉄の駅の装飾に、ゾラはパラドゥーの植物群との類似を認めたであろうか？『ムーレ神父のあやまち』から一年も経たない頃、『居酒屋』がまったく異なる小説言語で、まったく新たな土地を開拓することになり、若き小説家――当時ゾラは三十五歳――が現代社会のあらゆる音域で演奏できる力量をもっていることを証明した。いずれにしてもユイスマンスが、フローベールの『聖アントワーヌの誘惑』と、エドモン・ド・ゴンクールの『フォースタン』と、ゾラの『ムーレ神父のあやまち』をともに称賛し、したがって同じような美的判断を下すという能力をボードレール的な人物デ・ゼサント〔『さかしま』の主人公〕に付与するとき、ユイスマンスの明晰さと誠実さを疑う理由はない。というのも、この小説が『ルーゴン＝マッカール叢書』というシリーズの一作であることをいったん忘れるならば、これが古典的な自然主義とは異なる文学の系譜、つまり「芸術的」な作品の系譜に分類できるものだということが理解できるからである。この系譜の作品は十九世紀最後の四半世紀の転機に、小説を新奇さの方向に進ませ、あるいは再びその方向に進ませ、ユイスマンスの言葉を借用するならば、新たな気取り《プレシオジテ》の文体を創りだす危険を冒してまで、「人々がうんざりしていた卑近な生活の外部に」小説を連れ出そうとした。(29)

Henri Mitterand, 'Naturalisme et « Modern Style »', in *L'Illusion réaliste*, PUF, 1994.

原注

（1）フランソワーズ・ガイヤールが「ゾラの自然主義の両義性」を指摘するのは正しい。「ゾラは真実への情熱と技巧への関心、生の崇拝と、病的なものや頽廃的なものへの抑えがたい興味という、近代性の分かちがたい二面を意識せずして統合している」。Françoise Gaillard, « Modernité de Huysmans », in *Huysmans, une esthétique de la décadence*, Ed. A. Guyaux, Chr. Heck, R. Kopp, Paris, Champion, 1987, p. 104.

（2）Emile Zola, *Mes Haines*（La littérature et la gymnastique, *Germinie Lacerteux*）, 1866.

（3）たとえば次のような著作を見よ。Th. Ribot, *Les Maladies de la mémoire*, 1881 ; *Les Maladies de la volonté*, 1883 ; *Les Maladies de la personnalité*, 1885. Janet, *L' Etat mental des hystériques*, 1892. Azam, *Hypnotisme et double conscience*, 1893.

（4）*La Faute de l'abbé Mouret*, Ed. Gallimard, coll. « Folio », p. 157-158. 以下『ムーレ神父のあやまち』

の訳文は基本的に清水正和・倉智恒夫訳（藤原書店）によるが、文脈におうじて一部改変した。

（5）*Ibid.*, p. 159.

（6）次を参照のこと。R. J. Stevenson, *L' Etrange cas du Docteur Jekyll et de Mister Hyde*, 1886 ; Guy de Maupassant, *Le Horla*, 1887;Paul Bourget, *Le Disciple*, 1889;Marcel Schwob, *Coeur double*, 1891;Huysmans, *Là-bas*（作中人物のジル・ド・レ）; Georges Darien, *Le Voleur*, 1896. この問題に関しては次を見よ。Roger Bozzetto, « Le fantastique fin de siècle, hanté par la réalité », *Europe*, novembre-décembre 1991, p. 15 à 26.

（7）*La Faute de l'abbé Mouret*, p. 158.

（8）*Ibid.*

（9）*Ibid.*, p. 164-165.

（10）*Ibid.*, p. 172.

（11）Voir Béatrice Slama, « Où vont les sexes? Figures romanesques et fantasmes fin de siècle », *Europe*, *op. cit.*, p.27 à 37.

（12）*La Faute de l'abbé Mouret*, dossier préparatoire, BN, Nouvelles acquisitions françaises, ms. 10294, f. 46 à 47. フォリオ版四六〇頁に部分的に収録されている。

（13）*Ibid.*

（14）Villiers de L'Isle-Adam, *L'Eve future* ; Rachilde, *La Tour d'amour* ; Octave Mirbeau, *Le Jardin des supplices*. Voir Béatrice Slama, art. cité. p. 31-32.

（15）*La Faute de l'abbé Mouret*, p. 193.

（16）*Ibid.*, p. 392.

（17）*Ibid.*

（18）*Ibid.*, p. 350-351.

（19）次を見よ。Antoine Compagnon, « Huysmans, Proust et la lecture perverse de la Renaissance italienne », in *Huysmans, une esthétique de la décadence, op. cit.*, p. 227 à 235.

（20）*La Faute de l'abbé Mouret*, p. 177.

（21）*Ibid.*, Notice, p. 443.

（22）*Ibid.*, p. 444.

（23）*Ibid.*, p. 183,185.

（24）*Ibid.*, p. 245.

（25）*Ibid.*, p. 401.

（26）J. -K. Huysmans, *A rebours*, 第八章（花の章）および第十章（香りの章）。

（27）*La Faute de l'abbé Mouret*, p. 193.

（28）*Ibid.*, p. 164.

（29）『ムーレ神父のあやまち』における花の風景については次の研究も参照願いたい。
Roger Ripoll, « Le Symbolisme végétal dans *La Faute de l'abbé Mouret* », *Les Cahiers naturalistes*, n°31, 1966, p. 11 à 22;Angelica Lieger, «L'espace de l'imaginaire. Promenade dans la roseraie zolienne», *Les Cahiers naturalistes*, n°63,1989, p. 93 à 107.

ゾラ、機械のイマージュと神話

ジャック・ノワレ
（岑村傑・訳）

●ゾラの自然主義と機械たち

　自然主義作家たちが世界に向けた新しい視線の、そしてその新しい視線によって企図された小説の主たる特徴のひとつは、たったひとつの言葉で要約できる。ゾラが格別の愛着を抱いていた行為動詞、「広げる」である。実際、自然主義の試みが目指すのは、単に人間や事物についての私たちの認識を深める（現実世界を「うがつ」、「掘り下げる」とゾラは言う）ということのみならず、文学の領分を最大限に広げ、切り開いていくということでもある。レアリスムの企ての根底にある、バルザックが一世代前に口火を切った、あらゆる方位に向かって世界を探索するということを、自然主義の作家たちが極限にまで押し進めた。描かれるに値しないと決めつけられて、あるいは（あまりに新し過ぎ、違い過ぎ、突飛過ぎたために）単に見逃されたままでいて、それまで描かれていなかったものが、ついに小説の空間に場を得て、注目と好奇心に値するものとなる。「下層階級」や貧民窟、労働者や徒刑囚といったブルジョワ社会の裏面、倒錯や病理といった伝統的な人間心理の裏面が、あるいは病気、あるいは狂気が、小説の題材となるのである。近代世界の産物である科学技術は、十九世紀において、文学が懸命に目をつけ取り込もうとするそのような新しい現実に属している。自然主義、とりわけゾラの功績のひとつは、機械を小説のなかに登場させ、それを初めて、現実の物体として、そしてまた想像上の物体、すなわち神話と夢を生む媒体として、余すところなく描き出したことにある。

　機械は、ゾラにとってはまず、自然主義作家たちが現実世界を十分に描写しようとするときには必須の要素である。機械は、近代的生活の不可欠な枠組みでありその形式そのものである以上は受け入れていかなければならない背景の一部を、鉄の建築やオスマンのパリの大通りとともに成しているのである。一八七九年に発表されたテオフィル・ゴーチエに関する論考の結論で、ゾラはそのことを強く訴え、ロマン主義作家たちが「当代の精神」を拒絶していることを責める。

我々は卸売市場や展覧会場の建築を、都市のまっすぐに開けた大通りを、機械や電信や機関車の絶大な力を、受容しなければならない。それはそのなかで近代的人間が機能する枠組みであって、我々が属している社会、行動している環境の外では文学は、社会的な表現というものは、存在し得ないだろう。(1)

かくして、文学が近代的活動のメカニズムを隅々まで描写することを使命とするのであれば、近代技術とその創造物は文学の領分に組み入れられなければならない。いやさらに言えば、近代技術は科学の子であり、科学的精神は世紀全体を突き動かしているのだから、機械は、同時代の生活の背景のありふれた一要素であるにとどまらないだろう。それはその生活の典型に、象徴のようなものになるだろう。自然主義小説家と近代技術の産物との邂逅は、したがって、二重の理由で起こるべくして起こったものであった。第一に、自然主義は近代性を体現する文学を自任するが、機械こそがその近代性のしるしのなかでも最も明白なものを提示してくれるからである。第二に、自然主義は科学を崇拝し、科学的方法をあらゆる知的・芸術的活動の普遍的なモデルとして確立したが、そんな自然主義にとって機械は、科学の化身、科学が姿形を得て命を吹き込まれたものに見えるに違いないからである。科学は小説の、言うなれば登場人物となる。ゾラが先の論考で書いているように、もし「当代の科学的精神」が「実にすばらしい素材で、明日の芸術家がそれから傑作を産み出すことになる」のだとすれば、その科学的精神の果実たる機械は必然的に、その芸術的創造において極めて重要な位置を占めることになるだろう。

したがって、ゾラの作品が他に先駆けて同時代の産業世界の間然するところがないパノラマを描き出すとき、それが、十九世紀を支配していた、工業化におけるルイス・マンフォード言うところの「旧科学技術」期を構成する主要な三つの側面についてなされることは、偶然ではない。石炭、蒸気、鉄である。ゾラは小説家としては初めて、そして同時代では唯一、そのそれぞれに小説の一冊全体を、すなわち炭坑には『ジェルミナール』(一八八五)を、鉄道には『獣人』(一八九〇)を、製鉄には『労働』(一九〇一)を、割いている。ゆえに、機械の小説家のなかでもとりわけゾラにはすべての要素が揃っているとみなすことができるし、また力量でもゾラは秀でていて、多種多様な近代科学技術の産物に血肉を与え、小説的な力強い形象を生むことができた作家だったと言える。『ジェルミナール』ではヴォルー抗(炭坑)が、『獣人』ではリゾン号(機関車)が、『労働』ではアビーム工場とクレシュリー工場(悪しき炉に対する生命の炉)が誕生したのである。新しいものに向けるこのような注意、同時代の科学技術を文学に「帰化」させようというこの非常に意識的な努力においてこそ、ゾラの作品はその独自性の一端を明らかにし、わたしたちの関心を引かずにおかない。

近代技術の世界の描写は、自然主義の常道として、対象となる産業活動の全体図から始まる。ゾラの読者ならば、『ジェルミナール』冒頭の夜の闇に現れる炭坑、『獣人』冒頭のサン=ラザール駅の全景、『労働』冒頭の陰鬱なアビーム工場の姿を思い出す。いずれの場合でも手法は同じである。近づきながらその産業風景の全貌を徐々に発見していくにせよ(『ジェルミナール』のエチエンヌ、『労働』のリュック)、あるいは『獣人』のルボーのように高みから、窓から、活気づいている駅を俯瞰するにせよ、見る人間がひとりいて、その光景を観察し、それに没入するのである。この序幕の描写で小説家が狙うのは、機械の世界についてまずは全体的な印象を与えることで、その結果、その世界が活動まっただなかのひとつの巨大なシステムであり、これからそこに、観察者である登場人物と、そして彼とともに読者は分け入っていくのだということが分かる。一幅の絵として、または交響曲として構築されたその全景の、感覚に訴えてくる構成要素は常に似通っていて、所々に光が差す闇があり、蒸気と煙、衝撃と鈍く轟く音、小刻みな振動や、雑然とした動きがある。全体の印象は錯綜し混沌とした世界のそれ、独特で神秘的で秘められていて外部の人間には理解できないような生命に激しく突き動かされている世界のそれである。エチエンヌは、『ジェルミナール』の冒頭、自分の周りに茫漠と見える光景、すなわちぼんやりと浮かび上がる塊や、夜の闇に灯る火や、定かならぬ動きなどの意味するところを遅々としか理解できないが、なぜならば、暗闇のなかでは空間の構造や物体の意味を掌握することができずに、その構造や意味が「幻想的な眺め」に還元されてしまうからである。夕暮れのサン＝ラザール駅も、不明瞭さやおぼろげでとらえどころのない錯綜といった全体的な印象を与えることに変わりはない。

信号が目まぐるしく変わり、次々と汽笛や警笛が響いて、あちこちからぽつぽつと、赤、緑、黄、白の灯火が現れた。それは黄昏のあのもやがかかったような時刻の混乱であり、すべてがぶつかり砕け散ってしまうように思われたが、すべては同じなめらかで這うような動きで夕暮れの底をおぼろげに、通り過ぎ、すれ違い、別れていった。(2)

この錯綜、この混乱は、しかしながら十分に美しい。ゾラはおそらく、近代技術の活動のこのように同時に複数の感覚を刺激する情景が有する美的な斬新さを、同時代の作家のなかでも最もよく感得し、表現した作家である。それはコントラストの、明暗の対比の、漆黒の闇に点在する色彩の、視覚的な美しさであり、またそれは、リズムや衝撃の、別の言い方をするなら、表に現れずともそこかしこで感じ取れるエネルギーによる、あるときは荒々しく、あるときはなめらかな運動の、音楽的な美しさである。まさに近代的労働のオペラであるこのような総合的な背景から、機械が、個別化された存在として、小説の登場人物として、浮かび上がってくる。

近代科学技術の産物を表現しようとするならば、自然主義作家は人間と機械の関係に、そして近代産業における労働の問題に、触れないわけにはいかないだろう。炭坑夫、鉄道員、錬鉄工は仕事の最中に道具に囲まれているところを描写されていて、彼らは機械と絶えず対峙している。彼らは機械の主人（しかしながら、機関車上のジャック・ランチエのように、科学技術の産物が内包する潜在的な暴力によって常に脅かされている主人）であると同時に、疎外された（機械化された、つまり『労働』の冒頭でのように彼ら自身が、機械の延長、単なる付属物の状態に陥っている）その従僕である。ゾラはしかしさらに先を行く。ジャック・ランチエを彼の機関車に結びつけ（『獣人』）、ボネールを錬鉄炉、モルファンを高炉に結びつける（『労働』）関係は、単なる熟練、単なる技術の習熟を超えて真の結合へと、すなわち不安のうちに生きられ苦悩とともに解消される感情的関係へと高められるのである。機械に愛着を持つ労働者は、自身の深いところにある部分を仕事に注ぎ込む。『ジェルミナール』でアナーキストであるスヴァリーヌを駆り立てる、彼が破壊することになるヴォルー抗に対する憎悪も同じ性質のもので、やはり情念のひとつの状態であり、そのような状態の情念にとっては、命を吹き込まれ官能性さえ備えた機械は、相棒にせよ敵にせよ、紛れもない登場人物の地位に達している。連帯して同じ仕事に打ち込むクレシュリー工場の労働者たちが作業機器の周りに集結し（『労働』の最後）、あるいはストライキの最中に『ジェルミナール』の叛乱した坑夫たちが機械に向かって突進するという、大規模な集団行動についても同様である。近代科学技術の産物の小説による表現は、ゾラにおいては、機械化された労働の形態とその動揺という問題とも、さらには機械との常に不安で危険な深い付き合いが人間の側に引き起こす問題とも、切り離せない。

●機械という隠喩

しかしながらゾラは、技法上の目標としても社会的な目標としても、近代産業の世界について単に写実主義的な叙述を行うことだけでは決して満足しなかった。炭坑や鉄道の見事な情景描写がなされるのは彼の創作活動の後半期、一八八五年以降だが、それを企てる前にも、この小説家は別の観点から、すなわち隠喩的転位という観点から、機械に関心を寄せていた。近代科学技術の産物は、想像力を刺激する含意に富むがゆえにひとつの普遍的なモデルとしての価値を有しており、現実界のほかのものは、その技術とは無縁で工業の領域外に位置するものでさえも、それと引き比べられることになる。人工の（鉄製の、組み立てられた、構造を持つ）ものであってその複雑さと機能が一定水準に達しているならば、近代工学によるあらゆる創造物は、『ルーゴン＝マッカール叢書』の作者の技術至上主義によって捕らえられ、変形させられて、機械となる。中央市場（『パリの胃袋』）、百貨店（『ボヌール・デ・ダム百貨店』）、証券取引所やユニヴァーサル銀行（『金』）などはそれにあたる。多くの場合において、機械という隠喩は、人間活動のあらゆる分野における実質本位、機能本位の近代性に属するすべてを際立たせる、最も有効な手段として登場するのである。したがって、すぐれて近代的な都市であるパリ、肉体労働と知的労働の中心地であり、進歩が練られ顕現する場所であるパリがやはり、歴史の生産と人類のよりよい未来の製造という役目を負った炉＝都市（『ルルド』）、モーター＝都市（『パリ』）として描かれるのも、驚くべきことではない。

このように想像力を豊かにし、その魅力が人を惹きつけてやまないために、機械は、ゾラの作品においてはたちまちに、生と死の強烈な欲動に結びついた夢想や妄想を表現する役目を担うようになる。機械は、まるで当然のことのように、生物と同列に置かれる。しかしそれは、単に機械に自立した運動（人間の叡知が産むほかのいかなるものも有さない特権）が備わっているからではなく、機械がある秘められたエネルギーを自らの内に湛えているからであり、そのエネルギーの存在は、機械を動かす震え、うなり、呼吸や喘ぎ、がたがたとした揺れのなかに見て取ることができる。機械に生命を与えるというのは、近代科学技術とその産物に関心を寄せた（ユゴーからドーデ、ジュール・ヴェルヌからヴィリエ・ド・リラダンまでの、一八五〇年以降の多くの）作家たちの常套である。しかしゾラにおけるほど、生命のあらゆる属性、生命の全き明証性を与えてくれるこのような力、このような存在感を機械が獲得したことはなかった。それはおそらく野蛮で、いささか怪物じみた、巨人や人食い鬼やキュクロプスやウルカヌスといった伝説上、神話上の存在の生命だろう。だがそれは、あらゆる感受性、あらゆる精神性が削ぎ落とされ、動物の生命も及びもつかないほどに純粋な生命力へと還元され、つまりは物理的な生命のある種の絶対となっているがゆえに、強力で脅威的な生命である。機械は魂を持たない（少なくとも電気が到来してその抽象的な流体でそれに命を吹き込むまでは）巨大な身体そのもの、物質の謎めいて粗暴な重々しさそのものになる。ゾラにならってその身体の部分部分を数え上げることは可能だろう。機械は、リゾン号やヴォルー抗のように「手足」や「筋肉」や「関節」を持っている。『労働』のなかの改良を重ねられた作業機器のように、「脚、腕、足、手を、歩くため、抱えるため、金属をしなやかで軽快で力強い指で締めつけこねるために[3]」持っている。そしてとりわけ、機械は、むき出しにせよ隠されているにせよ内臓を持っていて、それは『居酒屋』の蒸留器の場合のようなぐるぐると巻きつく管や「銅でできた太鼓腹」や「金属の臓物」だったり、ヴォルー抗の場合のような「巨大な腸」だったり、『獣人』の機関車や『労働』の高炉の場合のようなぱんぱんの腹や胃袋だったりする。機械が胃袋そのものになり、胃袋でしかなくなりさえして、そのような胃袋の姿は巨大で、頭に憑いて離れないような異様さである。ちょうど、でっぷり腹をふくらませ脂肪をこなれさせては消化する都市の食欲を一手に引き受け具現化している、「パリの胃袋」中央市場のように。

この胃袋の優位は、ゾラにおける機械の主要な特徴のひとつである。機械の原始的な生命力が凝縮されているのが胃袋であり、まさにそこで機械的なものと生命を持つものとの奇怪な混交が起きる。胃袋は機械の神聖な部位であると同時に弱点、崇拝の対象であると同時に攻撃の対象であり、例えばジェルヴェーズは蒸留器の「腹を裂く」ことを夢みるし、スヴァリーヌはヴォルー抗の防水枠の「腹をえぐる」ことに躍起になる。このような機械の胃袋を称揚するために、ゾラは三段階の生物学的なサイクルを動員するのだが、それが小説から小説へと受け継がれて姿を現す一貫性には驚くほかない。第一段階は、貪り食うことである。「貪欲な」機械の胃は食糧の割り当てを要求するが、それは石炭だったり（機関車）、鉱石とコークスだったり（高炉）、あるいは単に人間の肉体であったりもする。百貨店は一群の女性客を一呑みにし、またヴォルー［＝食らうもの］抗は、その名のごとく、「一口で二十人から三十人ずつ、喉ごしも感じないかのようにやすやすと、ごくりと」[4]抗夫たちを「呑み込む」ことに忙しい。サイクルの第二段階、すなわち消化が開始し得るのは、ようやく胃袋が一杯になったとき、機械が「満腹に」(ヴォルー抗についても中央市場についても用いられる言葉である)なったときである。これは最も難しい局面で、それほど作業は大がかりであり、そして常に危うい。『居酒屋』の蒸留器や『労働』の高炉について言われる「炎の消化」つまり機械の仕事がくずひとつ出さず見事に成功した錬金術的作業に変身してしまうような完璧な消化の夢は、しばしば悪夢に転じる。支配的なのはむしろ、気分が悪く、鬱陶しく、もやもやとして苦しいといった印象である。ヴォルー抗が最初エチエンヌには「人間の身体を消化するのが辛くて困っている」ように見え、また中央市場がフロランを「前の日の消化不良の匂いがまだ濃く残る」息で包み込むように、ゾラにおける機械はおしなべて詰まりを起こすおそれがあり、したがって肥大は必然的な状態で、それは機械という身体にかけられた呪いのようなものである。そのために、胃袋のサイクルの第三段階が必要となる。「詰まり取り」、解放の段階で、ゾラにおいてそれは排便という強烈かつ下品な様相を呈することが多い。例えば中央市場の、「暗闇の奥に寝転がり、素っ裸で汗まみれのまま、胸をさらしふくれた腹を見せながら、星の下で用を足している」[5]様が描かれる。うずくまっているという機械の典型的な体勢が、紛れもなくその排便という作業を指し示すことになる。うずくまった横暴な神であるヴォルー抗や「真っ赤に燃える腹」を持つ「うずくまった巨人」である高炉の姿は、じっとして外界に耳を閉ざし、内に籠もって、自分自身の腹の中で起こっている一大事で頭が一杯になっている怪物の姿である。というのも、用便の作業は機械にとって消化作業と同様ありがたいものではないからで、風船のようにふくれて詰め込み過ぎの不幸な機械の胃袋は、高炉の場合のように自分を破滅へと導く危険さえある器官閉塞の悪夢から逃れることができずにいるように見えるのである。

ゾラの作品で機械の世界を支配しているのは、胃袋のサイクルを見れば明らかなように、作動することの幸福感ではなく、故障することへの不安である。ほかの例を挙げることはたやすいだろう。近代産業初期の蒸気と石炭の時代の機械はすべて、その生命機能が変調をきたすことに怯えながら生きている。人間の身体と同じように機械の身体も死すべき運命にあり、しかしその死はずっと劇的で、ずっと恐ろしいもので、なぜならば、そこから奪われる生命は、人間の生命以上に力に満ち死に激しく抗うだろう、途方もない生命だからである。『獣人』のリゾン号の場合はとりわけ明快である。機関車は身体としての機械の非の打ちどころのない典型で、食欲や動物的な生命力、無尽蔵に思える体力を備えている。しかし機関車には、胃袋の通常のサイクルに加えて新たな機能が備わっていて、ゾラの作品でもそれを完全に所有しているのは機関車だけであり、またその機能は機関車にのしかかる脅威をより深刻なものにしていく。それは官能的機能である。リゾン号は機械であると同時に女性であり、運転士であるジャック・ランチエにとっては、彼が殺したいという欲望を覚えずには肉体関係を持つことができない現実の女性の代替物の役をこなすことになる。リゾン号はしたがって、女体への愛によってかきたてられるばかりの死への欲動がそこで昇華し解消されるがゆえに、精神に安定を与えてくれる幻想である（ジャックが自分の機関車を「男として感謝しながら」[6]愛するのはそのためである）のだが、しかしリゾン号にはまた、人間の情念、例えばジャックと彼の愛人セヴリーヌの情念、グランモラン裁判長を殺害するルボーの情念、ジャックを愛し恋敵に嫉妬するフロールの情念が招く、死に向かうあらゆる力が収斂する。それゆえにリゾン号は、破壊の力に包まれ満たされて、今度は自らが死の道具となり、そして自分自身もまたフロールの嫉妬が引き起こす大事故のなかで惨死する。

物体である以上は人間の犯罪とは距離を保って無実、無関心のままでいるはずだったのに、機械は破壊の情念に毒されて、その情念の共犯者となり、代理人となり、果てはその犠牲者となってしまうのである。

近代科学技術と死の諸力とのこのような親和性は、ゾラの小説のなかでさらに何度も繰り返されていて、形こそ様々だが、行き着く先は皆同じである。その親和性こそが大部分の巨大機械を酷たらしい死に導くのであり、ヴォルー抗は鉱山からの出水に呑み込まれ、リゾン号は荷馬車に積まれた石に激突して粉々になり、ユニヴァーサル銀行は株式投機の加熱によって破綻し、アビーム工場は浄化の大火の炎で焼け尽くされる。例はほかにも枚挙に暇がない。常に変調に脅かされている（それは『生きる歓び』におけるラザール・シャントーの悩みの種だろう）不完全な機械である人間の身体は、故障による死を、「壊れる大時計」のような機械としての最期を、迎える運命にある。歴史そのものもまた、進歩を作り出す巨大機械だが、機能するには痙攣と発作を、すなわち戦争や革命を経なければならない。そもそも前進し続けるということは破壊の周期を経なければあり得ず、というのも、「生命の不屈の営みは自らの絶えることのない種子として死を求める」[7]のである。それが『ボヌール・デ・ダム百貨店』や、『獣人』や、『壊滅』の教えである。身体の小宇宙にも歴史の大宇宙にも適用されるこの機械中心主義がいかに普遍的で、そしていかに悲観的であるかが分かる。機械は、それがリゾン号のような純粋な近代技術の産物のことであれ、あるいは中央市場や百貨店やユニヴァーサル銀行のような隠喩的な機械のことであれ、死によって生き、死を与え、死のなかに果てる。機械の身体とその象徴的な等価物にとっては、変調と故障の惨事以外は望むべくもないかのようである。

●制御と調和のユートピア

しかしながら、これを結論とするわけにはいかない。ゾラの創作活動の最後には、このような悲観的な解釈を修正し、さらには完全に逆転させることにさえなる、重要な作品が残されている。一九〇一年に出版された、『四福音書』の第二巻、『労働』である。この奇妙なユートピア小説のなかで、ゾラは「正義と真実の理想都市」の出来を夢みている。物語の始まりは『ジェルミナール』が終わった地点で、労働者たちが長いストライキの失敗の後で仕事を再開しようとしている。しかしそれは炭坑ではなく、その不吉で人を堕落させるという特徴をその名がはっきりと示す巨大な大砲鋳造所、アビーム［＝奈落］工場でのことである。二人の英雄的な存在、技術者リュック・フロマンと科学者ジョルダンの活動のおかげで、新しい工場、鉄道のレールを造る「平和の善き炉」クレシュリー工場が次第にアビーム工場と競い合うようになり、その地位を奪う。フーリエ主義的ユートピアの原則に従って運営され、労働と資本と才能の結合に基づき、人間の情念、とりわけ自由で創造的な愛情を生産のために巧みに用いるクレシュリー工場は、自らの周りにあらゆるエネルギーを集結させ、旧都市に徐々に取って代わっていくことに成功して、旧都市を毒した類の労働を唾棄する「新しき都市」、再生した労働の都市、友愛を再び見出した人間たちの幸福の都市が生まれる。最終的にはリュックの活動が成就して、人類はもはやひとつの家族でしかなくなり、自身と世界を統べるものとして「真実と正義と平和という自らの天命をついに全うする」のである。この急進的な革新の試みにおいて、科学技術は、不可欠な基礎としての役割を担う。科学技術こそが、電気炉や電気モーターといった工場や家庭における新しい器具を、「未来都市」の創設と機能に必要な様々な道具（小型自動車さえも）を、産むのである。科学技術こそがまた、「都市」全体のメカニズムを構築する際に拠って立つべき普遍的モデルを提供してくれる。というのも『労働』とはまさに、それ以前の作品にあったすべての苦悩に対する解答であり、器官閉塞や変調の終焉（少なくともその終焉の夢）であり、歴史のあらゆる危機の外側に無血でかなえられた、調和し永遠に狂うことのない社会的メカニズムの出現なのである。『ルーゴン＝マッカール叢書』が故障の叙事詩として読まれうるとするならば、ゾラは最後の最後に『労働』によって、それを埋め合わせる夢を、遍く行きわたった制御というユートピアを、届けてくれる。

この制御の欲望は、『労働』では、科学技術の産物である狭義の機械、個々の人間という機械、社会という機械の、三つの次元において見て取ることができる。産業と技術の領域について言えば、大革新は電気の使用の普及であり、それは最後には、ジョルダンの工事によって、「新しき都市」のありとあらゆる機器に命を吹き込むことになる。ここではフーリエのイデオロギーよりもむしろ、電気がユートピアの必須条件であり、第一のエネルギーであると言っても過言ではない。未来を先取りした夢を抱かせることによってこの小説に一風変わったSFの趣を与えているのは、電気なのである。清潔で、静かで、つまりはそれに命を通わす物質と同じく抽象的な『労働』の機械たちはいたるところで、重苦しい蒸気機関、アビーム工場の貪欲な炉、クレシュリー旧工場の高炉など、不潔さ、鈍重さ、原始的で威圧的な野蛮さがその不完全さを十分に物語っていた旧科学技術時代の怪物的産物を、追いやってしまう。すでに『パリ』の終わりでギヨーム・フロマンの「小型モーター」の発明によって始まっていた、この具体から抽象、機械から機関への移行は、近代産業の第二期の特徴だが、それはまた機械の人間化にも対応している。単純な操作で女性やさらには子供の手でさえ動かすことのできる、従順な、「ついに友に」なった電気機械は、人間と科学技術の産物との関係の新たな状態を、もはや従属や疎外ではなく親愛と友情を、明示するのである。「新しき都市」の生活の節目節目に催される労働の大祭では、電気機械が花や枝葉の冠を戴き、偶像として、救い主たる労働の善き神々として崇められるのが見られるだろう。こうして労働と余暇の境界線、労働と快楽の境界線が、自然界の力に結びついた健康的で純粋なエネルギーの、工場や新しい市街を「川の水や空の風のように[8]」巡って生命を運ぶ流体の、その魔法によって次第に取り払われていく。電気の恩恵で、労働は再組織されるのみならず、法的に正当で道徳的な行為となる。それがゆえに『労働』では、電気とその利用が絶えず誉めそやされ、「新時代の力」、「都市がそこから最大の繁栄と喜びを引き出す恵みの電力[9]」が独特な詩情をもって称えられるのである。同時代人たちが来るべき世紀の妖精としていささか無邪気に持ち上げるこの「電気」という新エネルギーの威光に、一九〇〇年頃、ゾラもまた屈しているのを見るのは思いがけない発見である。

　電気が広く用いられることによって可能になった技術の世界の制御には、並行して、人間という機械の制御も

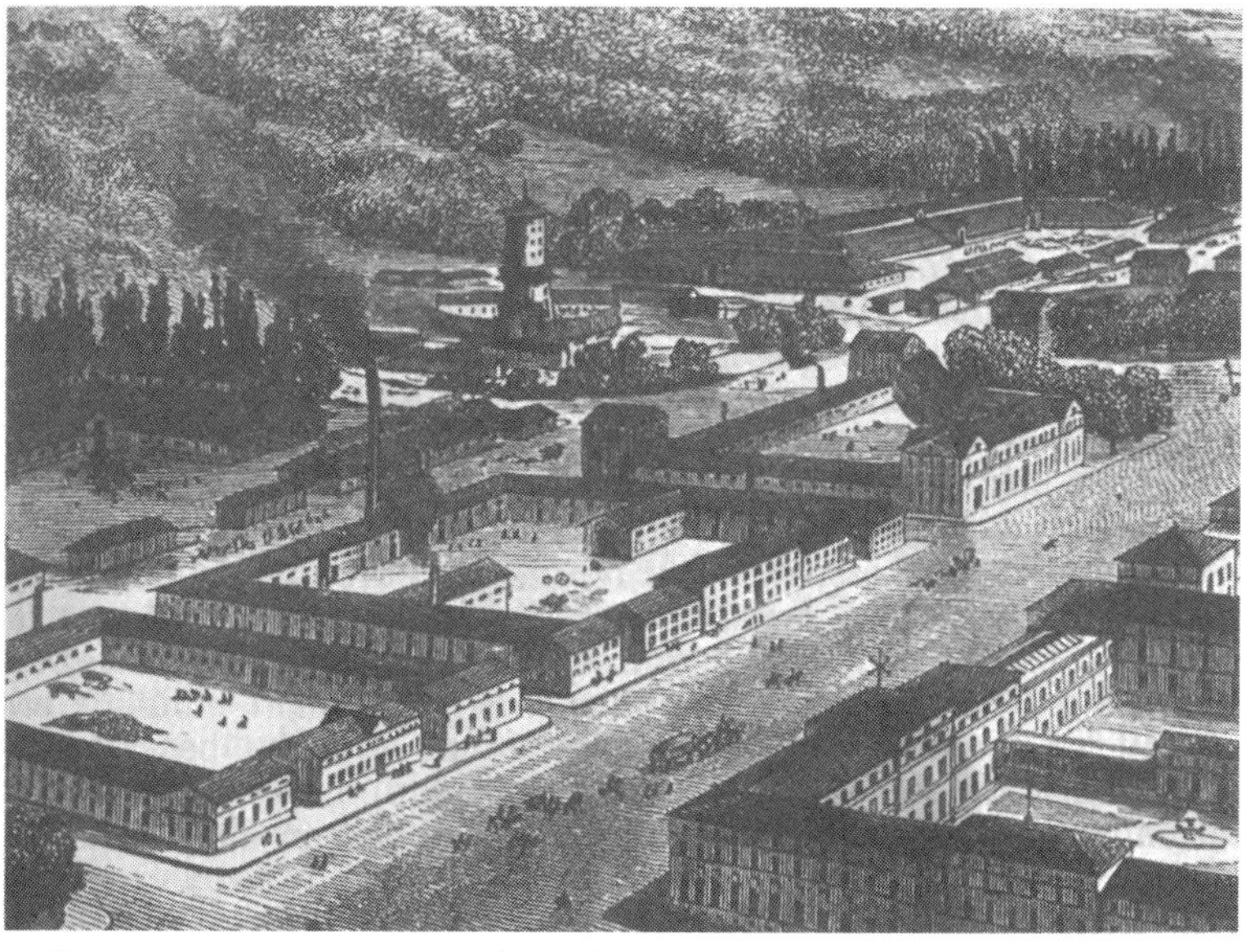

図1　「ファランステール」の一例。ゾラは『労働』でフーリエ的なユートピア都市を描いた。

伴っている。従来の労働条件や社会生活環境では故障することが宿命づけられていた人間の身体は、「新しき都市」で労働自体がその本来の機能に復帰するとき、それに合わせて再生されることになるだろう。『パスカル博士』で素描され、『パリ』で再び取り上げられた理論、すなわち労働は「生物の世界を制御する」という理論が、『労働』で開花する。ゾラの友人で医者であるモーリス・ド・フルリーの思想に基づいたこの理論は、身体を、取り巻く環境のなかで得られる感覚を肉体的運動（行為）と精神的運動（思考）に加工するひとつの機械だとする。こうだとすると、生命の完璧さは得られた感覚と産出された運動との間の狂いのない均衡にあって、この均衡だけが器官閉塞やエネルギーの濫費を避けることができるということになる。労働の最も重要な役割とはつまり、人間機械の制御装置としてこの均衡を整え、その均衡の結果にほかならない健康を生産することだろう。そうであればこそ、『労働』のなかでジョルダンは次のように断言できるのである。

私は生きた、というのも私は労働したからで、世界と私の間には均衡があった、つまり世界が感覚として与えてくれたものを私は仕事という形で返したのだが、私が思うに健康とはひとえにその点に、きちんと調節された交換に、人体の環境への完璧な適合にあるのだ……さあ、かぼそくとも私は年老いるまで生きる、それは確かだ、私は念入りに組み立てられた、論理的な仕掛けで動く小さな機械なのだから。(10)

労働を制御すれば、したがって必然的に人間の身体も制御することになる。そしてそれは各性別固有の分野について言えることで、男性は頭脳労働、肉体労働のなかで自由を得るし、女性は出産育児の労働によってヒステリーという故障から解放され、妻であり母であるという本来の然るべき立場に立ち返る。清教徒的世界であるゾラの世界においては、労働の自由化は、このような労働の道徳化にいたらざるを得ない。

最後に、制御というユートピアの夢は、社会についてもかなえられなければならないだろう。『ルーゴン＝マッカール叢書』がその故障と危機を研究した社会という機械は、『四福音書』でその正常な働きに引き戻されることになる。『労働』の冒頭ではまだ、瀕死の旧社会が発する「軋み」や「衝突音」ばかりが聞こえてくると言ってよい。リュックが企てる改革は、エネルギーの損失を徹底的に排除するために、まずはこの故障の原因に、社会という機械の「不要な歯車」に、すなわち社会に寄生する役人たちや「富と力を食らう」商人たちに、立ち向かわなくてはならないだろう。しかしまた同時に（それはゾラがとりわけフーリエから受け継いでいる点だが）、共同作業のためには人間の持つ使える力はすべて、それまで浪費されてきた労働力のみならずそれまで抑圧されてきた欲望の力も、使う必要があるだろう。「人間存在全体の適正な使用によって万人幸福の未来都市に至ること」が、すでにパスカル博士の計画だった。『労働』はそれと同じ夢を追求して、「解放された激しい情熱たち」、まずは愛の情熱を「新しき都市」の中枢に据えることになる。リュックは再生される工場の単なる技術者、単なる指揮官なのではなく、同時に堂々たる「愛する人」であり、「愛される人」でもあって、選ばれた女性ジョジーヌの愛や献身的な二人の聖女スーレットとシュザンヌの慈愛を自身の勝利のための必要条件としている。労働と愛情はこれからはもう、異なって相反することも多い二つの原理ではなく、同じ生命エネルギーが代わる代わるに取る相補的な二つの形態になる。個人という機械と社会という機械は、それらを超越するより上位の機能において、すなわちある究極で完璧な身体内部の必然的な有機的関係において、結びつけられるだろう。その身体とは、生命体としての宇宙の身体である。

そこでひとつの言葉が重要性を帯びてくる。フーリエ的ユートピアのキーワード、「調和」である。ゾラはそれを引き継いで自らのものとする。『労働』における「未来都市」の構想では、全体化への志向が目が眩むほどの絶頂に達している。全体化と言うのは、科学技術の産物たる機械や、人間という機械、社会という機械の働きが、調整がようやく済むと、それらすべてを包括する普遍的な働きのなかへと置き直されることになるからである。作品の最後でその調和が見出されることの証となるのは、驚くほど執拗に行われる機械と太陽との象徴的な関連づけである。『ルーゴン＝マッカール叢書』では大抵、技術の世界は夜で、闇の底に沈んで、墨色、煤色、灰色の空の下に描かれる。『三都市』からはそれが昼に、より正確に言えば太陽の光あふれる状態になる。機械は光に包まれて、力と生命の象徴である太陽と自らとの類似を謳う。『ルルド』の最後では、巡礼の幻想と信仰の闇の後、機関車は巡礼者たちを現実へと、すなわち「途切れることなく明日の生命を産み出している」炉＝都市に照る大いなる太陽の下へと連れ戻す。『パリ』の最後では、ゾラは同じまばゆい光のなかに、ギョームの「太陽のように生命にあふれて力強い」小型モーターと、未来の民族の希望である新生児と、巨大な都市とを集めてみせる。『労働』では、アビーム工場の古い機械たちが常に闇と結びつく一方で、クレシュリー工場の輝かしい機械たちは常に太陽の燦然たる輻射のなかに描写され、「日の光が降り注ぐ高いガラス窓」の下で「宝石のように」きらめいている。この太陽は、おそらくは勝ち誇る理性と生命の太陽である。しかしより掘り下げて言えば、それはまた、見出された調和のしるしであり、人間の技術と宇宙の諸力との融合のしるしである。太陽はその調和の制御装置であり、その融合の中心地なのである。ゾラの作品における究極の機械、それは宇宙であり、科学技術の産物は、人間のあらゆる創造物と同様、全なるものの働きのなかに組み込まれて初めて存在の根拠を得る。それこそが『労働』の最後で実現されることであり、はたして、そこですべての機械に命を吹き込むことになる電気もまた太陽をエネルギー源としていて、近代科学技術と宇宙の根源との決定的な結合がついに成就する。

●近代の神話

以上がゾラのたどる、旧世界の機械による陰鬱なドラマからクレシュリー工場の完璧な工作機械の輝かしい栄光へと至る興味深い道のりである。なるほど、小説家が自らの不安から解放されて生命の諸力への信頼を高らかに宣言することができたのは、ユートピアのなか、つまり近代科学技術がその人命を奪う能力を奇跡的に使わずに済んでいるという夢のなかにすぎない。機械の有益な存在への転向は、『パリ』を皮切りに見られるようになり、そして『労働』という、この再生した労働を称え、「ついに友に」なった機械を称え、働きを同じくする調整された人間と社会を称える賛歌において極まるにしても、そこにはまだ多くの迷いがくすぶっているのかもしれない。さらに、人間と労働の道具とのこの幸福な和解に伴う抽象化、道徳化はまた、必然的に、近代科学技術の産物に小説的加工を施す際の美的な質の低下を招き、無味乾燥さと安易な感動へと向かわせもする。ギヨーム・フロマンの「小型エンジン」やジョルダンの「小型電気炉」は、文学的な価値から言えば、『ジェルミナール』や『獣人』の野蛮な巨大機械にはるかに及ばないだろう。しかし、それでもやはりゾラの全作品を通して認めざるを得ないのは、機械のイマージュの多彩さであり、豊かさであり、驚嘆すべき表現力と喚起力であり、様々な隠喩になれるその可塑性である。人間の叡知によるもうひとつの創造物である芸術品と同じく、あるいはひょっとしたらそれ以上に、近代科学技術の産物はあらゆる夢を担い、あらゆる妄想を引き受け、あらゆる不安を暴くのである。ゾラの功績は、ジュール・ヴェルヌやヴィリエ・ド・リラダン（ほかの近代科学技術の詩人たち）のように、しかしさらに完全に、より深く、この新しい豊かさを感じ取って、そしてそれを表現する術を駆使し、機械を、ホメロス以来人類の想像力の糧となってきた偉大な神話たちに比肩する、近代の神話にまで高めたことにある。

Jacques Noiray, "Zola, images et mythe de la machine", in *Zola*, sous la direction de Michèle Sacquin, Bibliothèque nationale de France/Fayard, 2002.

原注

（1）« Théophile Gautier », article publié d'abord à Saint-Pétersbourg dans *Le Messager de l'Europe*, juillet 1879, et repris dans *Documents littéraires*, Charpentier, 1881, et dans *Œ. C.*, t. XII, p. 370.
（2）*La Bête humaine*, Pléiade, t. IV, p. 1020.
（3）*Travail*, *Œ. C.*, t. VIII, p. 928.
（4）*Germinal*, Pléiade, t. III, p. 1153.
（5）*Le Ventre de Paris*, Pléiade, t. I, p. 868.
（6）*La Bête humaine*, Pléiade, t. IV, p. 1128.
（7）*Au Bonheur des Dames*, Pléiade, t. III, p. 760.
（8）*Travail*, *Œ. C.*, t. VIII, p. 855.
（9）*Ibid.*, p. 920.
（10）*Ibid.*, p. 668.

仮想の遺伝学

金森 修

●〈自然主義〉の時代背景

ゾラの心のなかで、『ルーゴン＝マッカール叢書』の基本構想の胚珠が徐々に育ちつつあったのは、彼が美術評論や文学評論で健筆を奮い始めた二十代後半、だいたい一八六七年から六八年頃だということがわかっている。その頃すでに彼は、『クロードの告白』のような初期作品も発表していた。彼は、叢書の構想を確固たるものとするために、遺伝学や生理学などの文献にも積極的にあたる。遺伝学そのものについての主要な資料は、リュカの『健康状態並びに神経系疾患における、生来の遺伝についての哲学的・生理学的な論考[1]』（一八四七―五〇）である。ゾラは図書館通いをしながら、この一千頁にものぼる浩瀚な著作の綿密なノートを取った。また、生理学というより、生理学そのものを突き抜けた、ある種の実験論や決定論が顕わになっているベルナールの『実験医学序説[2]』（一八六五）が、ちょうどその頃に公刊されている。『実験医学序説』が、後の評論『実験小説論[3]』（一八七九）の基礎資料になっているというのは周知の通りだ。

『ルーゴン＝マッカール叢書』全体の冒頭を飾る『ルーゴン家の繁栄』序文（一八七一）には、「遺伝は重力のように、自らの法則をもつ」とか、「気質と環境という二つの問題を解決しながら、ある人から他の人へと数学的に繋がっていく糸を見つけたい」という言葉がある[4]。「重力」や「数学的」という言葉が紛う方もなく表象しているものがある。文学作品上の実質的機能はともかく、少なくとも最初期の叢書全体を統括する発想が、きわめて決定論的で運命論的なものでさえあったということは、見落とすわけにはいかない。

そもそも、この一八六〇年代の知的風土をもう少し広い目で眺め渡してみるなら、私には、たとえば次の四冊が気に懸かる。ルナンの『イエスの生涯』[5]（一八六三）、テーヌの『英文学史』[6]（一八六三―六四）、ダーウィンの『種の起原』（一八五九）のフランス語訳[7]（一八六二）、そしてビュヒナーの『力と物質』（一八五五）のフランス語訳[8]（一八六五）である。『イエスの生涯』は、イエスの伝記的事実のなかからできる限り超自然的で神秘的な成分を排斥しようとしたものとして名高いわけで、それはこの時代の実証主義的で世俗的な知的趨勢に強い追い風を与えるものだった。現在では、この本は歴史的重要性しかもたないが、当時の社会に熱狂的な反響を呼び起こしたという事実を忘れるわけにはいかない。『英文学史』も、作家の創造性を人種、環境、時代という三つの規定要素に還元することから議論を作っていた。ルナンもテーヌも、思想史の枠内での概略的位置づけをいうなら、いわゆる〈科学主義〉の代表的論客として高名な人である。そして『種の起原』は、進化論自体がもつ非宗教的含意はいうまでもなく、このフランス語訳だけで見ても、翻訳者のロワイエは、その序文で当時のカトリック教会の腐敗を激しく非難した、といわれる。[9]進化論がもつ非宗教性は、隠微で秘匿的なものであるどころか、最初から明示的な攻撃性を伴っていた。さらには『力と物質』がくる。それは、世界の唯一実在を力と物質のなかに見て取り、宇宙の本態は物質の永遠の離合集散のなかにあるとする、十九世紀に典型的な唯物論の代表的文献である。いま読むと、議論の平板さに若干辟易させられるとはいえ、ある意味ではフランスのドルバック風の唯物論がドイツで展開したものといえなくもないわけで、その逆輸入が当時のフランスで進んでいたということの文化的徴表にはなる。

これらの事例を通して見えてくるものは、実証主義、唯物論、自然主義、無神論、決定論的な思想動向が、六〇年代に怒濤のようにフランス社会を襲いつつあったという事実なのだ。もちろん、それに対する危機感もあった。たとえば一八六四年には、ピウス十一世の回勅がだされ、そこでは自由主義者や共和派への対抗姿勢が鮮明に表明されている。また、一般に第三帝政期には、宗教陣営はその保守性を強め、社会全体での権力保持に躍起になっていた。ピウス十一世の回勅は、一見、純粋な政治的闘争に見えるが、その「自由主義者」なる人々の思想や信条の背景に、ここで見てきたような実証主義的で無神論的な成分があったことは疑いえないことを斟酌するなら、それは政治的闘争であると同時に、実証主義的で世俗的な世界観と伝統的な宗教的世界観との闘争、合理主義と非合理主義との闘争でもあった、といえる。

この全体的な知的布置のなかで、ゾラが、反教皇的で反宗教的な資質をもって、自分の思想を展開しようとしていたというのは間違いない。叢書第四巻『プラッサンの征服』でのフォージャの暗躍や、叢書第五巻『ムーレ神父のあやまち』で、「去勢的」宗教によって中性化され、アルビーヌとの愛からも逃避しようとしたムーレ神父の姿を考えてみればよい。同じく、フォージャに感化され、ほとんど神経症的な宗教熱に煽られるマルトの造形を思いだしてもよい。確かに、単なる政治的エージェントとしての役割が大きく、比較的単純な人物像しかもたないフォージャに比べれば、ムーレ神父が体現し、苦悩する当のものへの眼差しは、より複雑でニュアンスに富んではいる。だが、一般に、ゾラが上記の思想的布置のなかでどちら側に近い地点に立っていたのかについての推定を、そのニュアンスが破壊するようなものにはなっていないということに、なんら変わりはない。

だから、実証主義、唯物論、合理主義、自然主義、決定論といった、それぞれ微妙に力点や目的を異にしながらも、思想動向の総体としては互いに重なり合い、世界像の世俗化と合理化を多少とも後押しする思想群が、すでに「無視し得ない」どころか主流派にとって代わるような力を蓄えつつあった時点で、ゾラのスタンスは、その新興勢力に同調する色彩を伴うものだったと考えてよい。というより、文学という、普通に考えるならその種の動向に対抗するには最も相応しい文化的な牙城、または橋頭堡自体にまで、自らその発想を導入しようとしたという意味で、ゾラは、合理主義思想の尖兵だったとさえいえるのかもしれない。

普通、その〈単純さ〉を揶揄され、または忌避されることの多い『実験小説論』なのだが、それをいまごく簡単に確認した知的風土の一構成要素として見直してみると、また違った風貌をもって現れてくる。評論としてはかなり長いものといえるこの論考なのだが、その主旨は明快である。私なりの表現も組み入れながら、簡単に要約すると、次のようになる。ベルナールの『実験医学序説』第一編と第二編で力説されていることを敷衍しながら、ゾラは、実験が「誘発された観察」に他ならないという意味で観察と地続きであること、ただし、「誘発された」という以上、そこに人工的な条件設定が行われるということを確認することから始めている。実験は観察と地続きなのだから、その最中に、なにもそれに固有の論理や現象が突然出現するわけではない。ただ、「誘発された」というのだから、工学的装置群による自然条件の純化や増幅が行われ、その条件自体が機械の機械性によって自己同一性を保証するように誂えられているので、自然的所与そのものをなぞるものではない。その意味で、実験は人工的なのだ。そしてゾラの議論の眼目は、生理学実験ならこの工学的装置群に相当するようなセットを、遺伝学や人間心理のメカニズムのある種の普遍性によって代置せしめる、という点にある。遺伝は、個別的個人の情念や祈念を超える超越的な与えられ方をしているという意味で、普遍性をもつ。他方、人間心理のメカニズムは、風俗や歴史の観察や、過去の優れた文学作品の分析から、一定の拘束性を伴って同定されうるものだ。ちょうど体内現象が、体外の物理化学的現象と同一のデテルミニスムをもつように[10]、ある情念や傾性を抱えた人物からは、いかにもその人物が辿りそうな一セットの経験群が同定できる。ちょうど、近親者の生活の微妙な変転のなかで、ついには本性が変わっても良さそうなものなのに、再出発を誓ったばかりの貞淑な妻を欺き、わけのわからぬ田舎娘と結婚するという天性の漁色家、ユロ・デルヴィ男爵のように。バルザックは、漁色家の〈運命〉を『従妹ベット』（一八四六）のなかで書き抜いてみせた。たとえば謹厳実直な人物の経験群と、漁色家の経験群との間には、運命的なまでに重なりようのない違いがある。そしてその違いは、ちょうど錫と鉄とが違う化学的性質を帯びているのと同じような、普遍化可能性をもつのである。

　だから、ゾラは、ベルナールの実験論やデテルミニスム論のなかでは慎重に留保されていた、科学と芸術との違いを否定せざるを得ない。ベルナールはある詩人の言葉から「芸術、それはわれであり、科学、それはわれわれである」という一節を引いて、実証科学の普遍性と、芸術の非普遍性とを区別していた。[11] ゾラは、それを否定して、文学という芸術のなかにも一定の普遍性を探ろうとするわけだ。注意しよう、もしゾラのこの考え方を、自然科学的な存在論や認識論の、他領域への拡張と外挿という意味での〈自然主義〉（naturalisme）だと呼ぶとすれば、それは、現代哲学で議論される意味での自然主義と、本質的には変わらないのである。周知のように、小杉天外の『はやり唄』[12]（一九〇二）にはまだ遺伝学本来の含意が生きていたという意味で、自然主義の本質的特徴が保存されていたにもかかわらず、その後、徳田秋声、岩野泡鳴、正宗白鳥などによって形成された日本文学史における自然主義は、遺伝学そのものからは離れたものになっていった。[13] ゾラの自然主義は、その本来の意味で理解されない限り、ヨーロッパでの知的文脈にすんなり収まることはない。もちろん、日本文学史での自然主義には、それに固有の面白さがある。だが、それらが同じ標語で呼ばれたという事実は、当事者たち双方にとってプラスには働かなかったと考えて良い。[14]

だから、日本文学史での意味を離れた、むしろきわめて現代的な意味で、ゾラは当時の自然主義を代表していた。そして自然主義が、上記に触れた実証主義、合理主義、唯物論と大幅に重なる思潮であった以上、そしてそれらのいずれもが思想内在的な理由によって、拡張と一元化を目指すという傾性を抱えていた以上、ゾラという作家は、ヨーロッパの文学史ではなく、文化史や思想史の文脈で把握するなら、一つの必然的形象だったとさえ考えていいように思える。

●ゾラの遺伝学

透明で清冽な水に何滴かの赤いインクを垂らしてみよう。水の全体量がそれほど多くない場合には、水はうっすらと黒みがかった赤みを帯びるのが観察できるはずだ。いま、この「赤いインク」が、たとえば目の色を決める遺伝的因子だとする。もし「水の全体量」が相当程度に大きい場合、つまり相互に交配可能性をもつ一定の人間集団の数が十分に大きい場合、インクは希釈されて、インクの赤色はほとんど痕跡を留めないまま、どこかに消えてなくなってしまう。いまかりにその目の色が〈緑がかった灰色〉だとしても、たとえば周囲の圧倒的に多くの人間たちが黒い目をもっているとすれば、その緑がかった灰色を決める遺伝的因子は、地中海に注がれた一瓶のボルドーのように、跡形もなく消散してしまう。とりあえずは、そう言っても良さそうに見える。

ところがまさにメンデル以降の現代遺伝学の基礎の一つは、その種の形質伝播は、上記のようなスタイルでの濃縮・希釈のタームで語ってはならないということを押さえるところにある。「赤みを帯びた水」という把握が、あくまでもそこを通過した光がわれわれの目に与える全体的な効果だとすれば、われわれは、その限りで赤みがグラデーションを伴って、より濃い赤からより薄い赤になっていくというような具合に、次世代への遺伝的因子の伝播を語ってはいけない。なぜなら、その種の理解のなかでは、その遺伝的因子なるものがもつ離散的な性格が見落とされているからだ。

いわゆる遺伝子という概念が提案されたのは、一九〇九年、デンマークのヨハンセンによってである。[13] その約十年前の一九〇〇年、三人の学者によるメンデルの同時発見によって、遺伝学はその科学的基盤を急速に現代化することになる。メンデルが一八五六年頃から六〇年代前半まで、おもにエンドウを使いながら、その継代培養によって遺伝的特性を分析し続けたこと、そしてその成果として六五年に発表した「植物雑種に関する実験[14]」が、その内容の革新性にもかかわらず、同時代の正当な評価を勝ち得ることなく、なかば埋もれたままになったこと、その再発見には三五年もの歳月を必要としたこと——これは、どんな遺伝学史にも必ず書かれるあまりに有名な事実なので、贅言を要しない。

そして、いわゆる〈メンデルの法則〉のなかでも、とくに分離の法則と、独立の法則こそが、上記のような赤インクモデルを否定する内容、遺伝的因子がもつ離散性の意味を抱えていたのである。

さて、本稿は別に遺伝学史を目的としたものではなく、ゾラの遺伝学的世界についての分析を目的としたものなので、議論の力点をそちらの方にシフトさせよう。ただ、上記のごく簡単な遺伝学史的常識の確認からも、一つ、重要な事実が浮き彫りになってくる。ゾラの『ルーゴン＝マッカール叢書』の第一巻『ルーゴン家の繁栄』が公刊されたのが一八七一年、そして二十巻目にあたる最終巻『パスカル博士』が公刊されたのが一八九三年である。つまり、短いエッセイ[15]でも触れておいたことだが、『ルーゴン＝マッカール叢書』は、見事なまでに、メンデルによる実験の公表（一八六五）と、その再発見（一九〇〇）という二つの画期的事件の狭間を埋める期間に位置しているのだ（もちろん、ゾラはメンデルの仕事を知ることはなかった）。いわば科学としての遺伝学の歴史にとっての端境期に、一人の作家が、遺伝学に深くコミットしながらもあくまでも科学そのものではなく、〈遺伝学的文学〉という未曾有の想像的な実験を敢行したという事実。あたかも、〈歴史的理性〉が複雑な狡知を働かせて、ゾラという優れた作家を介して、遺伝学史の〈失われた三五年間〉に、遺伝学にとっての外部から、思いがけない交叉的侵入を断行させ、その三五年間に、歴史上唯一無二の相貌を与えたとでもいうかのように。歴史に「もしも」が禁物なのは重々承知しているが、もしゾラの活躍年代があと少し遅ければ、またはもしメンデルの六〇年代の実験が直ちに科学的に回収され、メンデル遺伝学の展開が三、四十年早まっていたとすれば、『ルーゴン＝マッカール叢書』が、それでもそのままわれわれが知るものでありえたと推定することは、むしろ困難になる。ゾラが、自らが依拠しようとする科学の同時代的文脈に無頓着に、なかば独断的に遺伝学を用いたというのならともかく、ゾラは、叢書の全体的構想を立ち上げる前の時期にも、また『パスカル博士』で、叢書全体を遺伝学的に意味づけ直そうとするときにも、ほぼ同時代の遺伝学に真剣な眼差しを注ぎ、そこから理論的基礎になる知識を吸収しようと努力していたのだから、なおさら、そういえる。

さて、『ルーゴン＝マッカール叢書』の根幹をなす遺伝的系列を家系図のようにして書き記すということを、ゾラは何回か行っている。有名なのは叢書第八巻『愛の一ページ』で公表された家系図と、叢書最終巻である第二十巻『パスカル博士』でのそれである。『パスカル博士』で家系図が開陳されるというのは、ある意味でまったく当然のことだが、叢書途中の『愛の一ページ』での家系図提示は、その直前の叢書第七巻『居酒屋』が圧倒的成功を収めたという事実を抜きにしては説明しにくいだろう。その成功と、人々の注目という事実に触発され、ゾラが心機一転、叢書全体の構想を明確に世間に提示しておく必要性を感じたからに違いない。

ところで、その家系図を見ると、『愛の一ページ』では、五世代二六人が配置され、それがその後拡大されて、『パスカル博士』では五世代三二人が配置されていることがわかる。一口に叢書とはいっても、完成までに二十年以上もかかっているわけで、小説を構想していく過程で人物配置に若干の変更が加えられるということ自体には、なんの驚きもない。しかもその変更は、副次的な登場人物に関わるだけではなく、主人公自体にも及ぼされる場合があった。有名な例でいうなら、たとえば叢書第十七巻『獣人』の主人公は、当初の構想では叢書第十三巻『ジェルミナール』の主人公、エチエンヌ・ランチエのはずだった。だが、『ジェルミナール』では、炭坑労働の改善を目指すために同僚たちを説き伏せる勇敢な労働者が、『獣人』では、女性の顕わな肌を見るとその女性を殺害したくなるという重篤な変質者に変わるという設定は、どう考えても無理があるという判断がなされた。そして『獣人』の最初の草稿がしばらくはエチエンヌを想定して書かれていたにもかかわらず、それは放棄され、新たにジャック・ランチエという人物が主人公になった。(16) そのためにゾラは、『居酒屋』の主人公、ジェルヴェーズには男子二人、女子一人しかいないという設定をしていたのだが、『獣人』執筆段階でそれを急遽変更して、男子三人とし、エチエンヌの二歳年上の兄として、ジャック・ランチエを付け加えているのだ。これは、叢書の形式的整合性を破壊してでも、その内容の整合性と真実らしさをとったという判断を示している。そしてそれは、現在からみても、はるかに的確な判断だったと評価できる。

ちなみに、叢書の家系図は、上記二つ以外にも、さらに最低限二つのものが知られている。それらはともに叢書開始以前の一八六九年に素描的なものとして立て続けに作られたものだ。登場する人物の数、固有名などが、決定稿段階のそれとは多くの点で違っている。だが、それらの違いは、その家系図を見ればそのままわかることなので、とくに論じるまでもない。むしろここでは、その時点ですでに明らかに採用され、その後『愛の一ページ』でも『パスカル博士』でも採用され続けた、リュカの遺伝学からのある概念群に注目しておきたい。それは、父母の形質が子どもに直接に反映するという意味で〈直接遺伝〉と呼ばれるものに関係する。リュカは親子二世代の直接的関係をさらに三種類に分割し、母寄り、父寄り、そして父母の適当な混合形質、というようにしている。さらには、その混合遺伝を、混合、つまり父母の形質の混ざり具合の完全性という尺度の粗密に即して、順に、接合性混合遺伝、伝播性混合遺伝、融解性混合遺伝という三つに分けている。順に、後者に行くほど、混ざり具合が大きくなるというわけである。

　ここで先に私が触れた、遺伝形質の離散性についての認識の有無という論点が利いてくる。実は、現代的観点からみるなら、この種の概念図式には離散性の発想がまるで存在していないという判定ができる。たとえば混合遺伝の三種類としてあげられている接合、伝播、融解にしても、まさに赤い溶液のグラデーションのようにしか、父母の形質混合が理解されていない。確かに、科学哲学風の〈慈愛の原理[17]〉を働かせるなら、二色のビーズが大量にあるとき、そのビーズの山を見る距離が一定以上になれば、二色は混ざって見えるという意味で、離散的なものを連続的なものに擬することは可能なわけで、その意味でなら、それらのグラデーションの基底に離散的遺伝子群の多層的な関わりを見てとることもできないわけではない。だが、いずれにしろ、リュカが提示し、ゾラが引き継いでいるそれ以外の遺伝形式、たとえば〈間接遺伝〉にしても、現象的類似の多寡に基づく直感的な繋ぎを、叔父、叔母、従兄弟などに与えているにすぎず、遺伝学的意味での実質的規定性はほとんどもたない、といって構わないのである。

　その意味で言うなら、ゾラが、遺伝学に依拠しようとしながらも、叢書のなかで当の遺伝学とはあまり関係のない人物像を何度も作りあげ、遺伝学とはあまり関係ない事件のなかで、それらの人物を動かしているように見えたとしても、無理のない話なのだ。なぜなら、もともとリュカを中心的準拠とする、当のゾラ的な遺伝学が、遺伝的因子の次世代への継承をほとんど規定し得ないような概念装置しか備えていなかったからである。実質的遺伝学としてはあまり機能しない遺伝学を元にした、遺伝学的な文学世界。そこに皮肉で逆説的な構図をかいま見て、苦笑してみることも不可能ではないだろう。だが、その文学的成果が、科学的基盤の際どさからは思いもかけないほどの豊饒さを備えたものだということは、虚心にゾラを繙いてみた人になら、なんなく実感できるはずである。(18)

ともあれ、あともう少しだけ、リュカ・ゾラ的な遺伝学の概念世界に配意してみる必要はあろう。ゾラは、先の〈直接遺伝〉、〈間接遺伝〉以外にも、〈隔世遺伝〉、〈影響遺伝〉、〈潜在性〉(19)という三つの形式をあげている。それらのなかでは、〈影響遺伝〉と〈潜在性〉が興味深い。既発表の短いエッセイでも触れたように、〈影響遺伝〉とは、実際の父親以外の親の影響が子どもに現れる遺伝であるとされる。直ちに理解されるように、それは、どれほど〈慈愛の原理〉を働かせようとも、絶対にありえない非科学的な遺伝形式だ。だがそれは古くから大衆の日常的実感に根ざしていたものであり、あのダーウィンも、〈浸透〉現象として、その可能性を認めていたといわれる。(20)ゾラがパスカル博士の口を介して、〈影響遺伝〉の具体例としてあげているのは、アンナ・クーポーである。アンナ、つまりナナは、ジェルヴェーズとクーポーの間の娘なのだが、ジェルヴェーズが若い頃につき合っていたランチエの影響がナナには認められるというわけである。これはもう、若い娘に婚外交渉を抑制せしめる社会的な規範が、〈影響遺伝〉として、科学的外見を伴って作動していたとしか考えられない。ゾラが、このことにどの程度意識的だったのかはわからない。だが、その科学外的含意を、ゾラはナナをこの遺伝形式の〈犠牲〉として指定することによって、鮮やかに浮き彫りにして見せた。なぜなら、どうせ似るなら、あのランチエよりは、転落事故以前のクーポーに似たかった、とナナも思ったはずなのだから。

もう一つの〈潜在性〉も、なかなか含蓄の深い概念だ。それは父母の遺伝的影響が子どもの世代に少なくとも表面的には出現しないことを言う。だから、内部に潜在的に潜んでいるという概念になる。ただし、これは『ルーゴン＝マッカール叢書』全体にとって、鬼子のような概念でもある。子が親に似ない〈潜在性〉が、もしこの家系の至るところに出現するなら、家系は、家系としての意味を少なくとも現象的には失ってしまうことになり、遺伝的繫がりを背景にした〈文学的実験〉を遂行しようとしていたゾラには、厄介な顚末になるからだ。主要人物のなかでこの遺伝形式をもつ人物は、パスカル・ルーゴン、エレーヌ・ムーレ、ジャン・マッカール、アンジェリック・ルーゴンの四人だとされる。そのそれぞれが叢書の主役を張る重要人物だが、私はとくにパスカルの人物像に興味をそそられる。だがその検討は、次の節で行うことにしよう。いずれにしろ、ゾラは、〈潜在性〉という概念を遺伝形式の一つとして採用することによって、人物造形により大きな自由を潜ませることができた。『ルーゴン家の繁栄』序文で開示された決定論、あるいはほとんど宿命論ともいえる重々しい規定は、彼本来の健全なバランス感覚と巧みな理論装置によって、適宜減殺され、なし崩しにされているように見える。ただし〈自由〉の保証までもが、一つの遺伝的形式に依拠せざるを得ないような成り立ちの発想にはなっているわけで、遺伝概念の重々しさが、雲散霧消してしまっているわけではない。

『ルーゴン＝マッカール叢書』がまさに遺伝学を基底にした文学世界である以上、〈ゾラの遺伝学〉については、細かく見るなら、まだいくらでもいうことがある。次の節で『パスカル博士』を論じる過程で、私はいくつか補足をするつもりだが、ここではあと一つだけ、「遺伝」という用語が、そもそもリュカ的世界から見ても、大幅に逸脱しているように見える箇所を引用しておきたい。それはなにも、〈ゾラの遺伝学〉が最終的には真剣に考察するに値しない、いい加減さを秘めたものだということを言いたいためにではない。そうではなく、この「遺伝」という言葉を彼が、ときには意図的自在さで使うことによって、宿命論的な遺伝学という暗い伽藍に、ある文化的な重層性を与えていたということを、今一度確認したいためにである。そもそも、私が取り上げるのは『ルーゴン＝マッカール叢書』ではなく、叢書完成後の次の連作、いわゆる『三都市』の掉尾を飾る大作、『パリ』[21]からの一節である。

『パリ』は、信仰の危機に悩み、新たな理想を求めて苦悩するピエール・フロマンの話を軸に、当時重要な社会思想の一つであったアナキズムやフーリエ風の社会主義を配置しながら、ピエールが科学を軸にした労働社会を構想して還俗するまでの経緯を辿った小説である。だが、率直にいうなら、記述は重々しくまるで論文調の響きをもち、事件や人物の語りにも、今ひとつ人を引きつける魅力がない。通読するのに、私は相当苦労をした。『ルーゴン＝マッカール叢書』の後、詩神《ミューズ》はゾラの元から飛び去ってしまったのかもしれない。ともあれ、その第四巻第三章で、ピエールが長年の同僚ローズ神父と論争する場面で、次のような言葉がでてくる。キリスト教が人類の苦悩を快癒するどころか、苦しみを放置するままだと批判を続ける文脈で、ピエールは「原罪は、それぞれの人間にその度に現れる恐るべき遺伝であり、科学とは違って、教育、状況、環境による是正の可能性を認めようとはしない。生まれたときから悪魔に捧げられ、死に至るまで自分自身との闘争に捕らえられるのだから、人間にとってこれほど悲観的な概念はない[22]」と述べているのだ。遺伝としての原罪！　これを通常の語法に近づけて理解してみるなら、原罪という教義が各世代の人類に重くのしかかるという程度の意味なので、カトリックの教義という文化の次世代への伝播を、遺伝と言い換えているだけだと見なすことができる。ただし、普通の文化継承とは違う強い拘束性や強制性をもたせるために、ゾラはここで遺伝という言葉を使っている。だから、ゾラは、潜在性概念の導入などによって、なし崩し的な融通性をもたせる工夫をしているとはいえ、基本的には遺伝概念を強制・拘束・運命・超越の契機として理解していたということは、どうやら間違いなさそうだ。

遺伝学的な人間観には、祖先の形質を超越的な所与とした、各世代の人間のあがきという、悲劇的な宿命論が潜んでいる。〈血の繋がり〉の重い鎖に足を取られる、ぎこちない操り人形のような人間。〈汚れた血〉に内側から蝕まれ、その浄化を希求し、またはその拘束を受容していく多彩な人間たち。この悲劇的世界像は、『ルーゴン＝マッカール叢書』全体が与える重々しさの印象に、概念的な支持を与えるものなのだ。ちょうど、飲んだくれの父親アントワーヌがどこかの酒屋でくだを巻いていると き、放置された母親と一緒に強いアニス酒をちびちびやりながら育ったジェルヴェーズが、その後、一時の幸福な生活の果てに、ついには亭主ともども悲惨なアルコール中毒に陥っていくように。(23) あるいは、不倫相手の亭主ルボーを殺す計画をたてているまさにそのときに、普段にまして顕わな肌を晒したセヴリーヌを一気に殺害し、その後で欲望充足の快楽に打ち震えるジャックのように。(24)

●〈科学者〉パスカル

一般的位相での記述だけではつまらないので、もう少しだけ個別作品に接近してみよう。叢書全体のなかでも量的に最大の長編であり、公刊後商業的にも大きな成功を収めた『壊滅』の後、叢書の最後を飾る『パスカル博士』が公刊された。『パスカル博士』は、一八九二年夏から九三年五月にかけて書き進められ、六月に公刊されている。出版直後の評価は必ずしも高いとはいえず、パスカルと、姪クロチルドとの関係には顔をしかめる読者も数多くいた。またパスカルが家系図をクロチルドに説明する過程で行われる叢書の要約的なまとめ上げは、退屈な印象を読者に与えた。にもかかわらず、『パスカル博士』は、いろいろな点で興味深い小説だと私は思う(25)。

なによりも、パスカルの人物造形が興味深い。注目すべきなのは、二十年以上に亘る期間に数多くのぶれや変更を含む人物像の構想のなかで、パスカル・ルーゴンのそれは当初からほぼ一貫した輪郭をもっているということだ。確かに、一八六九年の第一家系図では、職業が農民となっている。ところがその直後の六九年第二家系図では、固有名もパスカルに決まり、職業もその後踏襲される医師に変更されている。しかもその遺伝形式も潜在性を指定されている。パスカルは、叢書開始の時点からほぼ一貫した人物像を与えられていた。パスカルが叢書に顔を出すのは、そう頻繁にではない。人物群の紹介的要素も含む第一巻『ルーゴン家の繁栄』では、なかば当然ながら登場している。第二巻『獲物の分け前』では、母親を亡くしたまだ少女のクロチルドを引き取ることになった医師ということで、間接的な登場を果たすに過ぎない（第二章）。第五巻『ムーレ神父のあやまち』では何度か顔を出す。しかも、ムーレ神父をアルビーヌに会わせるという重要な役割を果たす。そして、結果的にはアルビーヌが心労で花に埋もれたまま自殺したのを見届け、まるで自分が殺したようなものだという自責の念に駆られる。いずれにしろ、そこでパスカルは、ムーレの去勢的宗教世界と、アルビーヌの生命世界という、意図的に単純化された両世界の間を繋ぎとめる媒介者の機能を果たしている。——そして自らが主人公になる『パスカル博士』がくる。

ところで、『ルーゴン家の繁栄』でのパスカルの様子をもう少し詳しく見てみる。第二章で家系の主要人物たちの基本的紹介が行われる場面での、パスカルの記載に注目しよう。ピエール・ルーゴンの三人息子の一人として紹介されながらも、その最初の言葉、つまり叢書全体から見ても最初にパスカルのために費やされる言葉が、パスカルの家系全体での位置を象徴している。権力欲の強い兄のウージェーヌと、金銭欲と上昇志向の強い弟のアリスティドの間にあって、パスカルは、そのいずれにも似ていない。というより彼は、そもそもルーゴン家系全体の誰にも似ていない。家族に帰属していないように見える彼、遺伝法則を覆すように見える彼という存在。周囲の人間たちがどちらかというと抜け目なく享楽的で利己的な人物に占められているのに反して、控えめな人格者としての彼。科学者として有能でありながらも、田舎の臨床医の地位に甘んじ、しかも貧しい患者からは治療代さえもらわない、孤高で高貴な人物。叢書全体のなかで、道徳的観点から見てこれほどプラスの価値をもつ人物造形は、ほとんど見あたらないとさえいえる。ルーゴン・マッカール家系全体のなかで、パスカルは別格の、孤絶した存在なのだ。ゾラは、ただちに母親のフェリシテの口からも、「お前は私たちの子じゃない」と言わせていた。この位置づけは、叢書を通して、終始変わることはない。

ただ、その孤絶性は、崇高な求道者としての陰影とともに、周囲の人間たちのドラマからは一歩引いた傍観者的なスタンスをも抱え込むという、一種の両義性を備えていた。『ルーゴン家の繁栄』第七章で、溺愛していたシルヴェールが射殺されるのを目撃したらしいアデライードは、その衝撃のために狂奔状態に陥るが、その姿にうろたえる父親や叔父を尻目に、パスカルは「昆虫の変態に出くわした博物学者のように」彼らの様子を観察するのである。この傍観者的な眼差しは、まさに冷静な科学者の理念型とマッチするところがある。それは、研究の文脈では重要な心性になるが、このような近親者の不幸を前にして発揮される場合には、冷静さというよりは冷淡さに近いものになる。

ちなみにここで私には、ベルナールの『実験医学序説』での「生理学者は世俗人ではない。彼は科学者である。彼はもはや動物の叫び声を耳にしないし、こんこんと流れる血もみない。彼はただ自分の思想をみつめ、また自分が発見しようとする問題を深く包蔵している生物を眺めるのみである」[26]という言葉が思い出される。ベルナールは、動物実験反対論に対する反駁をする過程でこのように書いているのだが、この意図的に距離設定的で客観化された眼差しのあり方は、ベルナールのなかに理想的科学者像を見出そうとしていたゾラに、深い感銘を与えたのかもしれない。そして、パスカルを、観察志向的な傍観者として位置づけることで、科学者パスカルの肖像をより完璧なものにしようとしたのかもしれない。こんこんと湧き出る血を見ないで実験する人が本当の科学者だというのなら、晩年の心の支えだった孫が目の前で銃殺され、そのせいで錯乱状態に陥ったアデライードを冷静沈着に観察することもまた、科学者に相応しいということになるだろうから。いずれにしろ、この別格の人格者は、また冷淡な傍観者としての資質ももっていた。

さて、では『パスカル博士』とは、どんな物語なのだろうか。残念ながらまだ邦訳はないが、ここであらすじを書くつもりはない。田舎でひっそりと医療を続け、その一方で自分が帰属するはずながらも孤絶した観察者的スタンスを自らに割り当てながら、自分の親戚の家系図を作り続けるパスカル。その傍らには薔薇の人工発色の研究などに打ち込む可愛い姪のクロチルドと、有能で慎み深い召使いマルティーヌがいる。ただ、ときおりやってくる母親のフェリシテは、パスカルの家系図作りが気に入らず、隙を見て盗み出し廃棄しようと企んでいる。これが、基本的な設定である。

そして、『プラッサンの征服』でのマルトを思わせるクロチルドの宗教熱と、パスカルとの確執（第四章）。この背景には、九一年にゾラ自らが確認したルルドの秘跡への人々の熱狂、またブールジェの『弟子』（一八八九）や、ユイスマンスの『彼方』（一八九一）などが示唆していたネオ神秘主義の興隆があった。[27] 神秘への一気の到達と、実証的知識の地道な築き上げという二つの考え方をめぐるクロチルドとパスカルの喧嘩は、同時代のより広範な思想的闘争をフィクションの形でなぞったものに他ならない。

それ以外にも、アントワーヌ・マッカールの名高い臨終場面がある（第九章）。長年の強いアルコール飲料の嗜癖により、体中が「燃えやすい」状態になっていた彼が、居眠り最中にパイプの火の引火によって、体を緩慢に燃やしていくという恐ろしい設定。大衆の暗い好奇心と若干の猟奇趣味がない交ぜになり、その後も時々話題にのぼった、いわゆる〈人体自然発火〉による死である。十九世紀なかば最大の化学者の一人だったドイツのリービッヒは人体の化学的組成から勘案して、人体が自然に燃え上がるなどということは考えられないと力説しなければならなかったが、逆に言うならそれは、当時の文化的文脈のなかで、この猟奇的現象に対する大衆の信奉は続いていたということを意味している。ゾラはそれを巧みに用い、アントワーヌという叢書全体のなかでも最重要人物の一人のために、恐ろしく、印象的な死を用意したのである。[28]

ここで、ゾラはパスカルという人物の造形をほぼ最初から確固たるものとしてイメージしていたということを、今一度想起しよう。おそらくゾラは、最初からパスカルに、叢書の登場人物全体をまとめて対象化し、その遺伝的形質を語らせるという特殊な役割を割り当てるつもりだったのだろう。ゾラがルーゴン＝マッカール家系という仮想世界での家系図を作り、それを、作中人物の一人、しかもその家系の一員である一人によって対象化させ、研究させるという構図。まるで部分が全体を呑み込むとでもいうかのような、複雑な自己言及運動のなかで、パスカルの作業は続けられていく。事実、そのことをゾラは完全に意識的に行っていた。その証拠に、一八九三年四月十三日付けのエドモン・ド・ゴンクール宛の書簡、つまりまだ『パスカル博士』執筆最中の頃の書簡で、「ちょうどその作品が、自分の尻尾を噛む蛇の輪のようなものをもつように」という表現で、ゾラはそのことを表しているという事実がある。[29] 自分を呑み込む蛇、いわばウロボロスとしてのパスカル。

そしてそれが具体的に読者の前に提示されるのは、こっそりと家系図資料を廃棄しようとしたクロチルドともみ合いになり、それがきっかけでついに長年の研究を彼女に示すべき時がきたと考えたパスカルが、自分で家系図を示す場面である（第五章）。『パスカル博士』第五章は、叢書全体を呑み込むウロボロスになる。ただ、その具体的内容は、前の節でゾラの遺伝学一般を説明する際におおかた説明してしまっている。冗長さを避けるために、ここではただ次の点に注意を払うに留めよう。パスカルを介したゾラ、パスカル・ゾラは、モレル[30]やマニャン[31]の作業を念頭に置きながらも、より直接的には神経学者フルーリの教示を通して、いわゆる変質概念を、ルーゴン＝マッカール家系にしっかりと組み込ませていた。比較的閉じた人間間での結婚が続けられる場合、世代毎に血は汚れ、弱まっていき、子孫の世代の肉体は変質に晒される。「数学的で漸進的な変質[32]」を防ぐためには、新しい血をところどころで入れるしかない。

変質の最も悲惨な例は、アデライードからみて五世代目に当たるにもかかわらず、隔世遺伝によって彼女にそっくりな、知恵遅れのシャルル・ルーゴンの存在であろう。そして周知のように、シャルルは、長らく発狂状態ですでに一〇五歳にもなっていた、家系全体の起源、アデライードの目の前で、止めどもなく鼻血を流しながら息絶えていく。そして、五世代後の、自分にそっくりの若者が、変質徴候を顕わにしながら逝去していく様を、狂った眼差しで観察したアデライードは、その次の日に息絶えるのである（第九章）。隔世遺伝による顔貌の類似性、発狂と知恵遅れなどというような、何重もの鏡像関係をもつこの二人の男女の、凄まじい終末のありさま。それはルーゴン＝マッカール家系の最初と最後という道標を刻む二人でもある。この有名な場面にこめられた何重もの含意を正確に分節しようとすれば、次々にいろいろな成分が湧き出してきて、分析者は改めて驚きを覚えるはずである。ゾラは、変質という、特殊な科学的概念を用いながらも、それに幾重もの象徴を折り込み、シャルルとアデライードの臨終という、きわめて印象深い事件として文学化したのである。その鮮やかさに唸らせられるのは、私だけではないはずである。

さて、より遺伝学史的な観点から『パスカル博士』を見ると、どのようなことがいえるのだろうか。ゾラは、二十年にも及ぶ執筆のなかで、すべての作品をよく記憶しておくのは困難だったので、自分の作品を一気に再読して、叢書が整合的な大団円を迎えることができるように心を砕いた。それはずいぶん辛い作業だったらしい。その際、ゾラは叢書を内容的に完結させるために、理論的基盤としての遺伝学をもう一度おさらいする必要性を感じていた。そのため、若い頃にとってあったリュカの著作ノートを再読し、それ以外にも、少なくとも次のものを参照したということがわかっている。デュラフォアの『内科病理学要覧』[33]（一八八〇—八四）、デジュリーヌの『神経系疾患における遺伝』[34]（一八八六）、ヴァイスマンの『遺伝と自然淘汰についての試論』[35]（一八九二）である。小説の執筆年代と比べてみれば、ゾラの、新しい知見をたえず取り入れようとしていた姿勢が窺われる。

また、『パスカル博士』第二章には、ダーウィンのパンゲネシス理論、ヘッケルのペリゲネシス理論、ゴルトンのスタープ理論などへの簡単な言及が見られる。[36]それらのいずれもが、体細胞の情報がなんらかの物質的基体によって〈代表〉され、それらの基体が生殖細胞に到達して次世代に遺伝されるという内容をもつ理論に帰属する仮説群である。体細胞全体が多少なりとも遺伝に関与しているという発想は現在では否定されているので、これらの理論は歴史的重要性しかもたない。ところで、その第二章には、パスカルが「生殖質」理論に親近感をもっていたという記述があるが、それはパスカルの口を通したゾラの考えと取っても大過ないと思われる。生殖質理論はヴァイスマンの学説だ。生殖質理論の中心的な内容は、まさに体細胞からの代表的情報が遺伝物質に伝達されるという可能性を否定するところにある。パスカルの口を介したヴァイスマンへの好意的言及は、上記のペリゲネシス理論などの類似理論への間接的反論にもなっている。

ただし、第二章の関連部分をよりよく読み込んでみると、生殖質理論への言及の直後に、パスカル自らの学説として「細胞挫折」(avortement des cellules) 論という理論が掲げられているのがわかる。[37] それは、細胞間の闘争が起こり、負けた細胞群が消滅し、勝った細胞群が生き残るという細胞闘争の結果、器官の生成と消滅が起こるとする、いわゆる〈体内淘汰論〉とほぼ同じ内容をもっている。〈体内淘汰論〉も、当時ルーなどの論客[38]によって、多様な展開を示していた学説である。この細胞挫折論の位置づけを進化論思想史の文脈でしようと思っても、記述があまりに簡単なために難しいままに留まる、といわねばならない。ともあれ、体細胞群の闘争と、その勝敗による組織分化という考え方は、先のペリゲネシス理論などとはメカニズムを異にするとはいえ、体細胞群が進化の導因として関与するという可能性を抱えたものなので、ヴァイスマンの生殖質論への接近とは撞着しているように思える。

どうやらゾラは、当時の遺伝学や進化学の混乱した状態をそのまま反映させて、相互に撞着し、破壊し合う諸見解をパスカルに語らせていた、といわねばならないようだ。翻って考えてみるなら、遺伝学と進化学がこの時代に多様な交錯を示していたということ自体が、興味深い事実だ。原則的にいうなら、遺伝学は次世代に同一の生物種が受け継がれていくということの物質的根拠を探る。他方、進化学は、大部分は同一性が保存される生物世界のなかに、微小な差異が保存され、それが世代を重ねるに連れて微小性から優越性に変わっていくという事実を見据え、そのメカニズムを探ろうとする。同一性の伝播と、差異の増幅と固定。だから、両者は反対のメカニズムに配意した、双対の知識群だとも言える。『パスカル博士』が執筆されたのが一八九〇年代初頭だったということを、いま一度想起しよう。遺伝子説も、突然変異説もまだ存在しない時代。しかも、直前期の八〇年代といえば、ヴァイスマンのネオダーウィニズムがもつ攻撃性がすでに顕わになっており、それに対する反発としてネオラマルキズムという概念も提案された時代、つまり進化論思想史自体が沸騰したるつぼのような論争のなかにあった時期に相当する。

ある意味では自明のことながら、パスカル・ゾラの遺伝学や進化学のなかに示されたいくつかの撞着や混乱は、当時の、専門領域としての遺伝学や進化学自体がもっていた混乱を鏡のように映すものだったと述べて大過ない。これを「作家の無理解」として処理することは不可能だ。ゾラの仮想的遺伝学は、一人の作家の空想であるどころか、同時代の混乱を極めた科学的概念史の貴重な証言なのである。

最後に次のことを付け加えておこう。地味で合理的な科学者としてのパスカルは、姪のクロチルドとの確執の果てに、ついには愛人関係になる、という設定になっている。執筆当時のゾラの私的な愛情生活を反映しているといわれるこの二人の関係は、とても美しく描かれている。そしてその愛情から、まだ名前をもたない子ども、汚辱と悲哀に満ちたルーゴン＝マッカール家系の運命とは異なる運命を担うかもしれない子どもが生まれてくる。言い換えるなら、『パスカル博士』という物語は、全体としては、客観主義的な科学者が姪への深い愛情という覚醒体験を経て、新たに若返るという生命体験の縦糸に貫かれたものとしても読むことができる。シャルルやアデライードの壮絶な逝去、アントワーヌの自然発火死などのあざとくどす黒い刃は、生命賛歌の縦糸を断ち切るほどの強さをもつものではなかった。叢書最後の小説は、こうしてある種の明るさとともに、大団円を迎えるのである。

＊　＊　＊

簡単な筆致でしか追跡していないためにきわめて不十分なのは当然ながら、私がここで行おうとしたのは、『ルーゴン＝マッカール叢書』という豊饒な宇宙を、ゾラが少なくとも基本理念としてはもとうとしていた遺伝学的背景の縛りによって、あえて拘束してみることだった。それは、必ずしも、作家本来の自由な想像力に対する不当な侵害だとはいえない。むしろそれは、同時代の知識世界のなかでゾラが行おうとした作業がもつ実質的射程を見極めるためには、必要な準備作業だといってよい。確かに、私の作業が、ゾラ的遺伝学は同時代の科学的文脈に密着していたということを確認するだけのものだとすれば、それは自明なものでしかないのかもしれない。だが、その〈科学的文脈〉なるものを抽象的に述べ立てるだけの場合と、実際にどのような理論が誰によって唱えられており、それをゾラがどう咀嚼し、吸収し、または排除していたのかを知るということは、また別種の話なのだ。ゾラの仮想的遺伝学をあえて追跡することは、ゾラの文学的宇宙の豊かさになんら損害を与えるものではない。現代にも通底するその〈自然主義〉の射程は、むしろその種の科学的概念史との兼ね合いで照射されるとき、より正確なレリーフをもって、われわれの眼差しにその陰影を刻んでくれるはずである。

（1）Prosper Lucas, *Traité Philosophique et Physiologique de l'Hérédité Naturelle dans les Etats de Santé et de Maladie du Système Nerveux*, Paris, Baillière, 2 vols., 1847-1850.

（2）Claude Bernard, *Introduction à l'Etude de la Médecine Expérimentale*, Paris, Baillière, 1865.『実験医学序説』三浦岱栄訳、岩波文庫、一九三八年。

（3）cf. Emile Zola, *Le Roman Expérimental*, 3me éd., Paris, Charpentier, 1880.『実験小説論』古賀照一訳、『ゾラ』新潮世界文学第二一巻、新潮社、一九七〇年、七八九—八二一頁。

（4）Emile Zola, "Préface de *La Fortune des Rougon*", *Les Rougon-Macquart*, Tome I, Paris, Gallimard, Bibliothèque de la Pléiade, 1960, pp. 3-4.

（5）Ernest Renan, *La Vie de Jésus*, Paris, 1863.

（6）Hippolyte Taine, *Histoire de la Littérature Anglaise*, 4 vols., Paris, Hachette, 1863-64.

（7）Charles Darwin, *The Origin of Species by Means of Natural Selection*, 1859 : *De l'Origine des Espèces par Sélection Naturelle ou des Lois de Transformation des Etres Organisés*, Traduction de Mme Clémence Royer, Paris, Ernest Flammarion, 1862,1883.

（8）Ludwig Büchner, *Kraft und Stoff*, 1855 : *Force et Matière*, Edition Théodore Thomas, 1865.

（9）cf. John Farley & Gerald L. Geison, "Science, Politics and Spontaneous Generation in 19th Century France, the Pasteur-Pouchet Debate", *Bulletin of the History of Medicine*, vol. 48,1974, pp. 161-198.

（10）ベルナールのデテルミニスムについては、実は、より詳細な検討が必要である。だが、それは本稿の主題からは離れてしまうので、詳論は断念せざるをえない。

（11）ベルナール『実験医学序説』第一編第二章、訳書七七頁。

（12）小杉天外『はやり唄』春陽堂、一九〇二年。

（13）Wilhelm Johannsen, *Elemente der Exakten Erblichkeitslehre*, Jena, Fischer, 1909.

（14）Gregor Mendel, "Versuche über Pflanzen-Hybriden", *Verhandlungen des Naturforschenden Vereins in Brünn*, tome 4,1865.

（15）金森修「仮装の遺伝学」、『環』一四号、二〇〇三年夏号、四〇—四六頁。

（16）cf. Henri Mitterand, *Zola, Tome II:L'Homme de Germinal, 1871-1893*, Paris, Fayard, 2001, La Cinquième

Partie, Chap. II.

(17) 〈慈愛の原理〉とは、「未知の言語の翻訳に際しては、相手の言い分ができるだけつじつまが合うように、また相手に不合理な主張を押しつけないように解釈すべし」という考え方。野家啓一『クーン』講談社、一九九八年、一一五頁を参照。この事例に即していうなら、過去の科学的概念を、現代の理解に照らして少しでも後者と違うなら無意味として廃棄してしまうのではなく、その逆に適切な変更を加えれば有意味性を救うことができるなら、そのようにして解釈し直す、ということ。

(18) 清水正和は、科学者ゾラは、当人の意図や意志であるに留まり、ゾラの本来的な本性はその詩人的資質にあったと述べている(『ゾラと世紀末』国書刊行会、一九九二年、第四部第一章、一五一頁)。だが私には、ゾラが自然主義者たろうとしたという事実は、上記の同時代的状況の煽動によるだけではない、より内在的な価値判断から来ているように思われる。だから、氏のこの見解には賛同する気持ちもあるのだが、若干の留保をつけたいと考えている。

(19) 本来、innéité とは、内在的に存立していることという程度の意味をもつが、ここでは、意味を取ってこの訳語を採用しておく。

(20) cf. Yves Malinas, "Zola, précurseur de la pensée scientifique du XXe siècle", *Cahiers Naturalistes*, no. 40, 1970, pp. 108-120.

(21) Emile Zola, *Paris*, Paris, Charpentier, 1898 : *Paris* Paris, François Bernouard, 1929.

(22) ibid., Edition Bernouard, Livre Quatrième, chap. I I, p. 382.

(23) cf.『ルーゴン家の繁栄』第四章、『居酒屋』第十三章。

(24) cf.『獣人』第十一章。

(25) 昔、私はこの小説について短いエッセイを書いている。金森修「自己言及からの逃亡」、『フランス文化のこころ』駿河台出版社、一九九三年、五一—五九頁を参照。

(26) ベルナール『実験医学序説』第二編第二章、訳書一七一頁。

(27) cf. Henri Mitterand, op. cit., La Cinquième Partie, Chap. V.

(28) ゾラはそのために、*Grand Dictionnaire Universel du XIXe siècle* de Pierre Larousse での「燃焼」という項目を参照した、と伝えられている。

(29) Henri Mitterand, op. cit., p. 1099.

(30) Bénédict Morel, *Traité des Dégénérescences Physiques*, Paris, J. B. Baillière, 1857.

（31）Valentin Magnan, *Leçons Cliniques sur les Maladies Mentales*, Paris, L. Bataille, 1887,1893.
（32）Emile Zola, *Les Rougon-Macquart, Tome V, Paris*, Gallimard, Bibliothèque de la Pléiade, 1967, p. 1018.
（33）Paul Dieulafoy, *Manuel de Pathologie Interne*, Paris, 1880-84.
（34）Joseph Déjerine, *L'Hérédité dans les Maladies du Système Nerveux*, Paris, 1886.
（35）August Weismann, *Essais sur l'Hérédité et la Sélection Naturelle*, Paris, Reinwald, 1892.
（36）Emile Zola, *Les Rougon-Macquart, Tome V, op. cit.*, pp. 945-946.
（37）*ibid.*, pp. 946-947.
（38）cf. Wilhelm Roux, *Der Kampf der Theile im Organismus*, Leipzig, W. Engelmann, 1881.

第3章　女性

『ルルド』から『真実』まで——第三のゾラにおける女性たち

ミシェル・ペロー
（宮下志朗・訳）

●ゾラの三角関係

「第三のゾラ」(1)、すなわち『三都市』や『四福音書』といったシリーズを書き継いだ、いわば未来主義の時期のゾラは、女性にいかなる位置を与えたのだろうか。彼の作品、とりわけ『ルーゴン＝マッカール叢書』を貫いていた、肉体とセックスとしての女という悲観的な見方は変化したのだろうか。堕落に向かう避けがたいプロセスにおいて、とりわけ売春という社会的腐敗の表象ないし原因を通じて、女たちは、いかにも壊れやすい社会の歯車にされていたではないか。

ところがゾラは変わったのだ——その人生においても、その世界観においても。一八八七年、彼はジャンヌ・ロズロと出会い、ジャンヌは翌年の十二月八日にはゾラの愛人となった。それは官能と、外見と、さまざまな視点の復活であった。実際、ゾラはやせて、若がえったのだし、五十歳にして、あれほど待ち望んでいた父性を見いだした——ドゥニーズが一八八九年九月二十日に、そしてジャックが一八九一年九月二十五日に誕生したのだ。ゾラはこの秘められた関係を、「わが子を作りたいという望み」(2)によって正当化していたけれど、その望みがかなったのである。妻のアレクサンドリーヌが二人の関係をつきとめたのは三年後であった。夫が浮気をしたこと、そして自分が石女《うまずめ》であることで、彼女は二重に苦しんだ。ゾラの証言によると、アレクサンドリーヌはほとんど「気が狂った」ようになったという。そこで、ゾラ自身も「とても不幸」だったし、二人の女も同様であった。しかしながらこの三人は、おたがいの役割を受け入れることによって、ほどなくしてバランスを取り戻す。ジャンヌには、心の奥に静かに、しばしば孤独なままにしまいこんでいた母性と肉欲があてがわれた。アレクサンドリーヌには、自分の公的な使命を十分に意識した「ゾラ夫人」という役割が用意され、彼女は、メダンの館とブリュッセル街〔パリ九区〕の屋敷の女主人として、さらにゾラの協力者として、あるいは凱旋帰還や、ルルド・ローマへの旅の同伴者としてふるまうことになる。特にローマがとても気に入った彼女は、一八九四年から一九一四年にかけて、毎年のように出かけている――文化使節としてばかりではなく、次第次第に自由な旅人として古都の地を踏んだのである。そしてまた、ドレフュス事件という闘い、裁判、亡命、その後の悲劇的な死を通じて、夫をしっかりと支えたのだ。これは古典的な三角関係の姿というか、むしろ二つの所帯というべきかもしれない――もっとも二つの所帯とは、完全に決定権を握った、甲斐性のある男にがんじがらめになったという、女性の隷属を示す表現なのではあるが。ともあれ、この三角関係は、パートナーの品位と資質のおかげで茶番をまぬがれている。二人の女性は、結局――少なくとも一八九四年以降は――対立よりも、ガラス張りの分割を好んだのであって、アレクサンドリーヌも最後は、自分では生めない子供の存在を認めて、のちに実子として認知するのである。

では、この妥協劇で、各人の帳尻は合ったのだろうか。それを知るのはむずかしい。ふたりの女にとってつらいこの状況は、ゾラを困らせた。ゾラは時に、こうした自分の姿を、別れたいという望みと、すべてを維持したい気持ちにはさまれた、「結婚生活の殉教者」に見立てることもあった。アレクサンドリーヌの申し出にもかかわらず、ゾラは、夫婦のきずなを絶対に手放さなかった――事実、彼女の方は書斎にソファーベッドを置いたらとまで提案しているのである。そして晩年の小説では、主人公たちは年齢がかけ離れているために、恋愛をあきらめている。たとえば『パリ』では、ギヨーム・フロマンが、若い弟のピエールのために身を引く。あるいは『労働』で、リュックが使命をまっとうすべくジョジーヌと別れるように、性的な禁欲のために愛をあきらめることもある。ここではセクシュているのだ。

アリティが、「快楽原則を越えて」、それを凌駕するような目標のうちに昇華すべきエネルギーとなっ

●栄光の母性

ゾラの実人生におけるこの急変は、作品にも、ひとつの区切りを画している。『パスカル博士』は、ただ単に『ルーゴン＝マッカール叢書』の掉尾を飾るのみならず、より楽観主義的で未来志向で、性との関連を主軸にして展開される、もうひとつの連作への道を開くのだ。パスカル博士の死は、彼がクロチルドとのあいだにもうけた子供の誕生と同時に起こり、この作品は、授乳の場面で閉じられる――「乳をあげる母親とは、継承され、救われた世界のイメージではないのか」（『パリ』）。それまで『ルーゴン＝マッカール叢書』でしばしば流されてきた、犯罪による血が、ここでは、いわば入れ替えられた体液のエコノミーによって、精液と母乳に変容しているのだ。[3] こうして、教会と科学のあいだで、贅沢と労働のあいだで、迷信と理性のあいだで、享楽と効用のあいだで、また生と死のあいだで、かつてないほど女性が争点となる。もちろんシリーズや作品によって、その扱い方は異なる。『三都市』シリーズの『ルルド』〔一八九四年〕では、無知とはいえ、誠実で、つましい少女ベルナデット・スビルーに起こった奇蹟〔聖母マリアが出現し、難病を癒す霊泉が出たとされる〕や、聖職者、偽善者、山師のような連中に操られる、苦しみをかかえた、だまされやすい群衆が描かれるから、女性が前面に出ている。だが続く『ローマ』〔一八九六年〕や『パリ』〔一八九八年〕では、彼女たちは脇役にすぎない。ところが『四福音書』の連作になると、『労働』〔一九〇一年〕や『真実』〔一九〇三年〕にしても、さらには『豊饒』〔一八九九年〕にしても、女性による女性の救済を、そして栄光の母性の救済を大きな主題とする小説になっ

ているのだ。

もっとも、男らしさがぶつかりあう、こうした小説において、女たちが主役を演じているわけではない。男たちほどの個性を与えられず、暗い群衆として（『ルルド』）、あるいは明るく（『パリ』の舞踏会シーンの白いドレス）、色とりどりの群衆（『ローマ』の市場のシーン）として、集団やカップルで、そしてまた（一陣の風や影のような存在にして、密やかな魅力をたたえた、ジョジーヌのように）ややとらえどころのないシルエットとして、彼女たちは男を、強く訴えかける匂いや、非常にモダンなスタイルのカールした髪で、包みこむのである。(4)『三都市』シリーズの表現主義的な風景や、『四福音書』のより象徴主義的な風景のなかには、そうした女のイメージがちりばめられている。彼女たちは、複雑で、不透明で、悩ましくもある、女らしさの多面性を体現しているのであって、その貪欲なセクシュアリティが、去勢コンプレックスを引き起こすような破壊的なものであることもあれば、反対に、生命と幸福の源泉にもなるのだ。隠れた力により、あらゆる試みを破滅にみちびきかねない、そうした力強い女たちは、説得し、飼い慣らし、うまく丸め込んで、さらには、意に反してでも救済してやる必要がある。なにしろ、（『三都市』シリーズのピエールのような）司祭であれ、（『労働』のリュックとジョルダンのような）知識人であれ、あるいは（『真実』のマルクみたいな）学校教師であれ、彼らはいずれも、ゾラの代弁者としてイニシアチブを握っているのだ。思想・行動・子種という、生のエネルギーの持ち主である男こそが、真の創造者であって、女性を陰の悪魔から引き離して自由の身とし、女を作り上げるのである。たとえばアントワーヌ・フロマンは、生まれつきのハンディキャップによって、ほとんど痴愚にちかい状態を余儀なくされていたリーズ・ジャンを救う――「愛する男によって、たった今、愛する女が作られたのだ。彼は、動きもせず、思考ももたない、眠れる女にふれると、彼女を目覚めさせ、創造し、自分を愛してもらうために、彼女を愛したのである。リーズはアントワーヌの作品であり、彼の所有物なのだ」[5]。兄が、サクレ＝クール寺院に飾る「正義」の像を彫刻するように、アントワーヌは、リーズのかたちを整えていったのである。また『真実』では、教師のマルクは、妻のジュヌヴィエーヴが非理性的な考えに陥るのを防ごうとして、妻をイエス・キリストと奪いあう――「男が女を作ったんだ。（中略）夫には、無知な若い娘が委ねられるのだから、夫とは、その女を自分の思いのままに、イメージに合わせて作る名工じゃないか。（中略）夫は神であり、愛という全知全能でもって彼女を作り直すんだ」。

●無垢の乙女

こうした理由から、男にして作家であるゾラは、無垢で、みずみずしく、優柔不断な乙女を大いに好んだ――つまり、夢や計画を可能にしてくれるような、手つかずの側面を愛したのである。そして彼は、若い女性の美しい肢体をほめたたえる。『パスカル博士』の下書きには、クロチルドの描写が十枚ほど残っているけれど、それはいずれもジャンヌ・ロブロの特徴を十分に示している――「かっこうのいい丸顔と、すらりとした額。注意を集中するときには、きりりとした眉をひそめる。情熱に燃えると、青い瞳が深緑色に変わる。まっすぐな鼻。大きめの、情熱的な口と、丸いあごに、ふっくらとした、なめらかなほお。（中略）なで肩と、とてもきれいな丸首、そして胸元。すべてがみずみずしく、白く、とても若々しい。愛らしいうなじの上には、カールした、短い金髪が。（中略）すらりと伸びた、しなやかな肢体は、なんとも魅力的で、さしずめジャン・グージョン〔十六世紀フランスの彫刻家・建築家〕の彫刻であって、すらりと長い脚、むっちりとした上半身には、丸い胸と首と、しなやかな腕がついている。それは大いなる魔法としかいいようがない。その肢体は柔軟でありながら、ひきしまっている。とりわけ、はちきれんばかりの柔肌は、まるで白い絹のごとくにすべすべとして、とてもみごとだった」[6]。『パリ』のマリーもジャンヌに似ている――「彼女はとてもすこやかで、むっちりしていて、大きな胸は、鼓動する心臓の下あたりから持ち上がり、腕は肩までむき出しとなっていた」[7]。マリーは、なんだか安心できなくなると、この腕を淫蕩なものだとして隠してしまう。こうした若さと、純粋さと、健康の理想、そして豊饒さの約束が、母親としての女性のうちに開花するのであって、その原型こそマリアンヌなのだ――「マリアンヌは豊饒さそのものだった。輝く肢体と、完璧な肉体を有する、この上なく高貴な女神なのだった」[8]。ゾラが描く女性とは、顔をもたぬ、個性的な表現を奪われた女性である。彼女たちは、むろん肉体を持っているが、それは腕であり、胸元であり、腹であって、なによりも乳房なのだ。この最後の連作における女性美とは、母性なるものに集約される女らしさのうちに存在するのだ。

もちろん、これとは異なる美しさも存在する。たとえば『ルルド』に登場する、若くして肺病をやんだマリー・ド・ゲルサンがそうで、彼女は、胸にずきんとくるような蒲柳の質を、黄金色の髪の毛、「病魔もそっとしておく、女王のような髪の毛」[9]で包みこんでいる。また同じく金髪のジョジーヌも、「あどけない顔つきと、痛ましい魅力」にみちている。あるいは、「漆黒の豊かな髪をして、まるで象牙のように白い肌（中略）、無限の深さをたたえたつぶらな瞳の」[10]ベネデッタ公爵夫人の、暗い美しさも挙げておきたい。彼女は、ひたすら愛しながらも、けっして成就することのないダリオへの愛を永遠のものとすべく、一糸まとわぬ姿になると、ダリオにからみあって死を迎えるのだ。実際、ゾラはこのような、一族の終焉と特権階級の消滅を自覚した、いわば古代ローマの貴族さながらの美女を、それなりに好んでいた。だが、彼が断然偏愛したのは、ブロンド女性であった。ところで、呪われた美しさをたたえた女たちについては、ごく簡単に紹介するだけにしておく。『豊饒』には、セックスに飢えた赤毛女のセラフィーヌが登場する。『パリ』では、高級娼婦でもあって、聖母マリアのごとき顔に激しい野心を秘めた、シルヴィアーヌ・ドーネという、いかがわしい女優が出てくる。また『労働』のフェルナンドは、貪欲な「齧歯類《げっし》」であって、「自分のまばゆい美しさを利用して、混乱と破壊をもたらすこと」しか考えないのだし、そのセックスは「腐敗の種」でしかない。これらの女にとって、自分の魅力とは、男を罠にかけておとしいれる道具なのだ。セクシュアリティという大罪に対する不信感のかたまりのような、ユダヤ＝キリスト教的文化が生みだした、永遠のイヴというイメージは、なるほど晩年の作品においては、いくぶんか見直しもおこなわれるとはいえ、終始ゾラにつきまとったのである。[11]

●聖女ベルナデットとゾラ

欲望の対象として男にとっての見せ物となることで、女たちの責任は軽減されている。彼女たちは、なによりもまず犠牲者なのだ——資本の、ブルジョワジーの、病気の、教会の、そしてこのゲームをリードする男による支配の犠牲者なのである。子供のころ虐待され、家族に捨てられて、粗暴な労働者に誘惑されて、暴力を受けたあげくに捨てられた過去をもつジョジーヌは、「まれな犠牲者、手をけがした、ひ弱な女工で、空腹ともなれば、売春婦として陋巷《ろうこう》に朽ちはてるような女で、賃金生活者の悲惨を、みすぼらしく体現していた」ために、リュックの同情と愛情をかき立てる。「リュックは、彼女のなかにある、苦しみにあえぐ民衆の姿を愛し、彼女を、怪物から救ってやりたいと思った」のだ。

民衆の不幸は女性に、民衆の戦闘性は男性に担わせるという、十九世紀における紋切り型の表象にしたがうならば、リュックはジョジーヌを、資本という怪物の毒牙から救い出そうとしたのである。

喘息や神経症に、あるいは肺病やヒステリーに苦しむ女たち――こうした永遠の病人が、聖地ルルドに向かう白い列車を、ホテルや病院を満員にしていた。だまされやすい群衆が行列をなしてルルドの洞窟をうめつくし、まるで衛生観念に挑戦するかのように、塩辛く、胸がむかつくような聖水を浴びるのだから、ゾラは嫌悪感を催さずにはいられなかった。しかも彼女たちは、自分たちこそ特に選ばれた者だと信じて、奇蹟を待ち望んでいるのだ。そうした病人たちを仕切る司祭は、修道女や献身的なご婦人方に支えられているとはいっても、彼女たちも、慈善行為のうちに権威や利益を見いだしているのだ。善意にみちあふれたヤサント修道女のような人間がひとりいる代わりに、貪欲で厳しい修道女がたくさんいるのである。ともあれ、聖女ベルナデットはゾラをとりこにした。彼女の物語は「世界をひっくり返すようなものだ」と、ゾラは旅日記に書いている（『わがルルドへの旅』一八九二年）。そして彼は、ベルナデットの粗末な家や、今では物置となった「暗い、みじめな寝室」を見いだし、無垢で寛大な彼女という存在が、食い物にされたことを発見する。「彼女は詐欺師ではなかったが、幻覚に囚われた女だった（中略）もし彼女が男まさりの女であったならば、どれほどの役割を演じたことか！」と、ゾラはラセール〔ルルド・ブームを生みだした著作家〕に向けて書くだろう。[12] こうしてゾラは、彼女の幻覚を理解しようとして、いわば民族学者として、その教養の源としての騎士道物語や『黄金伝説』に、さらには、近くの教会で彼女が目撃した「金色や肌色に描かれた光景」に興味を抱くのだ。「これらの教会がベルナデットに及ぼしている影響を、はっきり表現すること」が肝心であった、「彼女は聖テレサなどではなく、ありふれた道を歩んだ、ごくふつうの女にすぎない[13]」のだから。ベルナデットに魅せられたゾラは、彼にとっては珍しいことに、彼女の伝記を書こうとまで考えるのだ。だがやがて、ベルナデットから距離をとるようになって、「あわれなうすのろにすぎなかったベルナデットを理想化した」[14]のである。ルルドにおしかける群衆は、ある意味では科学なるものの破産を物語っているとはいえ、やはり「幸福への欲求を、健康面での平等に対する願望」のあらわれにほかならない。とはいえ教会に操られた、洞窟の女たちはあわれな存在であるし、処女懐胎という教義も、彼女たちの母性への侮辱でしかないのだ。

●「共和主義的な伴侶」

それから九年後、ドレフュス事件、修道会側のたたかいと、宗教的・政治的な状況はまったく一変する。『真実』の筆致はより辛辣なものとなって、蒙昧なる精神の牽引役としてのカトリック教会を告発する姿勢は、この上なく過激になる。反教権主義というか、政教分離《ライシテ》を訴える、この偉大な小説は、「学校」と「教会」との対立を描いている。学校を象徴する教師のマルク・フロマンは、少年愛と、若い甥っ子セラファン殺害の罪に問われた、同僚のユダヤ人の無実を証明するためにたたかう。一方の教会側は、「彼女たちは、ひとつの軍隊にも匹敵する」[15]といって、特に町の女性たちを頼りにするのだ。小説が、教会が女性たちに行使する影響力を、社会学者的な正確さでもって描き出すための、絶好のチャンスを提供してくれたのだ。そこでは教育（修道女の役割のみならず、ルーゼール嬢のような、公立小学校の敬虔なる女教師の役割）や最初の聖体拝受が、そして聖アントニウスを崇拝するといった、いかにも稚拙な信仰心から、イエス様の開かれた胸を示すための肉切り台といった、おぞましい信仰心に至るまでの、さまざまな信心が、あるいはまた、慈善行為、社交界、（サタンと同一視されたユダヤ人に対する）中傷や恐怖心をあおる流言飛語、さらには肉体的なものも含む、さまざまな誘惑が描かれている。が、なんといっても、告解や良心の導きを通じて、司祭が家庭の中や夫婦仲に割り込んでいく様子が興味深い。「家庭のなかに忍び込むこと、夫婦のあいだに割って入ること、妻のしつけや日頃の信心を叱責すること――こうして、じゃまな夫を絶望させ、破滅させること。告解室という、暗闇でささやきが交わされる世界では、これほど効果的で、簡単で、しかも日常茶飯事の策略はないのである」[16]。こうした意味で、ゾラはミシュレと不信感を共有しているのだ。小説には女たちの館が登場するが、この三世代の家族は、高圧的な祖母で、不寛容の権化のようなデュパルク夫人に支配されている。夫人はジュヌヴィエーヴをマルクからうまく引き離して、恋愛のせいで遠ざかっていた信仰の道に引き戻し、家庭からも引き離して、実家に連れ戻してしまう。たたかいは激しいものとなろう。だが、夫婦の肉体的な愛は、そうしたものにさからうことはない。「愛し合い、毎晩ベッドをともにする、若い夫婦の仲の良さは、色恋をめぐるトラブルが起こらないうちは、本当におびやかされはしない」のだから。ところが、カトリック教会の「浸透力」――もちろん性的なコノテーションのある用語だ――がマルクの「浸透力」を凌駕することとなって、肉体は離れ、遠ざかり、別々になる。要するに、性的な魅力だけでは夫婦など成立せず、女子高校の設立者連中がいうように、「共和主義的な伴侶」が必要なのだ。そこで教会は、「第一日目から、自分たちのプロパガンダや、自分たちへの服従にとっての、もっとも強力な援軍として、女をつかまえて手元におき、男に働きかけるための性として利用した」のである。

●女性の地位

状況を変え、激しい奪い合いになっている自分の娘を守り、同僚や妻を取り戻し、真実を認めさせようとして、マルクは大変な勇気を奮いおこして、努力を重ねる。その結果、ようやくその目的をとげて、『真実』は『豊饒』と同じく輝かしい結末を迎える。一方、『労働』の方は、そうした有終の美を飾れるわけではない――まるで、教会よりも資本のほうが、阻止するのは困難なのだとでもいわんばかりに。この『労働』においても、女を味方につけることはきわめて重要だ。なぜなら、女たちは、おそろしく神秘な力をもっているし、庶民の家庭では財布のひもも握っているのだから。リュックは「将来、労働と、平和と、正義のための組合ができた場合、女たちが混乱をもたらしかねないことは知っていた。女たちには、絶対的な力があると実感していたのだ。彼女たちの手で、彼女たちのために、労働者の団地を作ればいいのにと考えていた。しかしながら、悪意や敵対心にみちた、あるいはただ無関心であって、救いを待つどころか、すべてを台なしにしかねない、じゃまや破壊的な行為をしそうな女に出会うと、リュックの勇気もくじけそうになるのだった」[17]。彼は、女性の集団や群衆に特に不信感をいだいていたが、それは、彼が町の開発をめぐる裁判に勝ったあとで、通りを追いかけまわされたように、彼女たちがもともとヒステリックであったからだ[18]。

そしてリュックは、「ぼくが女性を救う日には、世界が救われることになるんだ」[19]と思ったりする。『四福音書』における「福音」とは、女性が救われて、都市に復帰し、その母性を賞賛されることにほかならない。英雄にして、贖い主にして、創造者であり続ける男によって、女は救済されるのだ――それも、かつてないほどに社会の基礎となっていく家族や、正式の夫婦といった制度のなかで。男が、知識と理性の両方を手にする。とりわけ若妻の場合、啓蒙し、教育し、女を「つくる」のは、男の権限なのだ。たしかに、(男の手で)女性の地位を上昇させることで、いつの日か、女も——たとえ第二の性、従属的な存在であるにせよ——さらなる平等を獲得するにちがいないものの、それにしても、ゾラの男女両性の関係についての観念は、いかにも父性的なものなのだった。男が女を意のままにしている、つまり所有しているのである。『パリ』で、ギヨームは、自分の婚約者マリーを、弟のピエールに差し出して、「おまえに彼女をあげるよ」というではないか[20]。『労働』では、マルシアル・ジョルダンとリュックが、自分たちの将来設計や、ジョルダン一家の運命を、スーレット〔ジョルダンの妹〕の判断をあおぐことなく決めてしまう。「本当だ。スーレットのことを忘れていた」、こうジョルダンはいう。心の優しいスーレットは、どんな場合も蚊帳の外で、受け入れること

図1 『豊饒』の広告。母性と多産へのオマージュになっている作品である

を、つまりは忍従を求められるだけなのだ。ジョジーヌに惚れているリュックのことだって、ジョジーヌのほうがはるかに美人なのだからと、あきらめるしかない。「善意なるものの、神々しい形象」としてのスーレットは、「まさに取るにたらぬ女の典型で、彼女は、家事の切り盛り役と付き添い人という役割に甘んじるしかない[21]」のである。

男性上位を確信するゾラは、こうした根本的な男女格差に疑いをさしはさむことはないが、では女たちにとって、いかなる解決策があるというのか。彼女たちは、スーレットやマリーのように、第二のジュヌヴィエーヴとして、おばあちゃんとして、補佐役、秘書、協力者、看護役、うち明け話の相手、理想の伴侶として、献身的に尽くさなくてはいけない。しかも完全な自己犠牲のもとに、セックスや愛情までも断念しなくてはいけない。「だれかに愛されることなんて望まずに、愛さなくてはいけないんだわ」と、スーレットが語るように、身も心もすべて「捧げて」、なにも期待してはいけない。そして男の仕事や、制作や、使命に手を貸すのである。全力を尽くし、精神のかぎりを尽くして、男を補佐し、男が求めている慰めや休息を差し出してやるのだ。まちがっても、彼をあたたかい家庭に閉じこめようとしてはならない。マイホームは、男にとっては避難する港にすぎないのだから。こうした次第で、最後の小説群においては、マイホームや寝室にくらべて、公共空間がはるかに重要な存在になっている。『ルルド』『ローマ』『パリ』は、はてしないそぞろ歩きと、神秘的な行進と、観光旅行の、そして劇的な裁判の舞台にほかならない。『ルーゴン＝マッカール叢書』では、家族のドラマが進行する室内が主たる舞台であったけれど、『労働』では工場が、『真実』では学校が大きな役割を果たしている。フロマン家は、ルーゴン家とはちがう。彼らは個人ではなく、イデーを体現しているのだ。『豊饒』で、マチューとマリアンヌが開拓するシャントブレッドという土地は、彼らの家が神殿で、ベッドが祭壇であるのと同様に、非現実的な存在にすぎない。

●多産と夫婦

そして最後に、子供を産むことは、夫婦にとってのもっとも大切な義務であり、「偉大な傑作」であって、母性と、女性としての完成のあかしなのだ。マチューとマリアンヌという夫婦の繁殖能力へのオマージュである、アール・ヌーヴォー風の異様な詩編『豊饒』のメッセージが、まさにそれであって[22]、そこでは「生命を奪う処女性に対する、豊かな母性の神々しい勝利」が賞賛され、新マルサス主義の産児制限への、「不妊の温床となるよこしまな行為」、「生まれいずる命を奪う、卑劣な殺人である、堕胎というけがらわしい行為」への感動的な闘争宣言ともなっている。実は、当時の人口学者や、ベルティヨン博士のような医者たちもまた、こうした産児制限を、力強いドイツに対するフランスの弱体化のひとつの理由として挙げていたのである。『豊饒』は同時に、いまだに野蛮なアフリカにまでも勢力を拡張していく国家や共和国に向けての、「幸福を獲得するヒーロー」としての子供たちの手による賛意が横たわる、かなり政治的なテクストともいえる。「多産性」とは、創造的に氾濫することにほかならず、それが「文明をつくりだした」のである。多産こそが、文明の原則であって、夫婦はそこに存在理由を見いだすのだし、欲望は正当化されるというのだ――「ふたりの愛の力によって、欲望は、生殖というこの神聖なる欲望は、燃えさかる炎に変じた」。「子供をもうひとり、富と力をもっと、世界に向かって放たれる新たな力を、未来のための畑に種を」という次第である。こうした、とどまることを知らぬ出産によって、女性はみずからを開花させ、存在理由を見いだすのだ。母性の栄光を讃える叙事詩、喜び・労働・人口増加・愛のしあわせへの賛歌、そして罪や悪や不幸に対する肉欲の勝利に寄せる賛歌である、この『豊饒』という小説には、自己中心的なプチブル女性、抑圧された女工、高級娼婦、堕胎屋の女、芸術家、レズビアン、自立した女、フェミニスト等々、あらゆるたぐいの「石女《うまずめ》」の姿が描かれて、指弾される。この作品は、「神聖なる胎内」や、母乳で満たされた胸が、美しさそのものである女性への、子を宿し、育てる女性へのオマージュにほかならない――「母親のはちきれんばかりの美しさは、処女の、ためらいがちで、あいまいな美しさを無化してしまう」のである。「永遠の肥沃さを秘め、まばゆいばかりの母胎をもった、この収穫の女神」に対して、共和国はこぞって崇敬の念を抱かなければいけない――母親とは「われらの宗教でなければいけない」のだから。それにしても、こうした個所は、ゾラの妻アレクサンドリーヌにとってつらいものであったにちがいなく、彼女はゾラの死後、エミールとジャンヌのあいだにできたふたりの子供を、「わたしたちの子供」にするのである。

しかしながら、ゾラが新たな可能性も視野に収めていたことも忘れてはならない。それは、結婚という制度によってではなく、共通の仕事に取り組む、似た者どうしが、自由な合意によって結びつくという、より平等なカップルの存在である。『真実』の最後で、ジュヌヴィエーヴはマルクの元に戻って小学校教師となるけれど、フランス共和国の学校でいっしょに働く教師夫婦のこのような姿は、新しいカップルを予告している。[23] こうした状況は、マルクにとって大きな利点がある。「このようにすれば、献身的な女性の協力者がいると確信できる。しかも同じ仕事にはげんでいるから、彼のじゃまをすることなく、むしろ助けてくれて、将来に向かって進んでいける」のである。そればかりか、「彼女を教師にすることで、仕事を与えて、分別を取り戻させることができる」というわけだ。そして夫婦にとっては、「ふたりして、教師という聖職に一生懸命にはげむならば、永遠に一心同体になれる」[24] というのである。もちろん、彼は男子学級、彼女は女子学級と、別々の教室で働いている。とはいえ、家長が支配する同一空間に、両性を集めた男女共学のうちに、将来はあるのかもしれない。「夫の補佐役として、妻を学校に入れるのは、よい成果をたくさん生むはずだと、彼らには思われた」、「自分たちの、偉大な家庭」が、「未来の小さなカップル」(25)を準備するのだからという理屈である。

一種の地上のパラダイスでもある未来の集合住宅で、ついに和解をはたした夫婦にとって、一心同体の愛という大きな夢が、男女の差異や序列までも廃することはないのであった。

Michelle Perrot, "De *Lourdes* à Vérité : les femmes du troisième Zola", in *Zola*, sous la direction de Michèle Sacquin, Bibliothèque nationale de France/Fayard, 2002.

原注

（1）アンリ・ミットランが、次の浩瀚な伝記で用いた表現。Henri Mitterand, *Zola*, t. II, L'Homme de Germinal, Fayard, 2001, p. 1126.

（2）Evelynev Bloch-Dano, *Madame Zola*, Grasset, 1997. 必読文献である。

（3）ゾラが力強く表現した、こうした体液の循環に関しては、次を参照。Françoise Héritier, *Masculin/Féminin. La pensée de la différence*, Odile Jacob, 1996.

（4）cf. Claude Quiguer, *Femmes et machines de 1900. Lecture d' une obsession modern style*, Klincksieck, 1979. 本書は、ここで問題となっているゾラの小説を渉猟して、とりわけ『豊饒』における「アール・ヌーヴォー様式の途方もない詩」を明らかにしている。

（5）*Paris*, O. C., t. VII, p. 1530.

（6）H. Mitterand, *Zola*, *op. cit.*, p. 1107.

（7）*Paris*, *op. cit.*, p. 1478.

（8）*Fécondité*, L'Harmattan, coll. « Les Introuvables », 1993, p. 109.

（9）*Lourdes*, H. Mitterand éd., Stock, 1998, p. 34.

（10） *Rome*, H. Mitterand éd., Stock, 1998, p. 75.

（11） Chantal Bertrand-Jennings, *L' Eros et la femme chez Zola*, Klincksieck, 1977.

（12） *O. C.*, t. VII, p. 444.

（13） *Lourdes, O. C.*, t. VII, p. 466.

（14） *Ibid.*, p. 478（一八九四年のインタビュー）

（15） *Vérité*, L'Harmattan, coll. « Les Introuvables », 1993.

（16） *Ibid.*, p. 287.

（17） *Travail*, Lagrasse, Verdier, 1979, p. 198.

（18） Susanna Barrows, *Miroirs déformants. Réflexions sur la foule en France à la fin du XIXe siècle*, Aubier, 1990.（trad. de l'américain, 1981）

（19） *Travail, op. cit.*, p. 232.

（20） *Paris, op. cit.*, p. 1481.

（21） *Travail, op. cit.*, p. 127.

（22） Michelle Perrot, « Zola, antiféministe? Une lecture de Fécondité（1899）», dans Christine Bard dir., *Un siècle d'antiféminisme*, Fayard, 1999, p. 85-102.

（23） Jacques et Mona Ozouf, *La République des instituteurs*, Gallimard/Seuil, coll. « Hautes Etudes », 1992. 第一次大戦以前に教壇に立っていた、四千人の教師へのアンケートを基礎とした著作である。教師のあいだの結婚については三二三頁以下を参照。教育行政の側が、教職者どうしの結婚の動きを奨励するようになったのは、二十世紀目前のことであった。ゾラは早くも教師どうしの結婚に言及しているのだから、むしろ先駆者ということになる。

（24） *Vérité, op. cit.*, p. 574.

（25） *Ibid.*, p. 584-585.

ゾラにおける女・身体・ジェンダー

小倉孝誠

●自然と社会の呼応

身体は十九世紀文学にとって、特権的なテーマのひとつである。とりわけフローベール、ゴンクール兄弟、ゾラ、モーパッサンなどリアリズム作家において、身体の表象にあたえられる位置は大きい。彼らが身体を「発見」したとまでは断言できないにしても、少なくとも彼らの作品において初めて、身体とそれにまつわる現象（感覚、欲望、セクシュアリティー、病理など）が、感情や心理と同じくらいに、あるいはそれ以上に根源的な出来事として語られるようになったのである。もちろん、性的なタブーがほとんどなくなった現代と違って、十九世紀にはさまざまな規範やタブーがまだ人々の身体観とセクシュアリティーを規制していた。その規範とタブーをあるときは巧妙にかいくぐりながら、またあるときはそれに敢然と挑みながら、十九世紀後半の文学は身体をきわめて意識的にテーマ化したのである。

このことは、とりわけ『ルーゴン＝マッカール叢書』の作家によく当てはまるように思われる。このシリーズの副題は「第二帝政期における一家族の自然的、社会的歴史 Histoire naturelle et sociale d'une famille sous le Second Empire」という。「自然的歴史 histoire naturelle」とは「博物誌＝自然史」という意味でもあり、これはゾラにおいて自然と社会、博物誌と人間の歴史が密接に対応していることを示す。彼の作中人物たちがしばしば病いにおちいり、負の遺伝をひきずっていることは周知のとおりである。そして個人の運命が病いや遺伝的疾患によって規定されるとすれば、それは社会そのもの（第二帝政期のフランス社会）が病理に蝕まれているからであり、ゾラにあって遺伝とは社会の病理のメタファーにほかならない。晩年の『四福音書』シリーズ（一八九九―一九〇二）は、ユートピア的な物語のなかで、身体を癒すことは社会を癒すこと、個人を健康にすることは社会を健康にすることだという考え方を鮮明に表わしている。人間という生物的身体と、社会という身体（corps social）は並行関係にあるのだ。

ゾラ文学はしばしば、遺伝理論や生理学の粗雑な応用だと非難されてきた。彼の『実験小説論』（一八八〇）がそうした性急な結論を誘発しやすい情況をつくってしまったという不幸な経緯はあるが、しかしゾラの作品をていねいに読んでみれば、こうした非難があまりに単純であることに気づく。『ルーゴン＝マッカール叢書』を科学主義や社会的ダーウィニズムといった言葉で語ることは、ゾラの作品世界を矮小化するだけであり、もはや意味がない。遺伝理論や医学思想は人間にたいする厳密な決定論として作用するというよりも、ミシェル・ビュトールの言葉を用いるならば物語をつかさどる「統語法」、あるいは推進原理として機能している。[1] 理論という夾雑物を取りはらったときに浮かび上がってくるのはゾラの豊かな想像力や、強靭な構想力や、深い象徴性である。

自然界と人間社会の呼応を強調する姿勢は、すでにバルザックに見出される。『人間喜劇』の「序文」において彼は、動物界にさまざまな種があるように、人間界にも環境に応じてさまざま異なる人間タイプが存在すると主張する。[2] 動物種があるように、「社会種」というものもあるのだ。バルザックが十九世紀前半の社会を全体的に描いたように、十九世紀後半のフランス社会の見取り図を提示しようという野心を抱懐していたゾラが、バルザックの後継者たらんと欲したことはあらためて想起するまでもないだろう。

しかし、両者の間には大きな違いがある。『人間喜劇』の作家が自然史の知を分類学の枠組みとして参照したのに対し、『ルーゴン＝マッカール叢書』の作家はそこに、人間社会を突き動かす欲望とエネルギーのモデルを見てとった。両者の違いは生理学的な理論の援用のしかたにも表れている。さまざまな階層や職業の習俗を精彩に富んだエピソードをまじえて叙述するジャンルとしての「生理学」は、七月王政期に支配的な説話形式のひとつであり、一八四〇年代初頭に流行のピークを迎えた。その書き手の一人だったバルザックは、それを類型化を志向する人類学的な記述のために用いたのに対し、ゾラは医学思想としての生理学を個人の身体を描写するための原理とした。ゾラは自然現象のうちに、人間の欲望を刺激し、行動をうながす力学を発見したと考えた。だからこそ自然をめぐる知が、人間の情念のドラマと共鳴できるのである。

●身体の政治性

一八六〇年代末に『ルーゴン＝マッカール叢書』全体のプランを練ったゾラは、五つの「世界」、より正確には五つの階層を識別していた。「民衆」、「商人」、「ブルジョワジー」、「上流社会」、そして「特殊な世界」（娼婦、殺人者、司祭、芸術家）である。彼は当初から、諸階級の欲望と利害が多層的に絡みあう物語空間として自分の作品を構想していたことになる。農民、労働者（パリおよび地方）、職人、商人、ブルジョワ、貴族とあらゆる階級を登場させるゾラは、そうした階級性を異なる身体文化として表象し、身体そのものが階級性を強く刻印されていることを示した。しかもそのとき身体は、感情、心理、欲望といった内面を外部に露呈させる記号として機能するのではなく（たとえばバルザックやフローベールとの違い）、人間存在の本質そのものである。その際にゾラは、同時代の医学、生理学から得た知を活用する。医学の知、つまり科学的な知は、小説のなかで社会学的な構築をおこなうためのひとつの基盤となる。

こうしてゾラの小説では、さまざまな階層と職業集団がとりわけ身体性をとおして叙述されることになった。『獲物の分け前』（一八七二）では、ブルジョワの若き人妻が義理の息子との愛欲に溺れ、熱帯植物がむせかえるほどに濃厚な香りを放つ温室で禁じられた快楽に耽る。そこではブルジョワ女の身体が、ひたすら官能性をおびた誘惑として機能する。『愛の一ページ』（一八七八）は同じくブルジョワの男女のラブストーリーだが、こちらは控えめな未亡人が恋におちて、その慎ましやかな身体がしだいに官能にめざめていく。他方、民衆の身体は労働と結びついて描かれることが多い。『パリの胃袋』（一八七二）では中央市場の商人、『居酒屋』（一八七七）では洗濯女や屋根葺き職人、『ジェルミナール』（一八八五）では北部の炭鉱夫、そして『大地』（一八八七）ではボース地方の農民というように、首都と地方のさまざまな働く人々の姿が、労働する身体として語られる。実際に労働の現場で手足を動かし、道具と機械を使って作業するさまが描かれる。

　この観点からみると、『ナナ』（一八八〇）は例外的な作品である。『居酒屋』の主人公ジェルヴェーズの娘であるナナは、パリの下町で庶民として生まれる。出自からいえば庶民としてとどまることを運命づけられていたナナは、みずからの身体の魅惑によって女優となり、高級娼婦に成り上がっていく。当時、女優と娼婦はともに男に見られ、値踏みされる身体という意味でまったく同じである。そして彼女に魅了された男たちが、次々に彼女の身体に群がってきては、やがて破滅していく。娼婦といういわば階級性を欠いた身体は、誰にでも開かれているがゆえにあらゆる階級の男たちが通過する身体となる。ふだんの社会生活では遭遇することのない異な

図１　ナナとはあらゆる階級の男たちが通過する身体である

る集団に属する者たちが、ナナの閨房という階級性を無効にする空間のなかで出会うのだ。「男を喰らう女 Mangeuse d'hommes」と作中で形容される彼女の栄華は、男たちの身体を犠牲にすることによってもたらされる。そして、彼女の没落と死もまた身体を媒介にする。作品の末尾で、天然痘に冒され、醜い姿に変貌したあげくに、みんなからうち捨てられた彼女は「腐乱したヴィーナス」となって死んでいくのである。ナナは身体によって上昇し、身体によって滅びる。その身体はきわめて政治的な象徴性をおびているのである。

同じく女の身体が物語をつき動かす要素でありながら、『ナナ』と対照的な構図を示すのが『ボヌール・デ・ダム百貨店』だ。オクターヴ・ムーレが経営するデパートは、商売を活性化させるためのエネルギーとして、女性客たちの欲望と身体にねらいを定める。女たちはみずからの身体を装いたいという欲望を肥大させながら、次々に「消費の殿堂」としてのデパートにやって来ては、そこを通過していく。デパートは女の身体を欲望の主体に変えることによって、女を誘惑し、ときには破滅的な浪費へと向かわせる。ナナが「男を喰らう女」だったとすれば、デパートは「女を喰らう機械装置 mécanique à manger les femmes」である。まるで巨大な胃袋のように、女性客を呑みこんでは吐きだしていくこの商業空間は、容赦ない経済原理によって客たちの階級性を超えてしまう。

民衆（le peuple）はゾラ文学において決定的に重要なファクターだ。さまざまな民衆の姿を表象したという点で、ゾラは記憶にとどめられるべき作家である。ただし、民衆を文学のなかに登場させたのは彼が最初ではない。シューは『パリの秘密』（一八四二—四三）で、ユゴーは『レ・ミゼラブル』（一八六二）で、犯罪者やアウトローの世界を語ってみせたし、バルザックは『金色の眼の娘』（一八三五）の冒頭で、パリの民衆をめぐる社会人類学的な考察を展開した。ミシュレは『フランス革命史』

（一八四七―五三）や『民衆』（一八四六）において、民衆を歴史の担い手とする歴史観を表明し、他方ジョルジュ・サンドの一連の「田園小説」は、ベリー地方の伝承を取り入れながら牧歌的な農民の姿を描いた。一八六〇年代に民衆をきわめて自覚的に小説のテーマにしたのは、ゴンクール兄弟である。その代表作のひとつ『ジェルミニー・ラセルトゥー』（一八六五）初版の序文で彼らは、「民衆」も文学で語られる正当な権利を有していると次のように宣言していた。

《下層階級》と呼ばれるひとたちも、小説のなかに描かれる権利を持っているのではないだろうか。ひとつの世界の下にある民衆というこのもうひとつの世界は、民衆がもちうる魂や心情について今まで何も語らなかった作家たちの侮蔑や文学的排斥に、晒され続けるべきなのだろうか。[3]

しかしこれらの作家たちが描いたのは、社会から逸脱し、排除される下層民としての民衆であり、あるいは逆に極度に理想化され、苦しみや悪と無縁な民衆である。民衆は歴史の主体、あるいは人類学的な記述の対象であって、具体的な現実を生きる人間として語られているわけではない。

それに対してゾラは、たんなる下層民や犯罪者集団でなく（たとえばシューの大衆文学との違い）、救いようのない病理に還元するでもなく（たとえばゴンクール兄弟との違い）、民衆の社会的位相をめぐる議論を繰りひろげるわけでもない（ミシュレやバルザックとの違い）。彼は民衆の行為、労働、しぐさ、日常の歓び、苦しみ、愛憎を、身体を媒介にしてトータルに物語った。民衆とは何よりもまず肉体であり、運動であり、声であり、叫びであり、汗であり、においであった。労働者は酔いしれ、動きまわり、殴りあい、罵りあい、荒々しく交接する。民衆のたくましさとやさしさ、強さと弱さを身体の表象をつうじて描きだしたのはゾラの大きな功績である。

●身体とジェンダー

身体の政治性、あるいは階級性に気づいていたゾラは、身体のジェンダー性も早くから意識していた。『ルーゴン＝マッカール叢書』を執筆する以前の青年時代から、ゾラは女の身体に魅せられていたのである。それはなにも女の身体がもっぱら欲望の対象や、エロティシズムの舞台として認識されていたということを意味しない。青年時代のゾラは、むしろ生理学的な構図として女の身体を語ろうとしたように思われる。

二つの作品がそのことを例証してくれている。

『テレーズ・ラカン』（一八六七）は、パリ左岸でうらぶれた小間物店を営む人妻テレーズが、夫の友人ロランと恋仲になり、やがて邪魔になった夫カミーユを水難事故に見せかけて殺害するという凄惨なドラマである。自由になったふたりは喪が明けてから結婚するが、まさにその時からカミーユの亡霊に取り憑かれるようになる。それがふたりの関係を悪化させ、憎悪を生みだす。そしてお互いの殺意に気づいて絶望したふたりは、ともにみずからの命を絶つ。ゾラは有名な「第二版の序文」で次のように述べる。

『テレーズ・ラカン』でわたしが観察したかったのは、性格ではなく、体質《タンペラマン》であった。本書全体の意図は、まさにそこにある。そこで、自由意志を奪われて、神経と血に翻弄され、人生の節目節目で、肉欲という宿命にひきずられていく登場人物を選んだ。テレーズとロランは、いわば人間の皮を着たけものであり、それ以上のなにものでもない。この野獣のなかで秘かにうごめいている情念の働きを、本能的な衝動を、神経的な発作のあとに起こる頭脳の変調といったものを、わたしはつぶさにたどろうとしたのだった。(4)

ゾラは、身体が経験するさまざまな出来事を感情がもたらす出来事としてではなく、生理や神経によって引き起こされる逸脱（「頭脳の変調」）として説話化しようとしたのである。そしてこのような身体観は、とりわけヒロインにおいて明瞭に露呈してしまう。男の身体よりも、女の身体が生理学的な宿命を強く刻印され、体質によって避けがたく規定されるのである。テレーズの愛人になったロランは女の変貌ぶりに驚愕し、彼女の激しい愛撫にほとんど怖れの念さえ抱くようになる。

最初の口づけで、テレーズは娼婦のような本性をあらわした。満たされることのなかった肉が、快楽に狂おしく身をさしだした。まるで夢からでもさめたように、彼女は情欲に目覚めたのである。カミーユの弱々しい腕から、ロランのたくましい腕に移って、力強い男と親しくなることで、テレーズの肉体ははげしく揺さぶられ、官能が眠りからさめたのだ。興奮しやすい女の本能が、途方もない激しさで爆発した。母親の血が、彼女の体を熱くこがすアフリカの血が、ほとんどまだ処女なままの、やせた体のなかを流れはじめて、

図２　『テレーズ・ラカン』の挿絵入り初版本より

猛りくるった。女は、この上なくみだらに身を横たえて、男にさしだした。そして、頭のてっぺんから足先まで、いつまでも戦慄に身をふるわせていた。(5)

引用文に「アフリカの血」とあるのは、テレーズは、父親が将校として勤務していたアルジェリアで、現地の美しい女性との間にもうけた娘だからである。アフリカ人女性の血を注ぎ込むことで、作家はヒロインの官能性を際立たせようとしたのである。ジェロームの作品のような同時代のオリエンタリズム絵画にも見られたように、異民族の血を混じりこませるのは、女体の官能性を増幅させるためにしばしば用いられたレトリックだった。フローベールも、古代カルタゴの内乱を物語る歴史小説『サランボー』(一八六二)のなかで、女主人公のカルタゴ女に謎めいた、男の情欲をそそる蠱惑的な肉体を付与している。こうした細部に、遠い異邦であるがゆえによく知られておらず、それゆえ神秘的な様相をまとう「オリエント」とエロティシズムの戦略的な結びつきを読みとることができよう。エドワード・サイードならば、それこそが近代ヨーロッパが作りあげた幻想のオリエンタリズムの表われだと主張するだろうが。(6)

『マドレーヌ・フェラ』(一八六八)でもまた、若い女の身体が物語を劇的に展開させるファクターになる。パリでボヘミアン的な生活をおくるマドレーヌは、医学生ジャックの情婦になるが、外科医として外国に旅だった彼に棄てられてしまう。しかも船が座礁してジャックは死んだという知らせを受けとる。傷心が癒えぬままやがて別の男性ギヨームと出会い、彼に惹かれ、いっしょに暮らすようになり、結婚する。じつはギヨームはジャックの親友だったのである。ふたりのあいだには娘リュシーが生まれるが、その娘は父親ではなくジャックに驚くほどよく似ていた。やがて、死んだと思われていたジャックがじつは生き長らえていて、ふたりの前に姿を現す……。

十九世紀半ばのパリで、学生との儚い恋に身を焦がす若い女、ふたりの男のあいだで揺れ動く女。ミュルジェールの『ボヘミアンの生活情景』（一八四八、プッチーニのオペラ『ラ・ボエーム』の原作）にそのまま見出されるような主題が、ここで大衆演劇的な通俗性を免れているのは、ゾラがこのメロドラマ的情況に生理学の次元を持ち込んだからである。医学者のプロスペル・リュカが提唱し、ミシュレが『愛』（一八五八）で継承した「感応遺伝 imprégnation」という理論が、ゾラの着想源になった[7]。女性は初めて性的交渉をもった男性の肉体によって永遠に刻印されるため、別の男とのあいだに生まれた子供でさえ最初の男に似てしまう、という考えである。ゾラは後に、『居酒屋』でもこの理論を活用することになる。ジェルヴェーズの娘ナナが父親のクーポーではなく、彼女の最初の恋人ランチエの容貌と性格を受けついでしまうという設定になっているのだ。感応遺伝は今日ではまったく根拠のない謬説にすぎないが、当時はそれなりに（少なくともゾラにとっては）科学的な信憑性を有するとされていた。

『マドレーヌ・フェラ』では、女の身体は男によって官能に目覚め、男によって形成されていく。マドレーヌの身体は、一年間同棲したジャックによって消しがたい刻印を残された。女の身体は可塑的なものであり、男はそれをみずからの鋳型に流し込むかのように、生涯にわたって自分の存在をしるしづけてしまうのだ。そのとき男の身ぶりは外科医の作業に喩えられる。

血と神経がかかわるこのひそかな作用が一年続いた後、外科医は去っていったが、若い女は彼の愛撫のしるしを永久にとどめることになった。完全に男に所有されていたので、女はもはや自分のからだを自由にできなかったのだ。彼女の体内には別の人間、男っぽい要素が宿っていて、それが彼女を補い、彼女の体力を確かなものにした。それはまったく肉体的な現象にほかならなかった。[8]

ジャックに棄てられたマドレーヌはやがてギヨームと出会い、結婚する。ところが夫ギヨームとのあいだに生まれた娘はジャックに似ていた。彼女の心はジャックのことなど忘れていた、愛しているのはギヨームではないか。だが感情とは裏腹に、女の身体は最初の恋人との接触を忘れることができない。「マドレーヌはみずからに思い知らせようとする内面の叫びや、血の叛逆に耳を傾けようとしなかった。新たな恋人をもつことはできても、ジャック以外の男と永遠に結びつくことは不可能だった。ジャックに隷属した自分のからだの叫びに従わなかったせいで、マドレーヌはいま血の涙を流しているのだった」[9]。マドレーヌはかつての恋人の想い出を払拭できず、再び出現したジャックに身をゆだねてしまう。娘は病死し、絶望した彼女はみずから毒を仰ぎ、ギヨームは発狂する。作家はマドレーヌの身体的反応を生理学的な宿命によって説明しようとした。ヒロインに自由意思はなく、その行動の感情は身体の宿命に支配されているのである。

生理学的な刻印は、しかしながら女性の身体に特有の現象ではない。『テレーズ・ラカン』でも『マドレーヌ・フェラ』でも、もうひとつ重要な要素は「体質」という概念であり、この点では男の身体もまた生理学的な法則の支配を免れられないのである。多血質 sanguin」のロランはエネルギッシュで、情欲が強く、しばしば横暴で、快楽を好む。それと反対に「神経質 nerveux」なテレーズは繊細で、感受性が鋭く、ときに貧血やヒステリーの発作を起こす。ここでヒステリーという言葉は、比喩ではなく、まさしく病理学的な意味において理解されるべきである。シャルコーによって精神病理学的に定式化されるのは一八八〇年代に入ってからのことだが、ヒステリーは女性特有の、いわば女らしさの病いとして、この時代すでに着目されるようになっていた。(10)

本来、多血質と神経質は葛藤状態を生みだし、対立するのだが、他方で相互補完的でもあるので、それを有するふたりの人間は遭遇すると強く惹かれあう定めにある。ゾラはテレーズとロランの愛欲を次のように解説してみせる。

テレーズの、そっけなく、神経質な性格が、ロランのずぶとく、多血質な性格に異様な影響を及ぼしていたのだった。かつて、熱情にかられていた時期には、ふたりの体質の差異が、むしろ、この男女を力強く結ばれたカップルにして、それぞれの肉体を補いあって、一種のバランスを形成していた。男は、血液を与え、女は神経を与えて、両者がもちつもたれつの関係を築いていたから、このメカニズムをうまく調節するためにも、接吻が欠かせなかった。だが、その調子が狂ってしまったのだ。テレーズの興奮しすぎた神経が、相手を支配してしまったのである。いつのまにかロランは、異常な神経興奮症におちいっていた。若い女の強烈な影響で、彼の体質は、少しずつ、ひどい神経症にさいなまれる少女のごとき体質になっていった。(11)

ふたりの愛――それを愛と呼べるとして――は、「多血質」と「神経質」がほどよく調和し、均衡を保っている状態として定義される。体質のメカニズムが順調に機能しているあいだは、ふたりの情熱が昂揚しつづける。しかしひとたびその均衡が破れると、情熱は悲劇に変わっていく。「神経質」が「多血質」を隷属させるようになったとき、感情に亀裂が走り、身体の歯車が狂う。「ロランの身体に奇妙な作用が生じた。神経ばかりが肥大して、血のほうを凌駕してしまった。単にそれだけのことで、ロランはすっかり人間が変わってしまった」[12]と作家は書き記している。『マドレーヌ・フェラ』は男の身体が女の身体を永久に刻印する物語であり、『テレーズ・ラカン』は女の身体が男の身体を変貌させていく物語である。そしてこれは、女の身体を対象化し、馴致することが当然と考えられていた十九世紀ブルジョワ文化において、ジェンダーの規範にたいする違反以外のなにものでもない。テレーズとロランの無惨な最期は、その違反行為にたいして下された制裁として読み解くことができるだろう。

他方『マドレーヌ・フェラ』では、ふたつの体質がふたりの男によって担われている。ギヨームが神経質で、感受性が繊細で、ときに女性的と形容されるのに対し、ジャックは男っぽく、精力的である。他方、ヒロインは体質的に意味深いほどの特徴をおびていない。ここでは、異なる体質のふたりの男の対立が、マドレーヌというふたりに愛される、そしてふたりを愛する女の身体を舞台にして展開するのである。

●見つめられる女たち

十九世紀の文化は、女を見られる身体として表象した。文学においても、女はほとんど常に見られる存在であり、とりわけ女の身体は男によって見つめられる客体だった。それを端的に表しているのが女優や娼婦である。彼女たちにとって、人々に見られることは職業的な要請であり、男たちから値踏みされ、欲望の視線を向けられ、男たちの情欲を挑発することによってのみ彼女たちは存在しうる。

ゾラ作『ナナ』のヒロインは、まさにそうした女にほかならない。彼女は舞台に立つ役者であり、裕福な男たちに囲われる高級娼婦であり、肉体を晒すことによって男を誘惑し、そそのかし、破滅させる妖婦だ。この小説は、ナナがあるオペレッタのなかで、金髪のヴィーナスに扮して「ヴァリエテ座」の舞台に登場するところから始まるのだが、歌はまったく下手なナナが観衆の目を引きつけるのは、もっぱらその肉体によってである。

戦慄が観客席をゆすぶった。ナナは裸だったのだ。自分の肉体の全能を確信し、不敵な落ち着きをたたえて、ナナは裸だったのだ。身を包むものとては、一枚の薄絹ばかり。まるみのある肩、槍のように堅くぴんととがったばら色の突起のある豊かな乳房、肉感的にゆれ動く大きな腰、あぶらののった金褐色の太腿など、ナナの全身は、水沫のように白い薄物の下から、すけて見えたり、あらわに現れたりしていた。身をおおうものとてはただ髪の毛しか持たぬ、波間から生まれでるヴィーナスであった。そして、ナナが腕を上げると、フットライトの光で、金色の腋毛が見えるのだった（……）。無言の脅迫をはらんだ風が音もなく吹き過ぎたかのようであった。突如、この無邪気な娘のなかに女が立ち上がって、女性の無鉄砲さをさらけ出し、欲情の未知の世界をあばいて男性を悩殺したのだった。ナナは絶えず微笑を浮かべていたが、それは男殺しの鋭い微笑であった。[13]

物語の設定によれば、このときナナは十五、六歳。まだあどけなさを残しているはずのこの娘のなかには、すでに熟れた女の肢体が感じられる。わずかに薄布を一枚まとっただけで、豊満な肉体を惜しげもなくさらすナナを前にして、観衆は一瞬のあいだ凍りついたように沈黙し、息をのむ。男たちの情欲がかき立てられずにはいない。そしてナナの肉体は、男たちの欲望を刺激するばかりでなく、すでにして男を破滅の淵に追いこむ兆しを漂わせている。ナナの顔に「男殺しの鋭い微笑」を見てとるのは、もちろん男の観客たちの肥大した妄想にすぎないにしても、舞台の女優と観客のあいだに展開するまなざしと欲望の力学を現前化させたこの場面は、見る男／見られる女というジェンダーの構図をあざやかに示してくれる。

しかし男によって見つめられるのは、娼婦の身体だけではない。ゾラの作品では普通の女たちが、日常的な空間で男の前に裸身を晒すことをためらわないのだ。

すでに言及した『テレーズ・ラカン』では、自分の部屋にロランを誘いこんで逢い引きを重ねるヒロインが、ベッドに長々と寝そべり、羞じらいの色を見せることなく悦楽の戦慄に身をふるわせる。また『ウージェーヌ・ルーゴン閣下』（一八七六）では、ヒロインである伯爵令嬢クロランドが自邸の客間で、画家のモデルを務めるためとはいえ、来客の男たちの前で女神ディアーナの装いで蠱惑的な肉体を平然と晒けだす。異なる階層に帰属し、異なる職業につく三人の女たち、したがって異なる社会性を体現する三人の女たち（例はまだ他にも挙げられよう）は、見つめる男の前に裸身を晒すという点で共通している。見られる対象としての女の身体は、見られることによって社会的な差異を喪失し、見られ、欲望されるというその一点において似かよってしまうのだ。ゾラは民衆の身体（ナナ）、小ブルジョワの身体（テレーズ）、貴族の身体（クロランド）を描き分けてはいたが、そうした階級性あるいは政治性が身体をめぐるまなざしの力学によって背景に押しやられてしまう。ここでは女の身体のジェンダーが、身体の政治性よりも優位に立っているのである。

図３　大きな鏡にみずからの裸身を映すナナ。男は女を見つめ、女はみずからを見つめる……

そのとき、男の側では何が起こるのか。

ゾラの場合、裸の女は常に脅威にみちた、動物的な存在であり、彼女を見つめる者を滅びや狂気へといざなう可能性をはらんでいる。クロランドを見つめるルーゴンは、世界を動かすかもしれないそのむき出しの白い肩に畏怖に近い感情をいだき、[14] ロランは情婦の激しい愛の営みに驚き、不安に駆られてしまう。[15] ナナを愛人として囲うようになるミュファ伯爵は、部屋のなかでナナを凝視しながら言い知れぬ危惧の念にとらわれる。他方、ナナは男を見返すことはなく、大きな鏡にみずからの裸身を映しだして悦にいる。女の肉体は罪と躓きの元凶であり、あらゆる女はアダムを誘惑したイヴの生まれ変わりではないのか。ミュファは、聖書のなかで言及されている淫蕩な化け物をわれ知らず想起するものの、裸身のナナから目をそむけることができない。ゾラは彼女の肉体のあらゆる細部、その曲線、肌の色つや、肉づき、体毛などを描いていく。そのとき頻出する動物に関するメタファーは、ナナが野獣性にみちた矯激な身体の持ち主であることを明らかにしてくれる。[16]

ルーゴン、ロラン、ミュファは女の身体を前にして漠然とした不安を感じ、その「女性性」を前にしてたじろぐ。彼らは女に欲望を向けながら、同時に女の身体によって圧倒され、彼らの「男性性」は揺らぐ。ここでは男にとって、女を見つめることがみずからの凋落を受け入れることにほかならない。女は誘惑者であり、その身体は奈落へといたる扉なのだ。女の身体のさまざまな位相を語ったゾラは、男の身体のあやうさ、男性性の危機にも気づいていたのかもしれない。

（1）Michel Butor, « Emile Zola, romancier expérimental et la flamme bleue », *Critique*, n°239, avril 1969, p. 409; repris dans *Répertoire IV*.

（2）Balzac, « Avant-propos », *La Comédie humaine*, « Pléiade », t. I, 1976, pp. 7-9.

（3）Les Goncourt, *Germinie Lacerteux*, 10/18, 1979, pp. 23-24.

（4）Zola, *Thérèse Raquin*, in *Oeuvres complètes d'Emile Zola*, Cercle du livre précieux, t. 1,1962, p. 519. 以下、原書の頁を記すが、『テレーズ・ラカン』の訳文は、ゾラ・セレクション『初期名作集』（宮下志朗訳、藤原書店、二〇〇四年）による。

（5）*Ibid.*, p. 548.

（6）エドワード・サイード『オリエンタリズム』（今沢紀子訳、平凡社、一九八六年）

（7）Prosper Lucas, *Traité philosophique et physiologique de l'hérédité naturelle*, Baillière, 2vol., 1847-1850, IIIe partie ; Jules Michelet, *L'Amour*（邦訳は、ジュール・ミシュレ『愛』森井真訳、中公文庫、一九八一年、一二三頁）

（8）Zola, *Madeleine Férat, Oeuvres complètes*, t. 1, p. 812.

（9）*Ibid.*, p. 813.

（10）ヒステリーと、それが女の病いとして構築されていくプロセスに関しては、次の著作が示唆に富む。シェルトーク／ソシュール『精神分析学の誕生――メスメルからフロイトへ』（長井真理訳、岩波書店、一九八七年）。エチエンヌ・トリヤ『ヒステリーの歴史』（安田一郎／横倉れい訳、青土社、一九九八年）。またフランス近代文学におけるヒステリーの表象については、次の諸著作を参照願いたい。吉田城『神経症者のいる文学』（名古屋大学出版会、一九九六年）。小倉孝誠『〈女らしさ〉はどう作られたのか』（法藏館、一九九九年）。Janet Beizer, *Ventriloquized Bodies. Narratives of Hysteria in Nineteenth-Century France*, Cornell University Press, 1994. Nicole Edelman, *Les Métamorphoses de l'hystérique*, La Découverte, 2003.

（11）*Thérèse Raquin, op. cit.*, p. 613.

（12）*Ibid.*, p. 613.

（13）Zola, *Nana, Les Rougon-Macquart*, « Pléiade », t.2, 1983, p. 1118. 訳文はゾラ『ナナ』（川口篤・古賀照一訳、河出書房新社）による。

（14）Zola, *Son Excellence Eugène Rougon, Les Rougon-Macquart*, « Pléiade », t. 2, p. 67.

（15）*Thérèse Raquin*, p. 548.

（16）*Nana*, p. 1271.

第4章 視覚文化

慧眼と蹉跌
――ゾラは絵画に裏切られたのか

稲賀繁美

●マネを助太刀した若き新聞記者、ゾラ

ゾラと絵画という話題となれば、必ず登場する逸話がある。一八六六年、パリに出て間もなく、二十六歳のゾラは、『出来事《レヴェヌマン》』紙を主宰していたド・ヴィルメッサンからの勧めで、その年のサロン評を執筆する。当時サロン評の執筆は、乱立する政治新聞——おおくは週刊——の隆盛もあって、駆け出し文士の登竜門だった。日刊の『フィガロ』発刊以前には、『出来事』紙は主要紙のひとつの地位を占めており、頭角を現そうと意気込むゾラにとっても腕の見せ所だった。ところが五月七日の記事で、ゾラはあろうことか、当年のサロンから落選したマネを取り上げ、マネを新たな巨匠として絶賛する一方、サロンの審査員を品定めし、有名画家たちを黙殺同然に扱う。マネ称賛の論調は、ただちに多くの読者の憤慨を買い、ゾラの辞任を迫る抗議の声と購読中止を訴える読者を前に、ド・ヴィルメッサンは譲歩を迫られ、ゾラはテオドール・ペロケと残る連載を三回ずつに折半して、サロン評を中断した、という一件だ。事の顛末は、ゾラが七つの記事を纏めた冊子『私のサロン』出版の際に付加した注記に、簡潔に触れられている(1)[125]。公序良俗へのゾラの挑戦は、マネが《草上の昼食》(一八六三年のサロン出品)や《オランピア》(一八六五年のサロン落選、落選者展で醜聞の的となる)によって巻き起こした騒動に匹敵する話題を呼んだ——との風聞が今に伝わる。

このサロン評でゾラは、ノストラダムスと張り合うわけではないが、と断りながら、こんな予言を表明していた。「我々はマネのことを物笑いにするが、我々の息子たちはマネの絵を前にして、うっとりと陶酔することになるだろう」(五月四日)[111]。「マネ氏がその勝利の日を見ることもなく、かれの周囲の臆病な凡俗どもを粉砕することがない、などということは不可能、宜しいでしょうか、不可能なのだ」

（七日）［118］。こうした挑発的言動のため、中途撤退を余儀なくされた「批評家の離別の辞」（二十日）で、ゾラはこう嘯く。「私は低い声で自認する。読者を立腹させたとなれば、これは見事に急所を突いたことになるな、と。患者さん、あなたが回復をお望みでなくたって、私の知ったことではない。だが傷がどこにあるのか、私にはよく分かっている」［130］。その舌鋒すでに明らかだが、南部《ミディ》育ちの青年は自らの将来についても、ひとつ確約を述べる。「私はマネを弁護したが、同様に私は生涯にわたって、下心ない個人が攻撃に晒されたなら、その弁護に努めることだろう。私は常に敗者の側に着くことだろう」［134］と。その数行前には「生命《いのち》と真実にむかって、私は真っすぐに前進する」［134］との宣言も見える。

●ドレフュス事件における文豪、ゾラ

ここに、三十年後、ドレフュス事件の渦中、頼まれもしないのにドレフュス大尉への冤罪を告発したゾラ、「真実は前進する、何ものもそれを止めることはできない」のゾラの姿を予見することも、あながち不可能ではないだろう。実際、ドレフュス事件のゾラのうちに、マネを弁護した若き駆け出し美術批評家の姿を二重写しに見ていたひとりの人物がある。「この一巻〔『真実は前進する』〕を目にして思い出さずにおられないのは、闘いのなかに躊躇することなく身を投じる著者の行為そのものである。それにまたゾラがこのように行動したのは、これが最初ではなかった。これを機会に、かれが当時支配的だった見解とはげしく袂を分かった最初の行動を思い起こしておくのも、いたって自然なことだろう。それは一八六六年、ゾラは若く、貧しかった。かれは駆け出しだった」(2)。この一節の著者、テオドール・デュレは、一八六五年、《オランピア》の醜聞を逃れて折からマドリッドに滞在していたマネと偶然に知り合って意気投合し、一八六七年にはゾラとも盟友となっていた人物。ドレフュス事件で

は、クレマンソーと英国亡命中のゾラとの連絡役も務めた。右の一文は、定期的に寄稿していたドレフュス擁護派の雑誌『ルヴュ・ブランシュ』一九〇一年五月号に掲載されたもの。当初は手稿でその表題を「ゾラの『真実は前進する』」と題していたのに、デュレはゲラ段階でそれを抹消し、わざと「エミール・ゾラのいくつかの記事」という、門外漢には内容不明な題名に書き直している。

既に一八九七年、ゾラはドレフュス再審を要求したシュールレ＝ケストナーを援護する記事を『フィガロ』紙に発表して、事件に正面から切り込んでいた。その最後に「真実は前進する」云々の有名な文句が見えるのだが、それをロンドンで読んだデュレは、次のような感想を作家に送って寄越していた。「貴殿の『フィガロ』の記事に接して小生がいかなる感動と喜びを感じたかは、まことに筆舌に尽くしがたい。貴殿がなされたこと、これはとても美しい。貴殿が何にもまして真実を愛することは、昔からよく心得ていた。貴殿が勇気の人であることも知っていた。だから貴殿の行為にいまさら唖然とすることなど全くない。だが事の意外さに打たれた。というのも係争に係わっている人々とこれまで何の関係も係累もない貴殿が、まさかこのいざこざの渦中に飛び込もうとは、予想だにしていなかったのだから(3)」。

●『エドゥアール・マネ伝』(一九〇二)におけるゾラ像

そして、ほかならぬこのデュレが、一九〇二年に、最初の作品カタログを備えたマネの伝記を公刊する。題して『エドゥアール・マネとその作品の歴史』。題名に刻まれた「歴史」の文字には、党派的な聖者伝ではなく、『真実は前進する』のゾラのひそみに倣って「歴史」の真実に貢献し、世間の誤解から中傷に晒された人物を正当に評価しようとする、共和派の歴史家としてのデュレの密かな自負を見るべきだろう。本書で一八六六年当時のゾラは、回顧のまなざしのうちに、こう叙述される。

ゾラの記事がブルヴァールの公衆に引き起こしたのは、まさしくマネがその絵画作品で引き起こしていたのと同様の憤慨だった。(中略)ゾラはそれまでマネとはいかなる関係もなかったにも拘らず、マネの大義をその手に掲げ、自己の利害や党派心からはまったく離れた立場から行動した。ゾラの行動は真摯な敬服から発するものであり、その気質ゆえの力強さと勇敢さに駆り立てられて、ゾラは世間の見解に正面から異を唱え、公衆の喉首を押さえたのだ。だが人々はそうとは思わず、およそ考えられるかぎり下種《げす》な下心からしたことだろうと決めつけた。こうしてゾラは最悪の弾劾を受けた。勇気あるゾラは、かえって悪意ある人間、敬意を表すべきものへの敬意に欠けた人物、と決めつけられた。(4)

ここには、表向きドレフュス事件への言及はまったくない。しかしながら、デュレが、ドレフュス大尉を弁護した、私心なく勇気あるゾラの姿を過去に溯って逆投影し、マネを擁護した若き日のゾラを描きだしたことは、もはや明らかだろう。画家マネの殿堂入りに尽力した伝記作者の、秘められた政治的背景が、ここに露呈している。否、より正確にはこう言うべきか。マネ擁護者としてのゾラ像は、ゾラの時事問題への関与を透視しつつも、それを隠蔽することによって定着された、と。

デュレは、書評で『真実は前進する』という明白な題名を削除したが、それと同様に、『マネ伝』においてゾラとマネの関係を語る場合にも、ドレフュス事件を下敷きに利用しながら、その痕跡を抹消した。これは一見、自己検閲による些細な証拠隠滅に過ぎないようにも見える。だが、マネを近代絵画史の英雄として要請する言説が、ゾラを政治事件の英雄として要請した言説を鋳型として再利用しながら、それをいわば脱政治化することで達成されたことは看過できまい。世紀末のフランス世論を二分した政治的大醜聞《スキャンダル》が一九〇〇年のパリ万国博覧会をいわば分水嶺として、非政治的な領域へと〈昇華〉されること。それは——今日では見落とされがちだが——マネを巡る芸術的醜聞《スキャンダル》がマネの勝利を約束する逸話へと変貌を遂げる過程に加担し、競合していた。この神話的な錬金術（と、その抑圧と）に、芸術の自律を言祝ぐ二十世紀モダニズムの端緒を見定める必要がある。(5)

●道徳絵画の彼岸——美術批評の端緒

だが、ゾラ自身がこうしたマネ没後の列神式のからくりにどこまで自覚的に関与していたかは、別問題だろう。『わが憎悪』（一八六六）で「我らの闘いが生誕の産声であるというのに、盲目の輩は、それを苦悩の痙攣と取り違え、我らの努力を見ようとせぬ。これら盲目の輩を私は憎む」[39]と華々しい宣戦布告を行ったゾラ。(6)そしてゾラの援護射撃への画家の返礼として《ゾラの肖像》（一八六七）が制作され、画面奥の《オランピア》の複製と、歌川国明の《大鳴門灘右ヱ門》が、ともにゾラに流し目を送っているのは、あまりに有名だ。後世はそこに、十九世紀後半のフランスを代表する小説家と画家との友情と共同戦線の証しを認めることだろう。しかしながらそのゾラは、一八九〇年に《オランピア》の北米流出を危惧してクロード・モネが音頭を取ったルーヴル美術館寄贈のための資金集めには、「寄贈」では党派臭が伴うとして援助を辞退したし、最初にマネを弁護してから三十年後の一八九六年、ドレフュス事件に係わる直前には、幻想から覚めたように、こんな戦線離脱宣言を公にしていた。「私は自分の責務を果たした。己が闘いを闘った。(7) 当時私は二十六歳で、若く勇敢な者共とともにあった。私が弁護したものを、私はなお弁護しつづけもしよう、というのもそれはその時ならではの大胆さであり、敵の領地に打ち立てるべき軍旗だったのだから」［473］。果たしてゾラは、既に失ってしまった、絵画の領分での闘いへの情熱を、ユダヤ人排斥の冤罪事件に対する義憤へと振り代えたのか。それならば何ゆえゾラは同時代の絵画に失望したのだろうか。ここでゾラのマネ弁護の内容とその変遷を辿っておく必要があるだろう(7)。

一八六六年のサロンのおりに、周囲の壁面の安っぽい画像のなかで、「生の光で叫び」、「もう単純に、壁に穴を開けていた」マネの《草上の昼食》をはじめとする画布の「力強さ」。「単純で活気に満ちた断片」、「正しい色調とその併置」により「もっとも単純な手段で獲得された、最も力に溢れた効果」［116-118］を称賛したゾラは、一八六七年、パリ万国博覧会に際して、マネの個展を期して出版した小冊子、『エドゥアール・マネ――伝記的・批評的研究』――史上最初の纏まったマネ研究――では、こう読者に訴える。「何度繰り返しても構うまいが、マネの才能を理解し、賞味しようとなると、千におよぶ物事を忘れなければならぬ。ここにあるのは絶対の美の探求ではない、画家は歴史を描くのでも、魂を描くのでもない。いわゆる構図なるものは彼には存在しない。彼が自らに課す責務は、何やかやの思想だの、歴史的行為を再演してみせることではない。それゆえマネを道徳家とか文学者として判断すべきではない。マネは画家として判断すべきだ」［153］。

マネが目指すのは、もはや魂に訴える宗教画でも、歴史事件を物語よろしく再演する歴史画でもない。この一節は、絵画に道徳的教訓ばかりを読み取ろうとするプルードンへの反発を下敷きにしたものだろう。プルードンの遺著『芸術の原理とその社会的使命』は一八六五年に公刊されたばかりだった。写実主義者クールベを擁護する思想家は、酔っ払いの司祭たちを描いた《法話の帰り道》には「聖職者に要求される厳格な徳を維持することに関して、宗教的戒律がまったくもって無力であり、また罪を犯す聖職者はその職業の犠牲でこそあれ、偽善者でも背徳者でもない」といった教訓を読み取り、また《セーヌ河畔のお嬢さんたち》（図1）を見ては「道徳的な悲惨と身持ちの悪さ」の証拠を嗅ぎつけ、いまは愛らしいこれらの女性たちを待ち受けるのは「傲慢と姦淫と自殺」という未来であり、クールベはこの作品で、最新流行に追随する美的教養生活に潜む悪徳を告発したのだ、などと主張していた。本書を書評したゾラは、プルードンは「絵画にも皮肉と思想的教訓しか見ず」、「彼にとっては画布とは主題であり、それが赤に塗られようが緑に塗られようが、そんなことはお構いなしだ」と悪態をつく。プルードンは絵に「注釈をつけて、タブローに何かを意味するようにと強制し、絵画技法に関する判断には立ち入らない」[51-54]。芸術家が思想に還元できるのなら、本書の題名も『芸術の死とその社会的無用性』とでもすればよかったのに。これが、ゾラの仮借ないプルードン批判の結論だった。

●主題の消滅と批評言語の混乱

それならば「画家として」マネを判断するとは何を意味するのか。ゾラによれば、「群衆は何よりも先に、この絵は何を描いたものだろうとやきもきするが、そうした主題に気を取られること」は「分析家」マネにはない。「群衆にとっては主題しか存在しないが、画家たちにとって、主題とは描くための口実に過ぎない」[158-9]。だから《草上の昼食》を見て、群衆は裸体の女性とフロックコートの男性という「主題の配置に、猥褻で扇情的な意図」を嗅ぎ取った。しかし画家がこの作品で目指したのは「生き生きとした〔白・黒の、あるいは周囲の色彩との〕対比」であり、マネは、「きっぱりとした量塊《マス》を獲

図１　ギュスターヴ・クールベ《セーヌ河畔のお嬢さんたち》プティ・パレ美術館

得しようとしたに過ぎないのだ」［159］。そうゾラはマネを弁護する。続いて、ゾラは《オランピア》を例に取り、今度は画家に向けて語りかける。「親愛なる画匠よ、こう言うがよい。（中略）貴殿にとってタブローとは分析のための単なる口実にすぎないのだ、と。裸の女が必要だったから、まず最初にやってきたオランピアを選んだのだし、明るく光に満ちた色斑が必要だったから、花束を置いた。黒の色斑が必要だったから、隅に黒人の女と猫を配置しただけだ、と。それらすべてにどんな意味があるのですって？　およそ貴殿もご存じないなら、当方にも分かりません」［161］。

ここには四つの違った次元の問題が、いささか混然と語られている。

まず最初に、物語的な画題など、もはや副次的でしかない、との宣告。当時の絵画鑑賞者たちは、画面の舞台で登場人物が誰であり、何を演じているのかが理解できなければ、困惑してしまう、という読画慣習の持ち主だった。そうした慣習があればこそ、《草上の昼食》や《オランピア》は、不可解なものとして嘲笑の対象ともなりえたわけだ。だが、そうした習慣を「忘れ」ることが、マネ鑑賞の提要なのだ、とゾラはまず最初に主張する。続いて、光に満ちた色斑や、黒の輝き――印象派のピサロが、「マネにはとても適わない。彼は黒で光を創る」と脱帽してみせたのも有名だ。ここには、美術学校で推奨されてきた明暗法や投影法といった規矩からの逸脱が述べられる。だが三つ目に、ゾラの文章そのものに、おそらくは無自覚な混乱が潜んでいる。即ち、裸婦というモチーフが必要とされる水準と、色斑が必要だから花束というモチーフが要請されたという事態の間では、明らかに次元がずれている。新たな技法に直面した批評言語の混乱は、さらに四番目として、批評言語では言語化が不可能な「意味」不明の現象――「貴殿もご存じないなら、当方にも分かりません」――に及ぶ。主題とは別次元の、画面上の絵の具の配置や色調の対比が話題にはされたものの、構図の欠如は、まだ合理的には説明できていない。「生誕の産声」は結構だが、主題が二の次になった後の、絵画の目指すべき最終目的地は、なお定かではない。

とはいえそこに「特異な言葉遣いで、光と陰の真実を、事物や被造物の現実を、活気溢れる筆で翻訳する」「画家の仕事」が実現されているのは見て取れる――そうゾラが一八六七年に断言したとき、仮想敵として念頭にあったのは、どのような絵画だったのか。同じ年、ゾラはシャン・ド・マルスの万国博覧会での美術展覧会を批評し、名誉大勲章受賞者に言及する。そこでは「美術学校の聖域の司祭」や学士院会員が揶揄されている。まず《ソルフェリーノの戦い》（**図2**）ほかを出展していたエル

図２　エルネスト・メソニエ《ソルフェリーノの戦い》オルセー美術館

ネスト・メソニエ（一八一五―一八九〇）。この画匠の作品は「一ミリ四方の画布でもおそろしく高価」だが、画面に登場するのは「それは繊細に細工された、陶器で出来た小人ばかり」[178-9]。アレクサンドル・カバネル（一八二四―一八八九）の《ヴィーナスの誕生》（**図３**）――ウージェニー皇后による買い上げとなる――は、「牛乳の波に溺れた女神は甘美な街娼さながら。これが肉と骨とで出来ていたなら、さぞかし淫らだろうが、白と桃色のアーモンドのパテといったもので出来ている」[182]。そして《法廷におけるフリネー》（**図４**）ほかを出展していたジャン＝レオン・ジェローム（一八二四―一九〇四）は「想像力皆無の骨董屋」、「流行の商品」を巧みに量産する「考古学者」。「いかなる霊感も性格も個性もなく」、「人夫が業務にかかるのと同じようにお勤めを果たす」だけで、これでは、「家具職人」か「靴屋の職人」と変わらない。それでいて、「素描もうまく、構図は素晴らしく、筆捌きも適切だから、ジェロームはドラクロワよりも完璧で上位にある」との世評は、これいかに［184-5］。総じてこれら名誉と富に包まれた当代の権威たちの高級品は、ゾラの定義——「芸術作品とは、ある気質を通して眺められた自然の一隅である」——のお眼鏡には適わぬ、気質にも個性にも生気にも欠けた、小器用な職人仕事の細工物と映じていた。

●「絵を描く新しい流儀」——是認から疑念へ

それではこれら官展派の画家たちとは対照的なマネと、その弟子を主張する印象派の画家たち——その最初の展覧会は一八七四年——に、ゾラは満足できたのか。一八六八年にマネが描いた自分の肖像の制作に言及したゾラは、「自然なしには何も出来ない」［199］と証言した画家マネに「自然主義者」の名称を与え、ピサロをも同じ「自然主義者」と規定していたが、一八七五年には、ロシア向けに西欧の時事的近況を伝える記事のなかで、当代におけるもっとも独創的な画家としてマネに言及し、その影響が現代フランス画壇に浸透している様子を報告する。「明らかに未来は彼のものだ。」そして「この時代のもっとも独創的な画家であり、芸術の刷新と人間の創作の拡大とのために私が夢見る、かの自然主義派を予告する」画家の作品として、その年のリロンで論議を醸した《アルジャントゥイユ》（図5）を論じる。

「マネの絵画で人は春の、青春の新鮮さを吸い込む。古典主義の方法やロマン主義の紛い物の廃墟のうえ、うんざりさせる倦怠、濁った陳腐さや凡庸さのまっただ中から、小さな花が一輪、色褪せた古い土壌に一本の小枝が生えるのを想像してみたまえ」［205-6］。一八七六年の第二回印象派展に触れた記事では、折から出版されたデュランティーの小冊子『新しい絵画』が説く色彩分割の理論を紹介し、

図３　アレクサンドル・カバネル《ヴィーナスの誕生》オルセー美術館

図４　ジャン＝レオン・ジェローム《法廷におけるフリネー》ハンブルク、クンストハレ

印象派の画家たちの「行く手に明日の芸術が築かれよう」、と「芸術の闘いを祝福する黎明の光」を言祝ぐ。ただ「新しい方式（formule）を支える傑作」は未だ出現せず、との条件つきの見立てだった［351-6］。翌年にも「印象派の影響が公式のサロンにも発生するのを目にすることだろう」［359］、と希望を将来に託す足踏み状態のまま。

つづく一八七八年のパリ万国博覧会に寄せてロシア向けに認めた一連の長大な記事で、ゾラは改めてクールベを高く評価し、ドラクロワ、アングルとともに十九世紀フランスを代表する巨匠と認定するのに続き、カロリュス＝デュラン、エネル、リボ、ジュール・ブルトン、ヴォロンらに期待を寄せつつも限界を見る一方、ギュスターヴ・モローとは理論が折り合わないと匙を投げた後で、最後に印象派に一回分を割く。ここでテオドール・デュレの小冊子『印象派の画家たち』（一八七八）を長々と引用し、日本の浮世絵の自然に対する忠実さを根拠に、印象派の画家たちの外光の効果を正当化するデュレの議論を復唱する。だが最後にゾラは、印象派が始動させた革命の価値は認めつつも、再び「あらたな定式を実現する天才ある芸術家」の登場を希求する［393-4］。つまり、ゾラのお眼鏡にかなう巨匠は、なお不在のままだったのだ。

こうした不充足感は、一八七九年になると、マネに対するはっきりとした保留に発展する。ふたたびロシア向けの「芸術文芸時評」で、まず「サロンにおける凡庸さの勝利」を嘆いて見せたのに続き、ゾラは「印象派の首領だったマネ」に触れるが、ここできっぱりとマネの欠陥を指摘する。「公衆の無理解に対するマネの長い闘いは、制作における困難によって説明がつく。彼の腕はかれの眼に及ばない。マネはひとつの技術を鍛えあげる術を知らなかった。かれは熱狂的な学童の状態に停っていて、自然のなかに発生していることを常にはっきりと弁別して見てはいるものの、それらの印象を完璧か

図5　エドゥアール・マネ《アルジャントゥイユ》トゥルネー美術館

つ決定的に表わすには至らなかった。」「技術の側面が視覚の正しさに匹敵したならば、マネは十九世紀後半の偉大な画家となるところなのだが」、そうは参らなかった[400]。のみならず印象派の連中も、「技術的に不十分」、目にしたものを実現できないようでは、しょせん「先駆者」に過ぎず、モネも「急ぎ過ぎの制作に疲弊し、たいがいのところで満足し、本当の創作者の情熱をもって自然を研究していない」[400]。

●「ゾラとマネ決裂」の背景

この記事の一部がロシア語からフランス語に訳し戻され「ゾラとマネ決裂」との見出しで『フィガロ』紙七月二十六日付けに掲載されるや、画家と小説家とのあいだには一悶着が発生する。あれは誤訳が多くて云々、というゾラの弁解の手紙の一部が、マネによって同紙に公表されたりもする。

実際、右の引用に「モネ」と訂正した部分は、フランス語訳では「マネ」となっていた。マネの腕はその眼に劣るとは、六八年のアンリ・ウッセーの批判以来、再三指摘されてきた常套句だった。翌一八八〇年には、前年辛辣に当たりすぎたマネに配慮したためだろう、ゾラは、『ヴォルテール』紙に連載した「サロンにおける自然主義」と題する展評で「十四年来の最初の擁護者」たる自らの立場を確認し、マネの「努力の誠実さ」、「自然を前にした素朴さ」を認め、マネ評価を上向きに再修正する。「今フランス画派が通過しつつある過渡期にあって、マネがいかに枢要な位置を占めたかを、ある日人々は認識することになろう」[424]。過去の回顧と未来への予言とをない交ぜにした賛辞——そこにはマネを傷つけまいとする気配りも見える。そしてその代替措置よろしく、前年マネに対して述べたのと同様の留保が、今度は印象派に対して突き付けられる。同年、美術担当次官テュルケによるサロン選考の範疇改革が招いた大混乱を詳述する傍らで、ゾラは印象派による独立展覧会に注目しつつも、こう仮借なく結論する。「彼らはいずれも先駆者であり、天才のある人物は生まれなかった。かれらの欲するところはよく分かるし、理屈にもかなっている。だが定式（formule）をこれと示し、万人を首肯させるような傑作は、どこを探しても見当たらない。（中略）印象派の連中は吃るばかりで、言葉を見つけていない」[422]。

一八七九年に及んでゾラがマネや印象派に保留を付け始めた背景には、美術学校側の新しい動きがあった。むろん《マルソー将軍の遺体を前にしたオーストリア軍幕僚》[382]や《カルカッソンヌの幽閉者の救出》（図6）で「大芸術の復活者という度外れ」の期待を担ったジャン＝ポール・ローランス（一八三一―一九二一）などは、ゾラにとっては「巨大な着色石板画」を拵える「時代遅れ」の「中庸派」歴史画家に過ぎなかった[404]。だが、それとは別種のアンリ・ジェルヴェックスやバスティアン＝ルパージュのような、次の世代が登場し始めていた。カバネルの弟子たるジェルヴェックス（一

図6　ジャン＝ポール・ローランス《カルカッソンヌの幽閉者の救出》カルカッソンヌ美術館

八五二―一九二九）は、同年《舞踏会からの帰り》（図7）という嫉妬の心理劇を出品していたが、そこにゾラは「伝統の聖域たる美術学校で手にいれた武器でもって、自然主義の仕事をこなす」「アカデミーの画家」が「印象派の最良の生徒」になった奇観を見る［402］。ちなみにジェルヴェックスは、ゾラの小説『作品（制作）』のファジェロルの主要なモデルにもなるだろう。

一方、前年《干し草》を、本年には《秋の旬［馬鈴薯の収穫］》を発表していたバスティアン＝ルパージュ（一八四八―一八八四）についても、ゾラは「絵画における自然主義の方法を採用することで成功を収めた」例を認める。「かれが印象派の画家たちより優れているのは、かれが印象を実現する術を知っている点に要約される」。とはいえ「かれのタブローがたいへんな造詣をもって描かれているので、ブルジョワは陶酔した」のであり、「技量ゆえに画家が身を滅ぼさねばよいが、との危惧」も脳裏を掠める。偉大なる創造者は例外なく、その履歴の初期におおいなる抵抗に見舞われたというのに、「バスティアン＝ルパージュがあまりに早々と、それも鳴り物入りで成功を収めた」のは、「悪い兆候」だ［401］。「安易な勝利」への警鐘は、同じバスティアン＝ルパージュの《ジャンヌ・ダルク》（図8）が成功を収めた一八八〇年に発表された展覧会評「サロンの自然主義」でも反復される［429］。かたやとこしえに円熟しないマネや印象派と、かたや早熟過ぎる新人とのジレンマ。だがこの時期の論調を総合する限り、ゾラがジェルヴェックスやバスティアン＝ルパージュらによる「印象主義の借用」に「将来」［438］を賭け、彼ら「美術学校の反逆児」が「現代側の陣営」に付いたことに、「我らフランス絵画派における自然主義のま近な勝利」［446］を託していたことは、疑えない。

●「不器用な魅力」、「優美なる醜さ」の発見

こうして、かつては夢を託したマネや印象派の画家たちに納得がゆかなくなった矢先、一八八三年四月には、マネが五十歳で没し、ゾラはマネの遺言執行人に指名されていたデュレから、翌年のパリ美術学校での遺作展の序文執筆を要請される。この序文については、あまりに熱意に欠けた文体で、そこにはゾラの幻滅が透けて見える、あるいはゾラはついにマネを正当に理解し得なかった——などの解釈がながらく行われてきた。それにたいする筆者の反論は別に展開したので、ここでは差し控える(7)。注意したいのは、従来、研究者たちが指摘してきたのとは違って、ここでゾラが、「円熟を迎えることなく没した」（デュレ『マネ・アトリエ売り立てカタログ序文』一八八四）マネの画業を合理化するために、それなりに知恵を使い、配慮を巡らしていることだ。例えばマネ遺作展序文のなかの、

図7　アンリ・ジェルヴェックス《舞踏会からの帰り》

図８　バスティアン=ルパージュ《ジャンヌ・ダルク》メトロポリタン美術館

ゾラの次の一節はどうだろう。

マネの無意識と私はいった。イーゼルのうえに白いキャンヴァスを立てて、それを前にするたびに、マネは未知なるものへと出立するのだ、と。自然なくして彼は無力だった。主題がポーズを取らなくてはならなかった。そうして彼はその主題に突っ掛かって言った。無邪気な写し屋として、いかなる種類の出来合いの料理法もないままに。ときには、それは巧みに、だがときにはまさにその不器用さからでさえ、魅惑ある効果を引き出して。そこから生まれるのが、さんざん非難された、あの優美なる醜さであり、最もうまい具合に出来た作品にさえ見いだされる、あの突発的な欠落なのだ。［456］

ここに見える「優美なる醜さ」こそ、一八六七年の評で、それを「理解し味わうためには、千もの物事を忘れなければならない」とゾラが語っていた、あの特質だったのではなかろうか。「未知なるものへの出立」は、詩人マラルメが一八七六年に英文で発表していたマネ論の一節を思い出させる。「マネの眼は、先だってどこかほかの場所で見ていたものをすべて忘れ、常に今直面しているものから、あらたに学び直す必要があった。彼は記憶と袂を分かち、今初めて眼差しに供されたものしか見ない」、[8]と。この「未知への出立」をマラルメは晩年に、さらにこう書き改めることだろう。「取り乱して、まるで一度も絵など描いたこともないかのように、アトリエでマネを空白の画布へと、狂ったように駆り立てる怒り」[9]。それはまた、アントナン・プルーストが記録していたマネ自身の証言にも結びつく。

「愚か者たち。やつらは僕の出来不出来ばかり言い立てた。だけどこれほどの褒め言葉はなかったのさ。自分自身に対して同等なものでありつづけることはない、というのがずっと僕の野心だったのだから。昨日やったことを翌日には繰り返さないってことが。やすみなく新しい局面から霊感を得つづけて、あらたな調子を聴かせるべく努めることが、僕の野心だったのだから。ああ、あのカチンカチンのご不動どもめ。定式（formule）を手にして、そこに執着して、それで年金を手にする奴らめ。それがどうして芸術をおもしろくできるだろうか。[10]」

もはや明らかなとおり、印象派に「定式 formule」を求めるゾラの希望は、もとよりマネ自身の芸術観を裏切っていた。だが定式を自らに拒絶し、「未知への出立」を繰り返すマネの意義を、ゾラはマラルメに劣ることなく、明確に自覚していた。否むしろ『ディヴァガシオン』にみえるマラルメのマネ像（右の引用[9]）にこそ、ゾラの「遺作展序文」の影響を認めるべきかもしれない。さらに制作途上では目的地など皆目見当もつかない、というマネの制作ぶり。その行きあたりばったりの放縦ゆえに生まれる「優美なる醜さ」をまっさきに評価して、世評の先入観を批判したのも、ほかならぬゾラだった。

●「恐怖に私は後ずさりする」

このように互いに肝胆相照らす関係にあったはずのマネとゾラとが、その後の生涯をかけた創作において、ついには相いれない芸術観を抱いたとすれば、その原因はどこにあったのか。皮肉にも、図星を指したのは、マネ死亡記事で最も辛辣なマネ批判を展開し、ドレフュス事件では、被告糾弾の先鋒に立つことになる、札付きの国粋主義者、エドモン・ドリュモンだった。

実際、この世でマネとゾラほど異なっていて、似ていない気質などふたつとない。画家マネには（中略）自分に強い印象を与えた光景を素早くとどめることのできる眼と、フランス・ハルスのような大芸術家ならではのタッチの確かさがあった。反対に小説家には、どこにも即興家らしいところはなかった。彼は根気よく仕事をし、緻密で推敲された文章を作り上げる人間であり、資料に取り囲まれ、彫琢し、修正し、改変するのである。彼は常に研究することにより、元来はマネほどには才能に恵まれていなかったその個性に磨きをかけたのだった。彼には意志というものがあった。一方画家はといえば、ただ子供じみた強情さがあっただけだ。一言でいえば、ゾラの文学のほうがマネの絵よりはるかに油絵の具臭いのだ。(11)

ここで、「油絵の具臭い」と言った際にドリュモンが想定していた「油絵」とは、まさにマネさらには印象派によって時代遅れのものと指弾されつつあった、美術学校の規矩、歴史画の流儀にほかなるまい。ゾラの目指した『ルーゴン＝マッカール叢書』は、ドリュモンも述べるとおり、いわば美術学校の歴史画制作よろしき、熱心な取材や執拗な時代考証、長期の準備と長年にわたる忍耐強い執筆への傾注によって初めて実現する、現代フランスの歴史絵巻だった。仮にゾラが絵画における「自然主義」に自らの自然主義文学執筆と同様の制作法を要求していたのだったならば、その実現をマネや印象派に期待するのは、もとより矛盾した無理難題にすぎなかったことになる。ちなみにゾラの『帝国瓦解』は、デュレの『四年間の歴史』という、一八七〇年から七三年の、普仏戦争からパリ・コミューン後までを扱う年代記を、下敷きのひとつに利用している。してみると、まことに皮肉なことにも、マネや印象派の時代を描こうとした年代記作家デュレや自然主義小説家ゾラには、かれらの職業上、「印象主義」の手法を実践することが禁じられていたことになる。ゾラやデュレは、叩き上げの職人芸めいた細心な制作ぶりを発揮するアカデミーの「機械」を「ブルジョワ芸術」と呼んで嘲笑し、ぞんざいで気まぐれな放縦さを呈するマネの「生命感」を称賛していた。だが、人生に成熟が訪れる頃には、自分たちがほかならぬ「ブルジョワ芸術」紛いの文業に従事し、マネや印象派を「ブルジョワ」に変装させる仕事に加担するほかない運命にあったことを、否応なく悟らされる役回りとなっていた(12)。

恐怖に私は後ずさりする――最後となった美術評論でゾラは記す――。先駆者たちがそれぞれの作品をなし、巨匠たちが去った今となるまで、かつて一度たりともこれほどまではっきりと、定式(formule)の危険を、流派というものの哀れむべき終焉を感じ取ったことはなかった。[473]

これは一八九六年五月二日に『フィガロ』に掲載された「絵画」と題するゾラ最後の展評の一節。この展評には「太陽スペクトラムの分割」といった「科学的な説明」[470]への言及が見え、スーラやシニャックらの「分割主義」が確立した「定式」を示唆している。だが、それへのゾラの反応は「なんたる醜悪(affreux!)」の連呼だった。その前年、作家はローマを訪れ、「ミケランジェロの人間離れした天才」を我が眼で確かめる。現代の画家に欠けたものがシスティナの天井画にある。壮大さと生命力、画家の主観性が限定もせず、定義づけもしない気質の強さ。技量、真実さ、そして長期の仕事が要求する忍耐。そこには「私が一生夢見てきた作品があった」(『日記』一八九四年十一月十三日(13))。この「驚き」を伝える『ローマ』は、一八九六年五月に刊行されるが、奇しくもナビ派の理論家、モーリス・ドニがアンドレ・ジッドとローマに滞在して古典主義に開眼し、その衝撃から自らの象徴主義理論を全面的に軌道修正するのも、直後の一八九七年一月二十六日の出来事だった。そのドニが「二十世紀の新たな古典」を目指して着目する画家こそ、ゾラの幼少の友にして、『私のサロン』（一八六六）の二回目を捧げた相手、今や大作家となった世紀末のゾラが、その最後の「絵画」論で「流産した偉大なる画家の天才的な断片がようやく今日発見されようとしている」［468］とのみ伝える画家、すなわちセザンヌに他ならない。長らく世間の嘲笑を浴びたこの同時代の落伍者が、遅まきに天才の地位を獲得してゆく道程。それはゾラが絵画に対して口を閉ざして没する後の、二十世紀初頭の「時の働き」へと委ねられることになるだろう。[14]

（1）Émile Zola, *Écrit sur l'art*, Paris, Gallimard, 1991, p. 125. 以下、ゾラの文章の引用で、引用箇所に続き本文［ ］内に頁数を記入したものは、この本の頁数を示す。

（2）Théodore Duret, « Les Articles d'Émile Zola », *La Revue blanche*, Tome XXIV, n°186, 1er mai, 1901, p. 395 なおデュレは「ゾラ友の会」会長のまま一九二七年に没する。

（3）一八九七年一二月一日付の手紙。Bibliothèque nationale de France, département de manuscripts. BNMS n.a.fr. ff° 316-317.

（4）Théodore Duret, *Histoire de Édouard Manet et de son œuvre*, 1902 ; 1906, p. 75

（5）ガエタン・ピコンはゾラ『善き闘い』への序文で、「マネはもうひとりのドレフュスだ」云々の発言をしているが、そのためかえって政治論争と芸術論争とを短絡させる結果に終わっている。Gaëtan Picon, « Zola et ses peintres », in Émile Zola, *Le Bon Combat*, Paris, Hermann, 1974, p. 7. なお、ドレフュスごしにマネを見る姿勢と、その「隠蔽工作」の意外な余波は、知識人の社会参加を巡る社会学者ピエール・ブルデューのゾラ解釈に及ぶ。拙稿「芸術社会学者としてのピエール・ブルデュー」『環』一二号、二〇〇三年冬、三六三―三七四頁参照。

（6）デュレが一八七〇年に『自由選挙人《エレクター・リーブル》』紙に公表したサロン評を読んだゾラは、こう友人に忠告していた。「すばらしい記事。だが、チョット甘い。好きな画家を褒めるだけでは全然不十分。須く嫌いな画家には悪態をつくべし」（一八七〇年五月三十日）と［Émile Zola, *Correspondance*, Éditions de CNRS, Tome II, p. 219］。ここには友人の弱点以上に、ゾラ本人の身上が簡潔・直截に披瀝されている。この忠告に従って見せたものか、デュレは連載の最終回に、《サロメ》で大評判を取った新星、アンリ・ルニョーを貶してみせる。詳しくは拙稿「異文化との遭遇と表象の変容そして崩壊——オリエンタリスムからプリミティヴィスムへ」、三浦篤・中村誠編『印象派とその時代』美術出版社、二〇〇三年、五八頁。

（7）拙著『エドゥアール・マネ没後の闘争』名古屋大学出版会、一九九七年、第四章。なお論述の都合上、同書の記述と本稿とに、止むをえず重複する箇所のあることをお断りする。

（8）Stéphane Mallarmé, "The Impressionist and Édouard Manet", *The Art Monthly Review*, 30 Sep., 1876. Reprint in James H. Rubin, *Manet's Silence and the Poetics of Bouquet*, Cambridge（Ma.）, Harvard University Press, 1994, pp. 231-242.

（9）Stéphane Mallarmé, « Médaillons et portraits », [1896], *Œuvre complète*, Paris, Gallimard, [年代不明] pp. 532-533.

（10）Antonin Proust, *Édouard Manet, souvenir* [1901], Caen, L'échoppe, 1988, p. 101.

（11）Edmond Drumont, « Édouard Manet », *La Liberté*, 2 mai, 1883

（12）Shigemi Inaga "The Relegated Subject: Narrative Structure in the Late 19th Century French Offical War Paintings in special reference to Modernist Critical Discours", Lund, Inte-Art Studies, Aug. 1995.［邦訳「ブルジョワ藝術への挑戦——戦争画の没落とモダニズム批評言説の形成」、『アート・フォーラム21』第十号、二〇〇四年、一〇八—一一五頁］

（13）Émile Zola, *Le Bon Combat*, Paris, Hermann, 1974, p. 18［Gaëtan Picon による序文］, p. 289［*Rome* 抜粋］および p. 311［Jean-Paul Bouillon による註］。

（14）拙著『絵画の東方』名古屋大学出版会、一九九九年、補章「画家に棲まう美術史」、三七七—三八六頁を参照。

＊なお本書企画段階で他の寄稿が見込まれていたため、『作品（制作）』（一八八六）には言及しなかった。また同じ主題に関しては、既に三浦篤氏に、たいへん読みやすいまとめ「ゾラと美術」がある（宮下志朗・小倉孝誠編『いま、なぜゾラか』藤原書店）。読者には併せてご参照をお勧めしたい。

百貨と胃袋——ゾラ・ヴィジュエル

高山　宏

ぼくが比較的通じている英米文学の方でヘンリー・ジェイムズにほぼ相当するのがゾラだろうと思っている。ジェイムズ（一八四三―一九一六）、ゾラ（一八四〇―一九〇二）で生没年が大体重なるが、たとえば印象派に対する評価ひとつとっても、米国で初めて「印象派」の語を使って高評価を与えたのが「美術評論家」ジェイムズである。むろんゾラは印象派自体にどっぷり。その美術評論家としての仕事は今度の見事な「ゾラ・セレクション」で一括してみることができるようで、楽しみだ。

画学生として出発したはずのジェイムズについて彼がいかにルネサンスやマニエリスムの絵に通じ、視点とか額縁とかという絵の方法や道具立てを文学創造の方に移入しようとしたかはアデリン・ティントナーの『ヘンリー・ジェイムズのミュージアム・ワールド』（一九八六）に完全に論じ尽くされている。ほぼ同じ観点から、同じくらいの徹底した規模でゾラを絵画芸術との関連で説いたものを待望していたら、英語でウイリアム・バーグの『ヴィジュアル・ノヴェル』（一九九二）が出て、単に小説家や詩人が絵や美術館が好きだったの嫌いだったのというレヴェル以上に出る論が然るべくきちんと出た。そういう一九八〇年代、九〇年代のヴィジュアリティーズ研究、ヴィジュアル・カルチャーズ研究の大きな盛り上りの中でゾラの傑作を見るとどういう具合か、少しノートしてみる。『目の中の劇場』（一九八五）と『テクスト世紀末』（一九九二）でそういう少し広くとった視点から、アーリーモダンより二十世紀初めへの表象行為をピックアップしてみせた人間としては当然の、ささやかな責めを果たそうという次第だ。

●「目で食べる」

という小見出しで既にわかるように、まずは『パリの胃袋』（一八七三）である。いってみれば成り行きで反政府運動の活動家になっていくフロランが流刑と流刑の間に、新設間もないパリ中央市場と、そこの人々と交渉していく話だが、視覚文化論の人間が関心を持つべきは、画家で、フロランのパリ案内を引き受けるクロードの方である。むろん『ルーゴン゠マッカール叢書』中にあってクロードは再登場人物クロード・ランチエ以外の誰でもないのだが、この作中のみの機能としてクロード・ロランを重ね読みしないゾラ読者は余程の無教養人かもしれない。ルネサンスのレオナルド、二十世紀のデュシャンといったクラスの大層な象徴価を十七、十八世紀風景画の世界に持《じ》したクロード・ロランこと、本名クロード・ジュレ（一六〇〇―一六八二）は、生没年に当るまでもなく、マニエリスムがピクチャレスクにバトンタッチする刹那を一身に体現した、超の付く画家である。「クロード」がピクチャレスクな視線を一身に体現する記号である時、フロランもまた、植物、植生という本来の記号にならざるをえないところに、視覚文化論としてみた『パリの胃袋』のきもがあるとまで言えば、さすがに奇矯か。

大海の徒刑場から蹌踉然とパリに逃げてきたフロランにとって、オスマンのパリ街区改造で一変した都会は中央市場の威容に象徴される。「彼が呆然として目を奪われていたものは、道の両側にそびえ立ついくつもの巨大な建築物だった。重なり合った屋根が伸びひろがり、光のきらめきのなかへ消えてゆくように見える。フロランは衰弱した思考のなかで、桁外れに大きいけれども、均整がとれて、水晶のように軽やかな宮殿がいくつも連なっている姿を夢見ていた。正面は無数の光の縞で飾られているが、それは果てしなく続く鎧戸から洩れている光だ。柱の華奢な骨組みのあいだで、この細い黄色い縞はいわば光の梯子となって、第一の屋根の暗い線へと登ってゆく。その上にはさらにいくつもの屋根が積み重なり、角張った建築のなかに巨大な空間をかたちづくる骨組みを浮かびあがらせている……」。鉄骨とガラスでできたパクストンの水晶宮以降の人建築の特徴として、「室内は透き通っている。光と透明はいうまでもなく啓蒙精神《レ・リュミエール》の建築的、都市計画的表現だ。この「とてつもなく大きくて、しかも今にも壊れそうなこの幻影に、フロランは怯え」る。「自分が今どこにいるのかわからないことに腹を立て」る。これがフロランの中央市場《レ・アル》だとすると、クロードのそれは次のようである。

　クロードは両手をポケットに突っ込み、口笛をまじえながら、毎朝パリのど真ん中へ押し寄せてくるこの食物の氾濫が大好きなのだと語った。何度も夜通し露天売り場をほっつき歩いては、巨大な静物画のすばらしいタブローを夢見ている。実際に描いてもみた。仲良しのマルジョランと、不良娘のカディヌにポーズを取らせてみたんだ。でも難しい。美しすぎるんだよ、この野菜、この果物、この魚、この肉は！　フロランは腹を押さえながら、この芸術家の熱狂的なことばを聞いていた。クロードがこの瞬間、それらの美しいものは食べ物なのだということをまるで考えていないことは明らかだった。……

「それにね、僕はここで朝食も取るんだ。目で食べるんだけどね。だって何も食べないよりはましだろう。ときどき前の晩に夕食を取り忘れたりすると、その翌朝はこれほどの食物がやって来るのを見て、消化不良を起こしちまう。そういう朝は、野菜にいっそうの愛情を覚えるね……いや、いいかい。癪《しゃく》にさわるのは、これらをみんなブルジョアの奴らが食べちまうってことだよ、まったく不当な話じゃないか！」

　彼はある友人がお祝いの日に奢《おご》ってくれたバラットの店での夜食の模様を語った。あのときはカキや魚や猟肉をたらふく食べたものだ。しかしバフットの店も様変わりしてしまい、昔のイノサン市場のにぎわいも今じゃすっかり土の下。時代の進歩のおかげで、この鋳鉄の巨像、この新しい町、こんなにも独創的なこの中央市場ができあがった。馬鹿どもが何を言っても無駄なこと、これこそがまさに現代なのだ。フロランには、クロードがバラットの店の昔風の情緒を批判しているのか、贅沢な御馳走を批判しているのかわからなくなった。それからクロードはロマンティスムをこきおろした。中世のぼろ服などより、このキャベツの山の方がよっぽどいい。とうとうピルエット通りを描いた自分のエッチングまで、弱さのあらわれだといって自己批判しはじめた。古いあばら家など全部引き倒して、現代風を打ち立てるべきなのだ。

「ほら」と、彼は立ち止まっていった。「あの歩道の隅を見てごらんよ。そのままで完璧な絵《タブロー》になってるじゃないか。あいつらの肺病病みの絵なんかより、ずっと人間的だろう？」

アーケードの道に、今ではコーヒーやスープを売る女たちが並んでいた。歩道の一角では、キャベツスープ売りのまわりに、大きな客の輪ができている。錫メッキをしたブリキのバケツに、ブイヨンがいっぱい入って湯気を立て、背の低い小さなこんろの穴からは炭火の青白い炎がちらちら見えている。おたまを握ったスープ売りの女は、布巾《ふきん》をかけた籠からパンの薄切りを取り出し、黄色いカップに注いだスープのなかに入れる。そこには清潔な身なりの女商人や、仕事着姿の野菜作りもいれば、脂で汚れた外套の肩に食料品の屑をくっつけた汚い恰好の荷担ぎ人夫や、ぼろ着の貧乏人もおり、この中央市場の朝のすべての空腹な人々が、こぼれた雫《しずく》で服を汚さないようにちょっぴり顎《あご》を引きながら、やけどしそうに熱いスープで腹を満たしているのだった。この光景に夢中になった画家は目を細めて、すばらしい群像《タブロー》を構成するのにぴったりの視点を探していた。

（『パリの胃袋』朝比奈弘治訳、藤原書店、三四―三七頁、傍点は引用者）

広い視覚文化論から引用したくてたまらない文章だらけの『パリの胃袋』の中で、比較的さりげない一文を引用したのは、クロードという画家と環境との関係を一番初めにいきなり明快に整理し切った文章でもあるからだ。敢えてルビを加えてみたから分るように「タブロー」が三度繰り返される。これが『パリの胃袋』の肝腎なところだ。タブローは英語のテーブルと決定的に異なる。卓、とりわけ食卓、そして図表類の転義を介して、絵をも同時に指す。フーコーは彼のいわゆる「表象の古典主義時代」を「タブローとしての宇宙」と呼んだが、『パリの胃袋』はまさしく表象論の範疇のテクストなのであり、いわゆる美術と文学のエクプラーシス（融通）をめぐる狭い論の相手にとてもとどまらない。

早い話がピクチャレスクである。言ってみれば「現代風」礼讃の中でのピクチャレスクの意味だが、「バラットの店の昔風の情緒」というところが "le côté *pittoresque*……de Baratte" で、英語の中で十八世紀に確立したピクチャレスクに、当初相当別物だったフランス語のピトレスクが十九世紀末にはほぼ重なり合った。ピクチャレスクとは何かについて改めて紙幅を費している余裕はないが、『目の中の劇場』その他でこの語の十八世紀的出発と十九世紀的展開を知るならばそう軽々には訳せまいとぼくなりに力説してきたが、右「昔風の情緒」は果たして訳としてどうなのだろう。世界を或る視点から見てひとつの額、枠に切りとる行為を最近では「ピクチャリング」などと呼ぶが、十八世紀はそれをピクチャレスクと称した。歴史的経緯（英仏の対立）があってその額の中身が剣呑なもの、危険なもの、卑俗なものとなることが多く、この中身を指してピクチャレスクと呼ぶこともあり、十八世紀には峨々たる山巓《やま》など指していたのが、都市こそ一番剣呑というので、十九世紀には都市ピクチャレスクとでも言うべきジャンルに変質した。仏文学で言えば小倉孝誠氏御執心のシュー辺りの「魔都《ミステール》」ジャンルがそうだし、陋巷の庶民の生態を一種のグロテスクリと感じるブルジョワの狂った嗜欲が、ピーター・コンラッドの名著『ヴィクトリア朝の宝部屋』によれば端的にピクチャレスク趣味なのだが、ゾラやフローベールの〈ピトレスク〉をこうしたピクチャレスクとして論じたものを未だ見ない。早々と『テレーズ・ラカン』からしてピクチャレスク以外の何ものでもないゾラなのに、だ。

引用部掉尾の「すばらしい群像を構成するのにぴったりの視点」は原文 "cherchait le point de vue, afin de composer le tableau dans un bon ensemble" で、訳文とは少しずれる。あくまで「ひとつの全体としてタブローをコンポゼしようとして視点を……」である。これこそピクチャレスクの出発点（一七〇九）におけるその最も極端な定義で、自ら『詩作の構成《コンポジション》』なるマニエリスム詩論をものしたE・A・ポーが『アッシャー家の崩壊』冒頭において定式化し、ポーにおいてマニエリスムが十八世紀ピクチャレスクに蘇ったというぼくなどの主張をうんだ。クロードがそれを繰り返す時、このクロードはクロード・ロランの符諜に他ならず、それは文字通りフロランを内から啖《くら》うのだ、と言ったらまたしても下手糞な奇矯趣味とそしられるだろうか。

ある視点を定めて世界を一枚のタブローとして見切る（découper する）のがピクチャレスクと言ってもよいわけだが、この「絵」が厖大な量の野菜や食材の絵である点が、ひとり『パリの胃袋』の突出した点である。人を見れば肖像画と比べ、街区を水彩画と見るクロードだが、一番繰り返されるのが当然静物画である。

あの店員のオーギュストの馬鹿が、ショーウィンドーの飾りつけをしてたんだ。ああ、まったく！　どうしようもない奴だ！　全体の飾りつけのやり方ときたら、もう生ぬるいのなんの、まったく堪忍袋の緒が切れたよ。だからちょっとそこを退いてくれと頼んでね、こいつを少しは美しくしてやろうと言ったわけさ。わかるかい、鮮やかな力強い色調が揃ってるんだよ。舌の詰め物の赤、ジャンボノの黄、紙の裁ち屑の青、切り身の肉のバラ色、ヒースの葉の緑、それにとりわけブーダンの黒だ。パレットの上じゃどうしても出せないようなすばらしい黒なんだ。もちろん網脂《あみあぶら》や、ソーセージや、アンドゥイユや、パン粉をつけた豚の足なんかが、いろいろな色調のグレーを、すばらしく繊細なかたちで生み出してくれた。そこで僕は本物の芸術作品をこしらえたというわけさ。大皿や小皿、壺や瓶をたくさん取り出し、さまざまなトーンをつけて、驚くべき静物画を作り上げたんだ。

（『パリの胃袋』一九三頁）

オランダ十七世紀が異様に面白いのはマニエリスムの ars combinatoria（結合術）と料理という ars macaronica（混淆術。ミッシェル・ジャンヌレ『食と言葉』のラブレー論）が結合して未曾有の静物画ブームを招来したことで、これをフランス革命期（A・カレーム＆「レストラン」）を介してそっくりゾラが問題の作中に蘇らせたのだ、とぼくは思う。美術史にいう静物画（「殺された自然《ナチュール・モルト》」）を少し広く視覚文化論に翻訳したものが博物学に他ならず、ここでだと「タブロー」は分類学的な図表《チャート》としての姿を現す。花卉、野菜、チーズなどの種《しゅ》を飽きることなく網羅し、簡単なコメントを付していくカタログの徹底に『パリの胃袋』のテクストとしての最大の魅力があることは言を俟《ま》たないが、視覚文化論の今を代表するノーマン・ブライソンの『見過ごされたもの』から絶妙の一文を引いて、ゾラのこの異様な厨房画《ボデゴネス》の位置を確定してもらうことにする。

図１　中央市場集積の植生のよってきたる原点。マニエリスム博物学。『ポール・コンスタンの詩の庭とキャビネ』（1609）より（ビブリオテーク・ナシオナル蔵）

花卉《ブーケ》画にあっては野草を描くことの禁止に劣らず厳しい禁じ手に、同じ花を二度とは描かないというのがあった。……反復ということが厳しく避けられるのであり、同一種のものの数をどんどんふやしてみたところで人々の好奇心をひきつけることはできない。……真に人の目を魅了するものは構成と賦彩の両面における花と花の「間の」差異なのであり、求めらるべきは豊穣ではなく、科学的自然主義のレンズを介して見られた「標本《スペシメン》」なのである。もちろんリンネによる複雑な植物記述体系はまだ一世紀も先のことなのだが、花々は既にして、ある花をほかの標本との差異を通じて確定する方式を別に異ともせぬ分類学的知性にさらされていたのである。……とりわけ面白いのは植物の同一族の中に品種改良でつくりだされる差異で、花卉画は予測不能な変種志向に手もなく魅了されていく。……とりわけ十七世紀初めに支配的だった妙に平べったい画面は、ここに起因するかもしれない。それは図表的明快のタビュレーション（tabulation）の空間なのである。花、貝殻、昆虫、トカゲといった静物が同じ場面に平気で共存している（我々に言わせればシュルレアルな）構造はそこから出てくるのだ。科学的知識を生む支配的モードが分類学《タクソノミー》であるような博物学時代にあっては、一切が精密な分類にさらされる。むろん蝶や蜻蛉《かげろう》を世のはかなさの象徴と見るような、あるいはボスヘールトの絵の上に入りこむイエバエを見て、人もやがて腐るという真理を思いだすといったルネサンス時代のモードが、なおオランダ静物画中に残存していたのはたしかである。フーコーも言っているが、知識生産のいくつかのモードが一時代（そして一作品）の中に併存していて少しもおかしくはない。それはそうだが、オランダ花卉画は、最初のミュージアムたる驚異－博物館、綺想－博物館を生みだしたのと同じ空間の中にあったのだ。根本的な構造や類型を枠組みに変種をはっきり浮かびあがらせようと企てる分類学の空間、図表化の空間の中に事物を配列することで知識生産することを業とした自然珍品収集の箪子《キャビネ》と同じ空間の中に、というわけである。十七世紀オランダのコレクターたち、かつてヴィーンやプラハの宮廷にいた狂的な王族コレクターのブルジョワ化された末裔にとって、貝殻も科学的珍品も同じ図表的《タビュラー》（tabular）で一望監視的《パノプチック》な空間に属するものなのであった。

（拙著『綺想の饗宴』に拙訳）

すばらしい文章だが、今やゾラと絵画美術、ゾラと印象派という少し古臭い議論の背景にこれくらいの視覚文化論的な文脈くらい配してみる段階ではないかと言いたくて、引いた。二十一世紀に表象文化論を接続しうる文化史家バーバラ・スタフォードか、スタフォードによる評価高いわが稲賀繁美氏あたりの任であろうか。今般のいわゆる新歴史派の研究の中で、かつてはマニエリスム研究の徒のさみしい独占物だった「驚異－博物館、綺想－博物館」が、アーリーモダンを解く堂々の鍵となったことをも、ブライソンは思いださせてくれる。

海鮮カタログを連ねて魚貝の売場を大海そのものに喩した、『海』のミシュレそっくりな文章が、最後に「まるで人魚の娘が宝石箱を地上にひっくり返したかのようで……エイやメジロザメの背中には、紫や緑を帯びた暗い色の大きな宝石が、黒くなった金属の台にはめ込まれているようだったし、イカナゴのほっそりした線やキュウリウオの尾や鰭などは、精巧な宝飾類の優美さを思わせた」とまとまる（『パリの胃袋』一四五頁）。あるいはその宝飾類のカタログはカタログで、「まるで聖櫃の豊麗な縁飾りのように見える。そして、こうしたすべての黄金のきらめきが外の通りに反射して、太陽のような輝きで車道の真ん中まで照らしているのだ。カディヌは何か聖なるもののなかに、あるいは皇帝の宝物庫のなかに入ったような気がした」(『パリの胃袋』二八四頁)。ゾラがコレクションの、いわゆるキャビネ(ド・キュリユー)の通史をきれいに脳中に置いて、それを現代フランス語に体現しようとする「リアリズム」なる術《アルス》をたのしみ、実験していることはほぼ確実であるが、現下のゾラ論にそこまでやったものは、いまだこれを見ない。松浦寿輝『知の庭園』(一九九八)をゾラ論に引きつければよいだけという気もするが、アントワーヌ・シュナペール(A. Schnapper)の *Le Géant La Licorne La Tulip* (1988) と *Curieux du Grand Siècle* (1994) の上にゾラやフローベールをのせてみよと言いたい。英語や伊語では汗牛充棟の感あるキャビネ論だが、フランス語にそういうのはなくてと、ある仏文学者が、なくて当然のような顔をしてうそぶくのが可笑しくて、ついお節介を焼いてしまった。

「ナチュール・モルト」とはつまり殺された自然のことだ。「知るとは殺すこと」とみつけたりというミッシェル・セールの名言通り、中央市場も殺戮の場だ。家禽売場の描写など(『パリの胃袋』二七六頁)さすがに気分が悪くなるが、こうした流血や腐敗は見事に地下へと流しこまれて、見えるものは飽くまでピクチャレスクな現代建築である。

中央市場に外から野菜を運んでくる「フランソワのおかみさん」の牧歌的自然との対比も見事だし、セールの名を挙げついでに言えば、クロードその人の「堆肥」愛が問題だ。(「クロードは堆肥に愛情を感じていた。中央市場の泥となっている野菜屑、あの巨大な食卓から落ちてくる生ゴミはまだ生きており……それらはまた芽生え、立派な実を結んで、ふたたび市場の舗石のうえに戻ってくる。パリはすべてを腐らせ、すべてを土に戻すが、大地はけっして疲れることなく、死んだものをまた蘇らせるのだ」。二九五頁)自然の永劫の循環讃美と言ってもよいし、典型的な熱力学-小説と言うこともできる。『火、そして霧の中の信号』のミッシェル・セールが迂闊にも全然論じないエントロピック・ゾラの重要局面は、実は早逝のフローベール研究の革命児エウジェニオ・ドナートの「博物室の炉」なる一文がやってのけている。『ブヴァールとペキュシェ』の超ブッキッシュ人物たちは、リンネ分類学的パラダイムに遊び、ついに疲れはてた挙句、やはり農芸化学に、つまり堆肥という混淆の反構造に行きついた、とする。これが『パリの胃袋』についてもそっくり当る。料理という本来的に混淆する混沌であるものを、ピクチャレスクなきれいごとに変える構造への分析が食材小説というまたとない場を得て十全に展開した。分けるから分かるが派生した、そしてその“savoir”（知）と“saveur”（味）はまったくの同根、同じ幹から分枝する枝葉なのだ（と、知はすぐ植物の喩をまとう）。

ゾラがスペクタクル好きだということはよく知られている。万博に行って写真を撮りまくっている。問題はカブラやイカナゴを分ける種《しゅ》を指す“species”が“spectacle”と同根であることだ。「見られたもの」ということ。同じことは、これもゾラが大好きな“théâtre”がリンネやクロード・ベルナールのひねりだした“théorie”と同根であることについても言える。このアナロジーの上にビュフォンがあり、バルザックがあり、そしてゾラがある時、多分既往のあらかたのゾラ論はもはや無効である。完璧に近いように見えるW・J・バーグの『ヴィジュアル・ノヴェル』も、古典と言われながら英語のせいかゾラ研究者だれ一人として活用できていないワイリー・サイファーの『文学とテクノロジー』（一九六八）に手が届いていない。「聖櫃」に始まって「皇帝の宝物庫」に入りこみ、博物と観相の明晰な快楽をへて熱死にいたった近現代の「もの《ショーズ》」と、それに対峙しようとした「ことば《モ》」という広い視野の中にゾラを置くこと。ジェイムズに飽きたから（?!）、少し河岸《かし》、かえてみようかな。

最近、バルザックの『従兄ポンス』やゾラを深く読む機会があったが、ジュリアン・バーンズの『フローベールの鸚鵡』からアレン・カーズワイルの『形見函と王妃の時計』にいたる英語で書かれた、フランス十九世紀驚異博物館文化小説に瞠目させられたからである。とりわけ同じカーズワイルの『驚異の発明家《エンヂニア》の形見函』（東京創元社、一九九二）。リアリズム言語がイエズス会の「物理学キャビネ」がらみで生じてくる事情を目のさめるような綺想の連続で書いてみせた。ギンズブルグやアラン・コルバンなんかより数等、二十一世紀に言葉を「収集」することの意味とマニエリスムがよくわかる。大革命頃の「物理学キャビネ」を視覚文化の大きな脈絡で翻訳紹介したB・M・スタフォードの『アートフル・サイエンス』（産業図書、一九九四）をそっくりノンフィクションでやってみせてくれた。

M・セールの薫陶を得たドナートやデイヴィッド・ベル、ジョスエ・ハラリが主にエントロピーとモーターという概念を使ってフローベールやゾラに向ったサイクルが、視覚文化論の大きな（四世紀に亘る）脈絡の中でゾラを考え直そうという動きにゆっくりリバウンドしたのが一九九二、九三年頃か、と思われる。英語のゾラが面白そうなのに、きみがいらいらしだしたね。

●「パリ随一の陳列師」

一九八〇年代の終り頃はいわゆるバブルのはじけだした辺りで、翳り始めていたデパートの売上げは一層の伸び悩みに直面していた。最近なにかと話題の西武系列を中心にデパート関係者が文京区音羽の流通産業研究所という所を介して金を出し、デパートとはそもそも何なのかの研究をしている「学者」に提言をさせるということになって、なぜかぼくにおはちが回ってきた。それはぼくが『現代思想』誌の「商人」特集に、世界最初のデパート経営者アリスティド・ブーシコーのことを書いた一文がデヴェロッパー諸氏の目にとまっていたからだったが、とにかく鹿島茂や初田亨といった俊才たちのデパート研究、勧工場研究が相つぐのは一九九〇年代に入ってからで、そうなるとブーシコーをモデルにしたゾラの世界初の百貨店小説、『ボヌール・デ・ダム百貨店』（一八八三）の本格的研究もここ十五年というか、やっと緒についたというに過ぎない。右の窮状に陥りいろいろ参考書を調べてみると、M・B・ミラーの『ボン・マルシェ百貨店』（一九八一）はじめ、役立ちそうな研究はなぜか英語本ばかりで、やっぱり一九八〇年代になって初めて登場の世界。研究遅れは海彼も同じらしかった。

　ぼくがたまらず訳したレイチェル・ボウルビーの『ちょっと見るだけ』が一九八五年。今回『ボヌール・デ・ダム百貨店』を訳された吉田典子氏訳のロザリンド・ウィリアムズ『夢の消費革命』が一九八二年だ。フランス語で言えば、論じるに値するほどのグラン・マガザン（デパート）論は秀才フィリップ・アモンの『エクスポジシオン――十九世紀における文学と建築』でやっと一九八九年。十九世紀末における都市空間論としてはおそらくいまだに最強の一巻で、新歴史派スティーヴン・グリーンブラット編の「ニューヒストリシズム」叢書中に英訳されるや一挙、教科書化して広く読まれていった。鉄とガラスが建築部材となったことが文学言語の透明性という神話を大きく支えていった経緯を、まさしく théâtre/théorie は同根といった編集工学的ウィットを連続させながら解明《エクスポゼ》する、ぼくが今一番、ぼくの日本語で訳したい一冊だ。

　既に『目の中の劇場』を公刊していたぼくにとって、差し当り二種類の英訳本で耽読した『ボヌール・デ・ダム百貨店』は、やっと全貌が見えかけ始めていた視覚文化の近代史のひとつの当然の帰結以上のものには見えなかった。ゾラを未読の英米文学者ならドライサーの『シスター・キャリー』（一九〇〇）で文字体験する他ない視覚世界を十七年も早くゾラはやりとげている。ぽっと出の娘《アンジェニュ》の目を通して、リンネ分類学（de*part*ment）が視覚に与える快がデパートという商戦略、商空間と結合する決定的瞬間を、ぼくらは追体験する。

ドゥニーズは、正面入り口の陳列の前で、すっかり心を奪われていた。そこには、街頭の、歩道の上にまでお買得商品が山と積まれている。それは人店を誘い、通りすがりの婦人客の足を止める特売品である。陳列は上の方から始まっており、メリノやチェビオットやメルトンといった毛織物やラシャ布が、中二階から吊されて、旗のように風にはためき、その青灰色やマリン・ブルーやオリーヴ・グリーンといった中間色の中に、白い値札がくっきりと見える。その横では、入り口を取り囲むように、細長い毛皮やドレスの飾りにする細紐が吊されていて、銀灰色のシベリアリスの背毛や、純白の白鳥の腹毛、白貂《てん》や黒貂に似せたウサギの毛皮などがある。それから下の方では、テーブルの上の仕切りの中に、山と積まれた端切れに囲まれて、毛編みの手袋やフィシュ、キャプリーヌやチョッキなど、安手のメリヤス製品があふれかえっている。それはまさに冬の陳列台で、まだら模様や縞模様の雑多な色合いの中に、血のような赤い斑点が混じっていた。ドゥニーズは四十五サンチームのタータンチェックや、一フランのアメリカ産ミンクの細紐、五スーのミトンを見た。それは縁日のようなとてつもない商品の氾濫であり、店が破裂して、あふれ出たものを通りに吐き出しているかのようだった。

（『ボヌール・デ・ダム百貨店』吉田典子訳、藤原書店、一三頁）

列挙した事物のリストを“inventaire”と言う。なぜ「発明《イベント》」に由来するかも面白いが、“inventaire”を「棚卸し」という意味に商業化（？）してしまえることのウィットに、たとえば『ボヌール・デ・ダム百貨店』が何故マガザン小説かの真意がある。目玉の大売り出しと棚卸しの交互の反復がこの小

図2　集積から分類へ。蒙《もう》を啓《ひら》く光の世紀（Les Lumières）がはじまる。語源を無視すれば“rayon”が「光」なのか百貨店の「売場」なのか判然しないところにゾラは面白味を感じている。『J, et. P. コンスタン作品集』(1628）より。これが「キャビネ」といわれるもののスタンダードな形である。

説そのものを形づくる。英語によるこのデパート小説論としていまだに最高の文章を含むデイヴィッド・ベルの『権力のモデル』（一九八八）によると、四、九、十四章で大売り出しの情景が克明に描き込まれるのは百貨店という商戦略そのもののリズム（「…セール」「…セール」）を小説がなぞっているのである。そして資金と商品の一回転ごとに循環する商いのレベルがひとつあがっていくという経営者オクターヴ・ムーレのやり方をなぞるかのように、最終章の「白の大展示会」に向けて、売場の増設、建物自体の増築、商品の増加と微分化をなぞるアイテム列挙の語数は加速《アッチェラート》度と化していく。絨毯売場、絹売場、下着売場、パラソル売場……と、要するに、キャビネ・マニエリスムがリンネで科学のものと化した一方、差異と充足の快をつくりだす商戦略に化していった呼吸を、我々は商品という形を通して納得していくのである。

　デパート王ムーレは「陳列学において野蛮と巨大を信奉する流派を創設した人物だった」という趣旨で繰り返される文章は、クロードがディスプレーの術《アルス》に開眼したことと併せ、余りに面白い。商業もその「発明（ingenium）」においてマニエリスムのものであることをゾラは知っていた。というか一人のもの書きとしてのゾラはマガザン（店舗）という商空間がマガザン（雑誌）という分類と混淆の書法とどこもちがわないことを、まるでポーやマラルメのように心から愉快がっている。書法というか「方法」と言ってもよいが、すると“méthode”が「道の後《あと》を」という意味の語であることも思いださぬわけにいかない。オスマンのパリを縦横に走る通りの名を並べまくる『パリの胃袋』と『ボヌール・デ・ダム百貨店』二作は道の交錯部たる市場《マルシェ》を確実に舞台に選んで、見ることの快楽を道に拡散した遊歩《フラヌルリ》の文化の百態を描いた。道をとりこめ、とムーレは命じる。そうやって、たとえばデフォーとポーの末裔であることを告白した。

ゾラの後継者としてのジャン・ルノワール

――『女優ナナ』をめぐって――

野崎　歓

●ゾラを受けついだのは誰か

清新な翻訳でよみがえったゾラの諸作をむさぼり読んだあと、心に浮かぶのは、こんな小説家ははたしてその後フランスに現れたのかという疑問である。ゾラが残したのはむろん決して完全無欠の小説ではないし、『実験小説論』を基盤にすえた小説理論は博物館入りして久しい代物だ。とはいえゾラ描くところのいにしえの中央市場の活況や証券取引所のてんやわんやをつぶさに味わったのち、小説とはこれほどの力と豊かさに満ちたものだったのかといまさらながら思わざるをえない。むせ返るような生命のエネルギーがここには確かに脈打っているのだが、それはいったい、その後どこに消えてしまったのだろう。ゾラには「後継者」はいなかったのだろうか。

文学者で思い浮かぶのはセリーヌである。小説家としてゾラの志を受けつぎつつ、さらに遠くまで突き進んだ存在、それがセリーヌだったのではないか。社会の「下層」に眼差しを注ぐのみならず、そこに渦巻く固有言語の力によって文学を転覆しかつ再構築しようとしたセリーヌの圧倒的なパフォーマンスは、『居酒屋』の作家の恐るべき正嫡と呼ぶに足るだろう。(1)

しかしここで語りたいのはセリーヌと同じ一八九四年――つまり『ルーゴン＝マッカール叢書』完結の翌年――に生まれた映画監督、ジャン・ルノワールのことだ。ジャンの父オーギュストはゾラの版元、ジョルジュ・シャルパンチエの一家の肖像を描いて親しかったから、ゾラともつきあいがあった。父のアトリエを訪ねてきた大作家の面影をジャンはけっきりと記憶しており、アラブ人かと思うくらい髪が黒々としていて、脂身と革の匂いを漂わせた、とても親切なおじさんで、いつもボンボンを持ってきてくれたものだったと回想している。(2)

父オーギュストがゾラに対して抱いていた敬愛の念を息子も受けつぎ、ボンボンの返礼を二本の映画でもってした。『女優ナナ』（一九二六）冒頭にうやうやしく照らし出される小説家の肖像写真が、ゾラを受け継ごうとする者の熱烈な思いを伝えている。三十数本にのぼるルノワール作品のうち、文学作品を原作とするものは三分の一以上をしめる。そのなかでも、フローベール、モーパッサン、ゾラ、そしてオクターヴ・ミルボーといった作家たちの小説の映画化が目を惹く。十九世紀後半のフランス文学、とりわけ自然主義の作家たちをジャンは系統立てて取り上げているのだ。中心的な位置を占めているのはゾラである。自分の最初の重要作であるとジャン自ら認める『女優ナナ』に続いて、三〇年代、彼の映画作りがひとつの絶頂を迎えつつある時点で撮られた『獣人』（一九三八）がある。さらにはハリウッドへの亡命、インドやイタリアでの刺激的体験を経て五〇年代半ばにようやくフランスに戻って撮影した、記念すべき作品『フレンチ・カンカン』（一九五四）の画面に「ラソモワール」（居酒屋）という名前の店がちらりと映し出されるといった具合で、転変に満ちたキャリアを貫いてゾラへの思いは綿々と続いていたといっていい。

長編小説の映画化とは常にそうあるべきなのだろうが、ルノワールの場合すべてはまず、単純さの追求というプロセスを経ている。書物からどっしりとしたシンプルな土台を取り出して映画の基盤に据える、これがルノワールの出発点だ。『獣人』の場合だと、ルノワールはノーベル文学賞を受賞したばかりのマルタン・デュ・ガールによる脚本を長々しいとしてあっさり没にし、ゾラの遺したノートまで検討しつつ二週間で自作脚本を作り上げた。それが機関車を主役に据えたどんなにシンプルな（そして力動感あふれる）フィルムとなったかはご存知のとおり。「ごく単純に鉄道を舞台とする犯罪の物語」というゾラ自身の当初の意志に従い、ゾラばりの現地調査を徹底的に行ったうえで、ルノワールは機関車を驀進させたのだ。しかもゾラの時代の機関車は「裾広がりの車体」が格好悪いからという理由で現代の機関車で置き換えてしまった。そんなルノワールの選択は、メカニック好きのゾラの趣味をいたく満足させただろうと思う。(3)

●ナナをめぐる男たち

しかし『獣人』以上に、スクリーンに移植されたゾラ作品のいわば絶頂をなすものとして(すべてのゾラ原作ものを観たわけでは毛頭ないにもかかわらず)断固、推奨したいのが『女優ナナ』なのである。こちらの場合も単純化の姿勢は、『獣人』に負けず劣らず大胆だ。何しろ原作と比較するならば、長編の前半(の一部)と終盤しか採用していないのだから。人間関係はごく限られた範囲に切り詰められ、列をなしてナナのベッドに詰めかけるはずの男たちの姿もミュファ伯爵、ヴァンドゥーブル伯爵とその甥ジョルジュの三人に絞られている。三角関係ならぬ「四角関係」はこの後ルノワール作品の基本的構造となっていくのだが、(4)長編小説を埋めるおびただしい人間の網の目を、スクリーンで最も豊かに表現するには〈四〉という数字が最良なのだし、ゾラを読み込むことでルノワールは悟ったらしい。事実、くそ真面目で鈍重なミュファ、華奢で計算高く神経質なヴァンドゥーブル、そして夢見る青二才ジョルジュの三位一体によって、ゾラ的な男たちの愚劣はみごとに統合されている。たとえば原作に登場するジョルジュの兄をヴァンドゥーブルのうちに合体してしまうといった、フロイト的「夢の作業」にも似た整理術の効き目は嘆賞するに足る。

その一方で、原作の重要な要素である、ナポレオン三世治下の社会に対する壮大な批判がすっかり影を潜めてしまったと嘆くべきだろうか。だがそのかわりにぼくらは、皇帝侍従たるミュファが金箔

づくめの正装でナナ宅を訪れ、愛妾にいわれるがままちんちんをし、四つんばいになり足蹴にされる光景を目撃することができる。ルノワールが当時、神と仰いでいたハリウッドのスキャンダラスな「自然主義」監督、エリッヒ・フォン・シュトロハイムのタッチがみごとに取り込まれているのだが、ここで女の足によって存分に踏みにじられた金箔のクローズアップは、ゾラが描き出した第二帝政の腐敗およびそれに対する苛烈な批判に十分匹敵しうるのではないか。

ミュファ伯爵役を演じているのは『カリガリ博士』（一九一九）の名優、ウェルナー・クラウス。大柄な体に沈鬱な丸顔、ちらりとも笑みを浮かべることのない彼の重苦しい佇まいにはドイツ表現主義の残滓もあるだろう。しかしナナの前に出ても常にうつむいたままの彼の鬱屈は、唐突に腑抜けのごとくぐにゃりとなってしまうその奇態な変容ともども、表現主義的というよりもはるかに直接、身体に根ざしたものである。原作に描かれた、「女の匂い」に「いたたまれない気持」、「息苦しさ」を覚え、「失神しはしないかと心配」するうぶな中年貴族のありさまを、ウェルナー・クラウスは重厚な体躯のよろめきをとおして血肉化する。

それに対しヴァンドゥーブル伯爵を演じるジャン・アンジェロのほうは、きびきびした身のこなしに優雅さを漂わせるが、おりおり取り出す片眼鏡に怪しい気配がある。シュトロハイムが得意とした偽伯爵の片眼鏡を思わせないでもない（ジャン・アンジェロのほうがはるかに線は細いのだが）。いずれにせよ、甥のジョルジュに手を出すなと意見しにやってきながらミイラ取りがミイラとなるくだりで、彼とナナが互いの手と手を幾度も重ねあい、にわかに好色な感情を高めあうシーンは、映画的簡潔さの象徴のような名場面だ（対応する場面は原作にはない）。

そしてさらに、二人の大人のあいだで満たされぬ思いに焦がれながらこそこそと好機をうかがうジョ

ルジュ。レーモン・ゲラン＝カトランの演じる非力な青年の最大のアクション・シーンは、「この赤ん坊めが」とナナに思い切り鼻をつねられるシーンかもしれない。「鼻をつねると乳が出てくる」（＝まだ乳臭い）という慣用表現を実行に移してしまった面白いシーンだが、その直後ジョルジュは頭から血を流して絶命することになる。

男たちはナナ相手に深入りしていくことで、それぞれが取り返しのつかない地点まで突き進んでしまうわけだが、そのどんづまりの地点で、ルノワールのキャメラは彼らの表情を印象的にとらえ返してみせる。それが『女優ナナ』クライマックスに見られる二つの驚くべきショットである。一度目は、いっさいが瓦解しようとしている気配を肌身に感じながらナナの館へと足を運ぶミュファをとらえたショット。かつてなく堂々と顔を上げて正面を凝視したミュファは、キャメラにひたと瞳を合わせたまま接近し、超クローズアップになって画面すれすれに横切っていく。もう一度は、熱に浮かされるナナの悪夢のなかに登場する、ヴァンドゥーブルの威嚇するような表情。ここでもまた、ヴァンドゥーブルは手前、つまりキャメラのほうに険しいまなこを注ぎながら前進してくる。いずれにおいても、画面をいわば凶暴に切り裂こうとするかのような凝視の迫力が、移動をともなって衝撃的にとらえられている。男たちはナナの玩具というだけでは終わらない尊厳をにわかに身に帯びるのだ。

とりわけミュファの場合は、このショットが引き金となって感動的な変身をなしとげる。重苦しい、がっくりと背中を丸めた姿勢は変わらぬものの、いまや彼はいかなる転変にもかかわらずナナを守り続ける決意をありありとみなぎらせ、忠実さの化身となって長い階段を上っていくのである。

つまりミュファやヴァンドゥーブルは、原作以上に馬鹿げたふるまいをさらけ出しながら、しかし最後には一種の崇高さに到達しているのだ。悪役や憎まれ役にも人間的な魅力を与えずにはいられないのがルノワールの映画なのだが、『女優ナナ』にはそうした特徴がすでにはっきり表れている。だからこそ単純化された物語に豊かな厚みが備わるのだし、そうした厚みを欠くならば映画は小説の単なる絵解きでしかなくなるだろう。

●男を狂わせる女のリアリティ

さて、それでは男たちの中心に君臨するナナその人はどうか。

ここに実はルノワールの映画の最大の難所がある。

自分の妻をスターにしたい一心で撮った『水の娘』(一九二四)に続き、ルノワールはここでも当時の妻カトリーヌ・ヘスリングを主役に起用している。オーギュスト・ルノワール最晩年のモデルを勤めたカトリーヌは、夫ジャン同様のアメリカ映画好きで、道を歩いているとハリウッド女優に間違われるのが大の自慢だった[5]。一人息子アランの育児は人任せで女優の夢ばかりふくらませていたらしいから、まあかなり軽薄な性質の女性ではあったようだ。しかしもちろん問題は、スクリーン上の彼女がはたして『ナナ』を――つまりは女《ナナ》そのものを――説得的に造形しえているかという点にある。そして多分、『女優ナナ』を初めて観る人たちのほとんどは「ノン」と答えるのではないかと危惧されるのだ。八〇年前もそうだったし、現在でもきっとそうだろう。

なにしろここでのカトリーヌときたら、突拍子もなく素っ頓狂で下品で、ほとんど正気とも思えないくらいの素人芝居を異様なハイテンションで繰り広げているという印象なのだ。あごを突き出し舌を出してあかんべえをやってみせるかと思えば、大口あけてゲラゲラ笑い出したり(サイレントだからまだ救われる)、化け猫映画の女優みたいに両手を挙げて面妖なしなを作ってみたり、しかもメイク

はまさしく気でも触れたかのような厚塗りのけばけばしさ。白塗りのお面をかぶったように顔ばかり大きく、小柄な肢体はさしたる女性美を感じさせず、オーギュスト・ルノワールのモデルだったことが信じられなくなるくらいで、せめて髪の毛がブロンドであるなら「ナナ」＝「金蠅」のイメージに忠実ということになるのだが、元来金髪であるはずのカトリーヌの毛はなぜか黒く染められている。一言でいって、まず皆さん呆れ返るに違いないのである。

だが、呆然とした思いを味わいながら、その底からおよそ予期もしなかったようなおかしさ、笑いが湧いてはこないだろうか。そう、何よりもまず「笑い」である。冒頭、ナナの舞台初登場のシーン。曲線美で悩殺させるどころか、カトリーヌ演じるナナは大道具のミスで天井から宙吊りになってしまい、じたばたともがきながら裏方に向かって悪態をつくという体たらく。ほとんどドタバタ喜劇のギャグそのもので、事実二年後にルノワールは、徹頭徹尾ふざけ倒した戦争風刺劇『のらくら兵』（一九二八）で、女装したミシェル・シモンにこのカトリーヌとまったく同じギャグをやらせているのだ。

ルノワールが、いわゆるヴァンプとかファム・ファタルといった設定が大嫌いだったことを思い出そう。温厚な彼には珍しく、マレーネ・ディートリッヒ（の演じる役柄）を痛罵する文章を書いているくらいである。つまり『女優ナナ』は、『嘆きの天使』（一九二七）よりも前の映画だけれども、『嘆きの天使』的女性像をあらかじめ笑殺する発想のもとに撮られた映画だと考えていい。本物のヴァンプたち、「人の家庭を破壊し何百万もの金を湯水のように使う女たち」と私はこれまでの人生で知り合いになったけれど、「一般に、そうした女たちは小柄で、それほど美人でも、頭がよくもなく」、単にプロフェッショナルな手管に長けているというだけのことだったとルノワールはディートリッヒを叩きながら書いている。[6] 逆に、小柄でそれほど美人ではないからといってカトリーヌがリアルなヴァン

プ像を提出しているのかと問われると答えに窮してしまうが、いずれにせよ重要なのは、こちらが驚き呆れ笑い出すような女として登場させてこそ、『ナナ』の世界は映画として豊かに動き出すとルノワールが信じたことだ。「金髪のヴィーナス」の、男という男を狂わせるグラマラスな肉体なるものを、ゾラの名調子を映像に「翻訳」して得々と紋切り型を見せつけるよりも、いっそこれくらい弾けとんだ女の姿を映し出したほうが痛快ではないか。それが若きルノワールの確信だったようだ。

　それにしてもカトリーヌ＝ナナの「演技」はあまりにひどい、スキャンダラスなまでに「演技以前」ではないかという意見もなおありうる。なにしろ彼女の演技だけがあからさまに「浮いている」のだ[7]。ウェルナー・クラウスを始めとする俳優たちはみなこの頓狂な素人女の独りよがりをひたすら受けとめてやっているという感じがあり、ナナがヴァリエテ座の次なる演目の主演を願い出、ヒロイン役をひとしきりやってみせると一座の面々がその滑稽さに耐えかねて笑い出すというシーンは、撮影状況への暗示だったのではないかと心配されるくらいである。そしてルノワール好きとしてはそんな事態のうちにこそ、異様な面白さを覚えずにはいられない。いわゆる「演劇的」な常識に依拠した映画作りをはなから粉砕しようとしたルノワールの不敵さがそこに見て取れるではないか。カトリーヌ＝ナナが煽り続ける異常事態、まともなお芝居をする面々の努力を無にするかのような彼女の傍若無人な態度。そこから立ち上る何ともいえないふてぶてしさ、なまなましさが、この映画の主眼であり、そもそも「映画」なるものの証しなのだという風に思えてくる。カトリーヌ＝ナナがキャバレーで紳士方のシルクハットを蹴りまくる姿や、一転して虚しさにとらわれ素顔をさらすかのような姿には、演技力云々とは別次元の迫真性が息づいていて、ただもう瞳を奪われてしまう。そしてわれ知らずカトリーヌ＝ナナに愛しさを覚えてしまう。

おそらくこんな「ハチャメチャ」な演技の最大の擁護者は、ゾラ自身であるはずだ。ゾラは自らのヒロインを、破壊と腐敗の源だの、悪徳と淫蕩の権化だのと神話的誇張で飾りたてては、その舌の根の乾かぬうちに「彼女はやはり情のある女だった」、「いつも優しい娘であった」などと矛盾した形容を冠している。そしてもちろん、そうしたダイナミックな矛盾のかたまりだからこそナナは決して平板な「ヴァンプ」像になど収まらず、あるいはまた第二帝政の堕落のシンボルというにとどまらない生命を獲得したはずなのだ。「遺伝による宿命」説をはじめとする、作者の用意した理論やら思惑やらをこえて逞しく脈打つそんな生命力に、鮮やかに呼応してみせたという点で、『女優ナナ』はゾラに対する見事な「忠実さ」を示したといえるだろう。

『女優ナナ』に続くルノワールの映画を追いかけていくならば、そこには舞台とその裏側をめぐる悲喜劇や、ご主人様方と下男下女たちとのあいだの境を超えるドタバタ劇、痛烈に社会を批判しながらなお「誰にもみな言い分がある」(『ゲームの規則』)ことを否定しない寛大な精神等々、『女優ナナ』から直接につながる要素が多々あることに驚かれるだろう。そしてもちろんその中心には、豪放で開けっぴろげで、少しも「ヴァンプ」らしくないのに男たちとの「四角」関係を華麗に展開してみせる女たちの姿が輝き続ける。アンナ・マニャーニ(『黄金の馬車』)も、フランソワーズ・アルヌール(『フレンチ・カンカン』)も、イングリッド・バーグマン(『恋多き女』)も、ルノワール映画ではみんなナナの同類、姉妹たちなのだ。

ゾラを読み、かつルノワールを観る。それは文学から映画へと滔々と流れ続けるエネルギーのありかを知るための、絶好の機会となるに違いない。(8)

（1）セリーヌによるゾラ論、およびセリーヌをゾラの継承者とみなす観点については宮下志朗・小倉孝誠編『いま、なぜゾラか――ゾラ入門』藤原書店、二〇〇二年、「第六章　ゾラはこれまでどう読まれてきたか」（小倉孝誠）を参照。

（2）Célia Bertin, *Jean Renoir*, Ed. du Rocher, 1994, p. 192-193.

（3）以上『獣人』製作をめぐっては拙訳『ジャン・ルノワール　エッセイ集成』青土社、一九九九年、三六二―三八一頁および *Entretiens et propos*, p. 17 et passim. を参照。

（4）フランソワ・トリュフォーの名エッセイ「ジャン・ルノワールは世界最大の映画作家だ」を参照のこと。トリュフォー『映画の夢　夢の批評』山田宏一＋蓮實重彦訳、たざわ書房、一九七九年、九〇―一二三頁。

（5）『ジャン・ルノワール自伝』西本晃二訳、みすず書房、一九七七年、五九―六一頁。

（6）『ジャン・ルノワール　エッセイ集成』一六五頁。

（7）カトリーヌの演技は単にジャンの演出ミスだと断定しているのはロナルド・バーガン『ジャン・ルノワール』関弘訳、トパーズプレス、一九九六年、一二二頁。それに対しカトリーヌこそはジャンの意向を最もよく伝えているのだと見るのは Alexander Sesonske, *Jean Renoir: the French Films 1924-1939*, Harvard University Press, 1980, p. 25.

（8）本稿を脱稿した後、中条省平による論考「ジャン・ルノワールとカトリーヌ・ヘスリング――『女優ナナ』に見る一九二〇年代フランスのある映画風土」の存在を知り一読した。作品冒頭、ナナの宙吊りおよび下降シーンから、〈上昇〉と〈下降〉のテーマを抽出するなど、的確な指摘に満ちた論文である。『友情の微笑み』山崎庸一郎古稀記念論文集刊行委員会、二〇〇〇年、一三三―一四四頁を参照のこと。

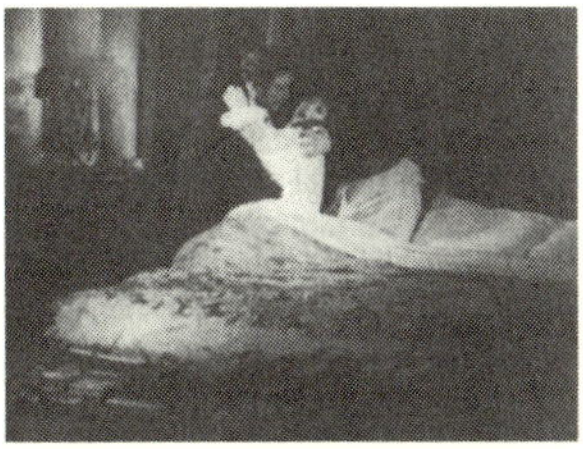

第5章　都市

記憶のありかをめぐって

――『ルーゴン＝マッカール叢書』における人・モノ・場所――

朝比奈弘治

●愛の場所と記憶の転移

エミール・ゾラの連作長編『ルーゴン＝マッカール叢書』は、『居酒屋』や『ジェルミナール』など、労働者や民衆の生活の実態を描いた一群の「自然主義的な」作品で特に有名だが、全二十巻の小説群のなかには、神話的とも呼べるような無垢な純愛を描いた作品も要所要所に配置されている。そうした純愛の物語には、社会を描いた他の小説とはいささか雰囲気の異なる、特有の舞台が設定されているようだ。

たとえば第五巻『ムーレ神父のあやまち』を見てみよう。主人公の若い神父と野性的な娘アルビーヌの恋がくりひろげられるのは、かつての大貴族の所有地で今は荒れ果てた、パラドゥーと呼ばれる広大な庭園である。高い壁によって外界から完璧に遮断され、昔の栄華の名残が散在するなかに野生化した植物が我が物顔に繁茂するこの別天地は、名前のとおりパラドゥー＝パラダイスであって、その地上の楽園のなかで若いふたりの恋愛が、まるで創世記のアダムとイヴの物語をたどりなおすかのように描かれてゆくのである。

この作品にかぎったことではない。ゾラの作品における純愛はつねに、外界から隔離され植物が繁茂する庭園を舞台としている。第一巻『ルーゴン家の繁栄』で十七歳のシルヴェールと十三歳のミエットの幼い恋が育つのは、壁に囲まれて草の生い茂るサン＝ミットル広場の裏手だし、第十六巻『夢』で孤児アンジェリックの恋が現実となる場所も、大聖堂とユベール家の周囲にある壁で区切られた庭のなかである。最終巻『パスカル博士』では、草木が茂り泉の湧く人里はなれたスレイヤッドの地所で、年老いた博士と姪のクロチルドが愛の喜びに包まれることになるだろう。

閉ざされた庭園で花開くこうした純愛の物語が、いずれも禁じられた恋、あるいは不可能な恋を扱ったものであることにも注意しておこう。ムーレ神父が聖職者として女性との関係を禁じられているのは言うまでもないが、そのほかの作品でも『パスカル博士』では年齢の離れた近親者の恋、『夢』では身分違いの恋、そして『ルーゴン家の繁栄』では死によってしか成就されない恋が描かれている。主人公たちは、壁で外界から遮断されることによって社会的規範から逸脱する自由を得、植物の香りに誘われるようにして禁断の愛の世界へと入ってゆくのだ。

外界から隔絶したこの別天地に入ったとき、彼らはこれまでの義務も禁止事項も忘れてしまう。自分が社会のなかでどのような存在であったかという意識ももはやない。初めて経験する恋の喜びに我を忘れ、時間の感覚も失って、ひたすら現在の愛に身をゆだねるばかりだ。一言で言えば、彼らは外の世界から切り離されると同時に、過去のしがらみからも切り離されてしまっている。その点でシルヴェール、ミエット、アルビーヌ、アンジェリック、そしてクロチルドと、まだ年若い主人公がみな孤児、あるいはそれに近い存在として設定されているのは象徴的だが、老齢のパスカル博士もまた自分の過去や社会的地位を忘れるばかりか、ライフワークだった一族の遺伝＝過去の研究をもなかば放棄してしまう。愛の楽園からは、過去の記憶は追放されなければならないのだ。そうした愛と記憶との関係をもっとも劇的な形で示しているのは、やはり『ムーレ神父のあやまち』だろう。主人公の神父は重い熱病にかかって意識を失い、気がつくと未知の別世界にいる。病気で何日も眠っていたあいだに静養のためパラドゥーに運び込まれていたわけだが、覚醒した彼には過去の記憶がまったくなく、自分が神父であることさえ忘れている。神とマリアへの祈りに身をささげていた彼が地上の恋に目覚めるためには、パラダイスのような土地と、これまでの記憶の完全な喪失とが必要だったのだ。

『ルーゴン＝マッカール叢書』の世界では、記憶と愛とは両立しない。『パリの胃袋』の主人公フロランは名前さえ知らぬ死んだ女の記憶に取りつかれて「ほかの女は存在しないようなもの」になるのだし、『愛の一ページ』のエレーヌも過去の思い出のせいで新しい恋に入ってゆくことができない。愛に身を投じるためには、記憶を断ち切って新しい自分に生まれ変わるしかないのだ。楽園に繁茂する植物は、枯れてはまた芽吹くそうした新生の象徴であり、過去をきっぱりと忘れて生と死と再生が循環する自然界の営みに参加するよう、恋人たちを誘っているのだろう。

　ところで『ルーゴン＝マッカール叢書』のなかで純愛の舞台となる場所には、もうひとつの特徴がある。それはなかば自然に還ってはいるが、歴史の古さ、過去の重みを持った場所だということだ。過去の痕跡はいたるところに見られ、主人公たちに何事かを語りかけてくる。ルイ十五世時代にさかのぼるパラドゥーでは古い絵や彫像が昔の悦楽を描き出し、古い家具がそのまま残されたスレイヤッドの前世紀の屋敷のなかでは、クロチルドが鏡のなかに亡霊を見る。アンジェリックの愛をはぐくむ『夢』の庭園は、大聖堂を中心とした中世そのままの町に取り巻かれている。そして連作小説全体の出発点ともいうべきサン＝ミットル広場は、かつての墓地として無数の人々の記憶が深くまとわりついた場所である。古い墓石が残り、土を掘れば人骨が出てくるこの土地では、死者たちが恋人たちにささやきかけ、彼らの欲望を煽りたてるのだ。

　これらの場所には過去がしみついている。まるで主人公たちから失われた記憶が転移したかのように、古い絵や家具や廃墟や墓石は人々の記憶を宿し、過去の物語を語りかけてくる。ここではモノたちが記憶を引き受けているのであり、それゆえに人は過去から自由になって新しい生のなかによみがえり、禁断の愛に没頭することができる、と言えるのかもしれない[1]。

その場所から出たとき、記憶は人々の心のなかに戻される。そして社会的な禁止が息を吹き返す。無垢な愛は終わりを告げるほかはない。壁に開いた大きな穴から外の世界を見てしまったムーレ神父は、すべてを思い出し、絶望してパラドゥーを去るだろう。ふたたび戻ってきたときにも、モノたちはもはや何も語りかけてくれず、「パラドゥーは死んでしまって」いる。ほかの小説でも主人公たちは壁の外へ連れ戻され、楽園は失われる。現実の社会へと引きもどされた禁断の恋は、実を結ぶことなく、絶望か死によって終わることになる。

特別な恩寵がないかぎり、人は過去の桎梏から逃れることができない。パラドゥーに代表される愛のパラダイスにおいてのみ、人はすべてを忘れることができる。それは植物が自然の時間を担い、モノが人間の時間を引き受けてくれる、至福にみちた忘却の空間なのである。(2)

●商品・金・情報

壁の外に出て、『ルーゴン゠マッカール叢書』の他の作品を覗いてみよう。そこは十九世紀後半のフランス、産業革命が完成に近づき、経済が右肩上がりで成長してゆく活気にあふれた世界だ。ナポレオン三世の統治下、人々は繁栄を謳歌し、いわゆる大衆消費社会もすでに姿を見せはじめている。特権的な場所はもちろんパリ。オスマンによる都市の大改造が進行するなか、面目を一新した街路や建物が群集でごった返す光景はいたるところで見られる。

人間以上にあふれ返っているのはモノだ。上流社会では華やかな宴会が催され（『獲物の分け前』）、高級娼婦が闊歩する半社交界《ドゥミ・モンド》では馬鹿馬鹿しいほどの浪費がおこなわれ（『ナナ』）、ブルジョワたちもそれなりの贅沢を楽しみ（『ごった煮』）、庶民の世界にはアルコールが氾濫する（『居酒屋』）。『パリの胃袋』と呼ばれる中央市場では、各地から集められた食料品が積み上げられ、洪水となってあらゆる階層の人々のもとへ流れ出してゆく。そして何よりも第十一巻『ボヌール・デ・ダム百貨店』で展開される目を奪うような光景。巨大なデパートを埋めつくすように陳列された布地の山、衣類、装身具、香水、化粧品……。

パリの街にあふれるそうしたモノは、ただのモノではない。近代の産業社会に出現して、世界をおおいつくす勢いで増えてゆく「商品」の群れだ。すなわち食べるもの、着るものであるまえに、まず売り買いされるものなのだ。いったん商品となったモノは、使用価値から交換価値の世界に移され、値札に付けられた数字に還元されてしまう。生産と消費はさしあたって背景にしりぞき、流通と販売の光景が前面に押し出される。デパート、中央市場、そして駅といった、流通と販売のための新しい巨大な建築物が、パリのなかでも特権的な場所として描き出されるのは当然のことだろう。楽園の外では、流通をはばむ「壁」はどこにも存在せず、商品はあらゆる境界線をこえて自由に行き交っている。

その原動力となっているのは、もちろん金だ。金はあらゆるモノを数字に置き換え、流通のプロセスのなかに投げ込んでゆく。そのときモノから奪い取られるのは、そのモノ固有の性格であり、固有の過去である。自然の産物でさえ商品になってしまえば、生育にかかった時間も、生産者の苦労も意味を持たなくなってしまうわけだが、とりわけ近代産業によって作り出された製品には初めから過去などなく、何の記憶もまとわりついてはいない。『ボヌール・デ・ダム百貨店』の最終章には、あらゆる場所を白物で埋め尽くした白、白、白の一大スペクタクルが見られるが、デパートの新装開店を祝うこの白の祭典は、そうした商品の無垢性、無時間性を象徴しているようにも思えてくる。それはたとえば、『夢』のアンジェリックや『ムーレ神父のあやまち』のアルビーヌが、無垢性、処女性を示す白のイメージに包み込まれているのと同じことだ。経験や時間につきまとう汚れや傷は、少女からも商品からも排除されなければならないのだ。[3]

金の力はモノだけではなく、場所までも商品に変えてしまう。第二巻『獲物の分け前』は、パリの大改造をめぐる土地投機のありさまを描き出した作品だが、主人公サッカールは土地や建物を投機の対象としてしか見ておらず、秘密の情報をいち早く入手しては一種の地上げをおこなって莫大な利益を得る。人々の生活の場は単なる不動産とみなされ、無機質な数字に換算されてしまう。『ルーゴン＝マッカール叢書』のパリは、こうした金の力によって、古く汚い町から近代的な大都市へと次第に様相を変えてゆく。借金のかたに差し押さえられる貴族の邸宅、デパートの拡張のために買い取られる老舗、次々に取り壊される古い家々。昔の建物はなぎ倒され、記憶に結びついた土地は更地にされ、その後（跡）に金にあかせた新しい大建築が姿を見せる。近代化とは、一言で言ってしまえば過去を消すことであり、場所からその記憶を奪い去ることなのだ。

こうした近代化の原動力である金は、第十八巻『金』にいたって、自律的な巨大システムとしての全貌を見せることになる。主人公はやはりサッカール。バブルに踊る金融界と、その覇権をめぐる壮絶な戦いを描いたこの小説では、金はもはやモノや土地との関係すら断ち切って、実体をともなわないただの数字と化している。しかしその空虚で巨大な数字が、人々の生活にどれほどの猛威をふるうことか。この狂ったような数字と数字の戦いのなかで重要な武器となるのは、土地投機の場合と同じく情報である。しかし『獲物の分け前』では一ヶ月、あるいは一週間早ければよかった情報が、ここでは一分一秒を争うものになっている。古い商品が見向きもされないように、いまや少しでも古い情報には何の価値もない。モノや土地から記憶を剥奪した金は、刻々変化してゆく現在と一瞬先の未来にしか関心がない。このような世界では、悠長な歴史や文学よりも、最新情報を集めては振りまくジャーナリズムが脚光を浴びるのは当然の成り行きだろう。『金』の「希望」紙のエピソードにも見られるように、サッカールは情報をいち早くつかみ取るだけでなく、新聞を使って情報を操作し、捏造しながら、数字の戦いを進めてゆく。名前を変え、住まいを変え、職業を変えて近代化の先端を突っ走ろうとするこの男は、前作ではいわば過去を消し、この作品では現在と未来を捏造しようとしているのだ。

しかしこの無意味な戦いで誰が勝利を得るにせよ、最終的な支配者として君臨することになるのは人間ではなくて金である。冷徹な計算によって勝利を収めたかに見える大銀行家グンデルマンも、バルザックのニュシンゲン男爵などとは異なり、人生の喜びを奪われた病弱な老人でしかない。ゾラの世界では主役はもはや個々の人間ではない。時代は変わったのだ。第二帝政の頂点に立っているはずのナポレオン三世でさえ、『獲物の分け前』や『壊滅』などでは、哀れな亡霊のような姿で描き出されることになるだろう。彼らはいわば自力で動くシステムの代理人にすぎない。過去を持たず、ひたすら流通し、量とスピードを増してゆく商品、金、情報、これらこそが第二帝政期に出現した近代の新しい神々なのである。

●遺伝の問題

過去を切り捨てたこのような新しい世界のなかで、人間だけが過去を引きずり、記憶に取りつかれている。新しい時代に同化できない人々は、『ボヌール・デ・ダム百貨店』のブラやボーデュのように、『金』のボーヴィリエ伯爵夫人のように、あるいは『大地』の農民たちのように、先祖代々の記憶がしみついた場所にしがみつく。そうした場所があるかぎり、人は記憶とともに生きることができるからだ。しかし場所を失い、根っこを引き抜かれてしまった者にとっては、記憶は苦痛の源泉に変わってしまう。『獲物の分け前』のルネは幸福だった子供時代を思い出すたびに現在の自分の空虚さに絶望するのだし、『プラッサンの征服』のフランソワは、大事な家と家族を奪われてゆく苦しみに、かつての幸福を対比せずにはいられない。

過去の記憶は、あたかも拭いきれない罪であるかのように立ち現れてくる。記憶喪失から回復したムーレ神父は、失われた愛と失われた純潔の二重の苦しみにさいなまれることになるが、その苦しみは後悔と罪の意識によるものだ。ルネにせよフランソワにせよ、あるいはまた『パリの胃袋』のフロランや、『愛の一ページ』のエレーヌにせよ、思い出は懐かしさや愛惜の念よりも罪障感をともなってよみがえってくる。かならずしも自分に責任があるわけではないのに、現在の周囲の環境と自分の記憶とが対立するとき、糾弾されるのはいつでも自分の方なのだ。

過去と現在とのあいだで引き裂かれた彼らが、自己分裂に陥らないようにしようとすれば、現在を抹殺するほかはないだろう。『ルーゴン＝マッカール叢書』のなかで、狂気はしばしばそのような形で現れてくる。フランソワの狂気もそうだが、とりわけ一族の祖であるアデライード・フークのケースは典型的だ。彼女は美しい過去の幻影にとらわれたまま、精神病院のなかで生ける屍のように第二帝政二十年の月日を過ごす。記憶喪失におちいって楽園の現在に目覚めたムーレ神父とは逆に、彼女はいわば永遠の記憶の牢獄に閉じ込められている。人間の意志は記憶を捨てることも変えることもできない。人が記憶を所有しているのではなく、逆に記憶によって所有されているかのようだ。

ところで人間に取りついている過去とは、個人的な記憶だけではない。ギリシア悲劇の「運命」であれ、キリスト教の「原罪」であれ、人間が自分のあずかり知らない過去の定めによって絡めとられていることは、はるか昔から誰もが知っていたことだが、十九世紀の科学は、それを超越的な神（々）の手から引き離して「遺伝」と名づけた。先祖たちが残した過去の痕跡、それが現在の自分におよぼす力。過去の定めは新しい知の訪れとともに消えたのではなく、人間の個々の生きた肉体のなかに据え直されることになったのだ。

遺伝という観念はゾラにおいては、何層にも重なった構造を持っている。それはまず意識の深層にわだかまっている、自分のものではない記憶である。そのことをもっとも鮮明な形で示している作品は、第十七巻『獣人』だろう。主人公の鉄道機関士ジャックは、性欲が高まると女を殺したくてたまらなくなるという異常な性格の持ち主だが、この衝動に襲われたとき彼の頭に浮かんでくるのは、人間がまだ野獣のように暮らしていた原始時代のイメージである。「太古の森のなかで獣同士を駆りたてていた殺害の欲求」「暴力の遺伝」が彼の心に取りついていて、殺人衝動を引き起こす。この作品における遺伝とは、血のなかに転移された先祖の遠い記憶だ。

他の作品の登場人物たちも自分の身体のなかに先祖の血が流れているのを「感じる」ことがあるが、その内容が意識に浮かんでくることはめったにない。血のなかに移された先祖たちの記憶は、多くの場合すでに記憶であることをやめて、本人のあずかり知らぬ生物学的な情報に姿を変えている。しかしこの情報は、人間のあいだを流通する金や権力をめぐる情報よりはるかに恐ろしい。いったん血のなかに住みついたが最後、家系の連鎖を通じてすべての子孫に伝わり、いつでも同じものとして回帰してくる。一瞬のうちに古くなる株式市場の情報とは逆に、過去の傷をそのまま反復しつづける、けっして変わることのない情報なのだ。

目には見えないが肉体のなかに書きこまれたこの不変の情報は、『ルーゴン＝マッカール叢書』の世界では、つねに病という形で発現してくる。ジェルヴェーズの飲酒癖も、デジレの知恵遅れも、ヴィクトールの凶暴性も、シャルルの虚弱体質も、すべてこうした情報の発現であり、過去からの忌まわしい贈り物である。『生きる歓び』や『作品（制作）』に描かれる愛も、このような病によって蝕まれてゆくだろう。時限爆弾のように体内に仕掛けられた過去の痕跡。ゾラの世界では、個人的な記憶がいつも罪の意識に染められてしまうように、遺伝もまた良いものをもたらすことはほとんどない。一族のなかでいちばん正常そうに見えるジャン、エレーヌ、アンジェリックには「生得性《イネイテ》」という遺伝学上のレッテルが貼られているが、これは当時の遺伝学の特殊な用語で、パスカル博士によって「両親の性格が混ざり合った結果、その影響がわからなくなって、新しい存在、あるいはそう見える存在」が誕生したのだと説明されている。あたかも遺伝によって先祖から受け継ぐものがゼロに近づけば近づくほど、人は健康になれると信じられているかのようだ。

病気《マル》とはすなわち悪《マル》である。ジャックやヴィクトールのような犯罪者にかぎらず、遺伝は肉体的病気としてだけでなく、精神的な退廃、堕落、罪として現れてくる。先祖から伝えられた自分では責任の取りようがない悪。ゾラ自身が書いているとおり、ここにおいて『ルーゴン＝マッカール叢書』における遺伝の観念は、キリスト教的な原罪の観念に近づいてくる（「原罪の、すなわち遺伝の絶対性」）。人ははるか昔の先祖が犯した罪からけっして逃れることができない。それは不変の情報として個々人の血のなかに書き留められているのだ(4)。

先祖の記憶であり、遺伝的情報であり、原罪でもあるもの。すなわち個人の生命を越えたところからやって来るあらゆる過去。それが人間の血のなかに病＝悪として埋め込まれている。それはひとりの人間を苦しめるだけではない。伝染性を持ち、周囲の人々をも巻き込んでゆくのだ。一人が病気にかかれば周囲の空気も汚染され、ひとつの環境全体に病気が広がってゆくという光景は『パリの胃袋』や『生きる歓び』など多くの作品に見られるが、第七巻『ナナ』はその典型的な例だろう。親から遺伝したアルコール中毒が「精神的・肉体的退廃」となって発現したナナは、一種の高等娼婦となって群がる男たちを破滅させてゆく。彼女は触れるものすべてを腐敗させる「破壊の酵母」であり、社会全体の汚染源なのだ。

　しかもこの血のなかに潜む病＝悪は、時間の経過とともに悪化してゆく。世代が代わるにつれて病状はいっそう深刻なものになり、生命力は次第に衰えてゆく。一族の五代目、シャルル、ジャック＝ルイ、ルイゼといった子どもたちにいたっては虚弱児ばかりで、みな早死にしてしまう。「数学的に進行するこの退化」。遺伝性の病気が子孫に伝えられて家系を衰退させ、やがてはひとつの社会、ひとつの民族全体を滅ぼすにいたるという悪夢のようなヴィジョンは、実はゾラの個人的な不安というよりも、十九世紀末の人々の心に広く取りついていた妄想的な恐怖を反映しているのだが(5)、いずれにしても遺伝の問題を連作小説の軸に据えようと思いついたときから、こうしたヴィジョンは彼の頭のなかに浮かんでいたにちがいない。未来は過去によって閉ざされてゆく。過去を持たず、消耗もせず、ひたすら流通をつづけながら前へ前へと進んでゆくモノたちのなかで、人間だけが血のなかに刻印された過去という病に取りつかれて衰弱してゆくのだ。

●封印そして未来へ

ゆっくりとした衰弱と滅亡の対極には、暴力的なカタストロフィがある。『ルーゴン＝マッカール叢書』には激しい破壊のシーンがしばしば描かれているが、とりわけ物語の終結部では火による破壊の場面が多く現れる。『大地』ではフーアン爺さんが息子夫婦に殺され焼かれたあと、ボルドリー屋敷が放火で焼け落ちるし、『プラッサンの征服』では狂気に陥ったフランソワが自分の家に火をつけ、仇敵フォージャとともに焼け死ぬ。『獣人』のラストシーンの、疾走する機関車のうえで、燃えさかる石炭の炎を背景に機関士のジャックと火夫のペクーが殺し合いを演じる場面や、『作品（制作）』の最後で、墓地から掘り出された古い腐った棺が焼かれる場面なども、ここに付け加えてもいいかもしれない[6]。

　火はすべてのものを焼き払い、物語《イストワール》＝歴史を切断する。過去は炎のなかで消滅させられる。そのことをもっとも大規模な形で示しているのは、第二帝政期の物語としては実質的な最終巻ともいえる第十九巻『壊滅』だろう。普仏戦争によるフランスの敗北とパリ・コミューン鎮圧の内戦を描いたこの小説のなかでは、パリが炎上する。モノと金の流通の中心地であり、近代的な大都市として繁栄を誇ったあのパリが、炎に包まれて燃え上がるのだ。これが第二帝政二十年の終焉のイメージである。それは腐敗した罪深い社会に下された懲罰の炎ともいえるし、汚れたもの一切を焼き払う浄化の炎ともいえるだろう。

　ひとつの時代が灰燼に帰したあと、最終巻『パスカル博士』では、ひとつの家系が焼き払われることになる。最終的な破壊のまえにはいくつかの予告的場面がおかれているが、まずはひとりの人間の身体が焼き尽くされる。ジェルヴェーズたちの父親マッカールが、アル中の身体に燃え移ったパイプの火のせいで、文字通り完全燃焼してしまうのだ。あとには何も残らず、過去の痕跡は彼の肉体とともにきれいに消されてしまう。つづいて火とは別の形で消滅の予告が来る。一族の祖アデライードと最後の子孫シャルルとが、不思議な形で同時に死を迎える場面だ。家系の最後の衰えた血を体現する十五歳のシャルルは、何の理由もない出血によって身体が空っぽになって死に、その有様を見守った百五歳のアデライードも記憶の牢獄に閉じ込められたまま死んでゆく。家系の両端に位置する「驚くほどよく似た」この二人が同時にこの世を去るとき、いわば一族の「運命は完成され」、歴史は閉じられる。始まりと終わりを持つひとつの過去が、悪い血を付った家系のサンプルとして時間のなかから切り取られるのだ。そして物語の終結部では、主人公のパスカル博士が死んだあと、一族の遺伝に関する膨大な書類のすべてが、母親のフェリシテによって焼き捨てられる。魔女の夜宴のようなこの焚書の光景のなかで、一族の不名誉な歴史のすべてが消去されてしまう。こうした一連の焼却と完全消滅のシーンは、執拗につきまとう過去を断ち切り、回帰する病＝悪に終止符を打とうとする身振りであるにちがいない(7)。

しかし、つねに回帰してくるものを終わらせるのは容易ではない。切断のあとには、それを封印する儀式がつづく。まず目に付くのは、分不相応に大掛かりな「モニュメント」だ。完全燃焼したマッカールはその遺書のなかで「羽をたたんで泣いている二人の天使像を従えた大理石の荘厳な墓碑」の建立を命じ、一方フェリシテは、「尊敬され祝福されたルーゴン家の名前を後世に伝える」ために「ルーゴン養老院」の礎石を据える。いささかパロディーめいたこれらの墓碑や「不滅の記念碑」は、何を意味しているのだろうか。すでに第一巻の冒頭、サン＝ミットル広場の裏手の場面では、置き忘れられた古い墓石が、人々の記憶を担うものとして姿を見せていた。若い恋人たちは運命を予告するその墓石に誘われるかのようにして無垢な愛に身をゆだね、やがて彼らの物語もまた、遠い昔の人々の記憶と混ざり合うように、その墓石の下に封じこめられることになった。だが最終巻に登場するぴかぴかの「モニュメント」には、どこにも記憶が住みついてはいない。本当の記憶はすでに別の場所で焼き捨てられており、新しく捏造された過去がこれ見よがしに顕示されているばかりだ。マッカールやフェリシテは、一方で過去を封印しようとしながら、他方ではモニュメントの建立によって過去を作り変え、本当の記憶を抹殺しようとしているのだ。

しかし別の形の記念碑もある。パスカル博士の死後、その書類が焼き捨てられたとき、ただひとつ焼却をまぬがれた一枚の紙。そのうえには一本の家系の樹が描かれている。それは一族五代の歴史を切り取って封じこめたものであり、博士の一生の研究のエッセンスである。屋敷のなかにたったひとり残されたクロチルドは、自分への形見のように残されたこの「聖遺物」のなかに過去のすべてを見、すべてを思い出すだろう。クロチルド自身の過去もふくめて「博士のすべての仕事がそこにある」のだ。

火による浄化。そして過去の切断と封印。すべての過去の情報を握っていたパスカル博士も死に、残されたものは一枚の紙だけだ。こうして過去が祓われたあと、小説の最終章でパスカルとクロチルドのあいだの「未知の子」が誕生する。パスカルはこの子が生まれることを知って家系樹のなかに書き入れながら、何の遺伝情報も記載しようとはしなかった。「彼はこの先どんな人間になるだろうか？」これが「未知の子」について家系樹に記された唯一のことばである。一族の血を二重に受け継いでいながら、死と炎の物語を通過した後にあたかも過去のすべてを消し去ったかのようにして誕生した、名前すら持たない「未知の子」……

過去を切断し、記憶を聖遺物のなかに封じこめたとき、時間はゼロに戻され、新生の可能性が生まれる。家系樹を通してふたたび現れた植物のイメージは、一方で生命の連続性を示すものでありながら、他方では樹木全体の死と新しい種子の誕生を強調するものになっている。過去はもはや単純な形では反復されない。回帰してくる過去には、もはや未来をおびやかす力はないだろう。世界はいったん清算されて新しくよみがえり、その新しい世界のなかに未知の生命が誕生してくる。一枚の紙のなかに過去を閉じ込めたパスカルの家系樹は、いわば切断と封印の行為を通して未来を作り出す象徴的な跳躍台なのだ。

「生命は継続し、かつ再出発する」。小説の最後でクロチルドは、残された家系樹を見つめて記憶をたどりながら、未来への「祈り」をこめて「未知の子」に真っ白な乳を与えている。全二十巻の最後を締めくくる生まれたばかりの赤ん坊のイメージと、数ページにわたるテクストの最後に置かれた「生命《ヴィ》」ということばには、『ルーゴン＝マッカール叢書』に描き出された過去のできごとのすべてを生命のドラマへと変容させ、そこからいわば無原罪の未来を開こうとする、ゾラの新生への願いがこめられているように思われる。

（1）『獲物の分け前』のルネと義理の息子マクシムの近親相姦や、『愛の一ページ』のエレーヌの不倫も、温室や庭園など植物の茂る閉ざされた空間で展開してゆくが、記憶を宿したモノという要素が欠けているのは、彼らの禁断の愛が無垢なものではないことを示しているのだろうか。

（2）この章については、Olivier Got, *Les Jardins de Zola, Psychanalyse et paysage mythique dans Les Rougon-Macquart*, L'Harmattan, 2002. が参考になった。

（3）ゾラの描写にはしばしば色のシンボリズムが見られる。白と並んで印象的なのは血の赤、火の赤だろう。

（4）ゾラの世界では内的なものはつねに外化される。記憶であれ遺伝であれ、犯された罪は血によって告発されるだろうし、罪の意識は見つめる目によって示されるだろう。

（5）この点に関しては、Alain Corbin, "L'hérédosyphilis ou l'impossible rédemption", dans *Le Temps, le Désir et l'Horreur*, Editions Aubier, 1991.（アラン・コルバン『時間・欲望・恐怖』小倉孝誠・野村正人・小倉和子訳、藤原書店、一九九三）など。

（6）ゾラの想像力における火と熱力学的世界については、Michel Serres, *Feux et signaux de brume — Zola,*

Grasset et Fasquelle, 1975.（ミッシェル・セール『火、そして霧の中の信号――ゾラ』寺田光徳訳、法政大学出版局、一九八八）

（7）炎と液体のテーマ体系については、Michel Butor, "Emile Zola Romancier Expérimentale et la Flamme Bleue", dans *Répertoire IV*, Les Editions de Minuit, 1974.

ゾラのパリを訪ねて

——『居酒屋』から『愛の一ページ』へ——

宮下志朗

●「黄金のしずく」

数年前の秋。久しぶりに、ゾラ『居酒屋《アソモワール》』の舞台グット＝ドール地区を訪れた。メトロの二号線バルベス＝ロシュシュアール駅で降りる。この界隈は、北アフリカの人々の熱気でむんむんしていて、それだけで圧倒されてしまうのだけれど、日曜日のせいか、むしろ閑散としていた。

『居酒屋』の時代設定は一八五〇年代が中心だから、パリが十二区の時代である。つまり目の前のシャペル大通りの南半分には城壁が延々と続き、その内側かパリ市であった頃の物語ということだ（地図を参照のこと）。ポワソニエール市門が、ちょうどメトロの駅のところに大きな口を開けていた。そして衣料品スーパー〈タチ〉のあたりに、居酒屋〈酔いどれ《アソモワール》〉があった――もちろん小説のなかでの話である。〈酔いどれ〉は、市門のすぐ目と鼻の先で、入市税のかからない安酒を飲ませていたのだ[1]。パリの場末町には、こうした居酒屋や、踊りも楽しめるガンゲットが林立していた。酒場は、朝っぱらから店を開けて、通勤途中の労働者を誘惑していた。ポワソニエール市門近辺の朝を、ゾラはこう描写している。

> 鎧戸をあげた二軒の酒場の戸口あたりで、足ののろくなる男たちが何人かいる。そして店のなかに入る前から、今日一日はぶらぶら過ごす気になってしまい、パリのほうを斜めに見やりながら腕をだらりと垂らし、歩道の縁に立ち止まっていた。カウンターの前では、人々の群れが立ったまま広間を埋め、たがいに酒をおごりあい（……）。（『居酒屋』第一章[2]）

酒の「おごりあい《トゥルネ》」から始めて「怠業」へ、これが当時の労働者のサボりの公式である。彼らは「聖なる月曜日」と称しては、週始めのサボりを正当化し、火曜日あたりからがんばって、週末に帳尻を合わせていた。この界隈の名称が、こうした現実を表象している。「グット＝ドール」とは「黄金のしずく」、つまりワインの隠喩にほかならないのだ。今でも、近くのモンマルトルの丘に残っているけれど、かつて、この近辺はあたり一面ブドウ畑なのであった。だが、『居酒屋』の主役は、ワインという「健康飲料」（当時の行政用語でワインを意味した）ではない。物語の時空間には、いつのまにかアブサンなどの強い蒸留酒が、要するに悪い酒が浸透していくのだ。小説の結末で、もともと下戸で、むしろ甘党だったクーポーが、アルコール中毒で死んでいく強烈なシーンがいかにも象徴的ではないか。

　わたしは『居酒屋』の第二章、〈酔いどれ〉でクーポーがジェルヴェーズを口説くシーン（**図1**）を思い浮かべながら、シャペル大通りを東に歩いていった。

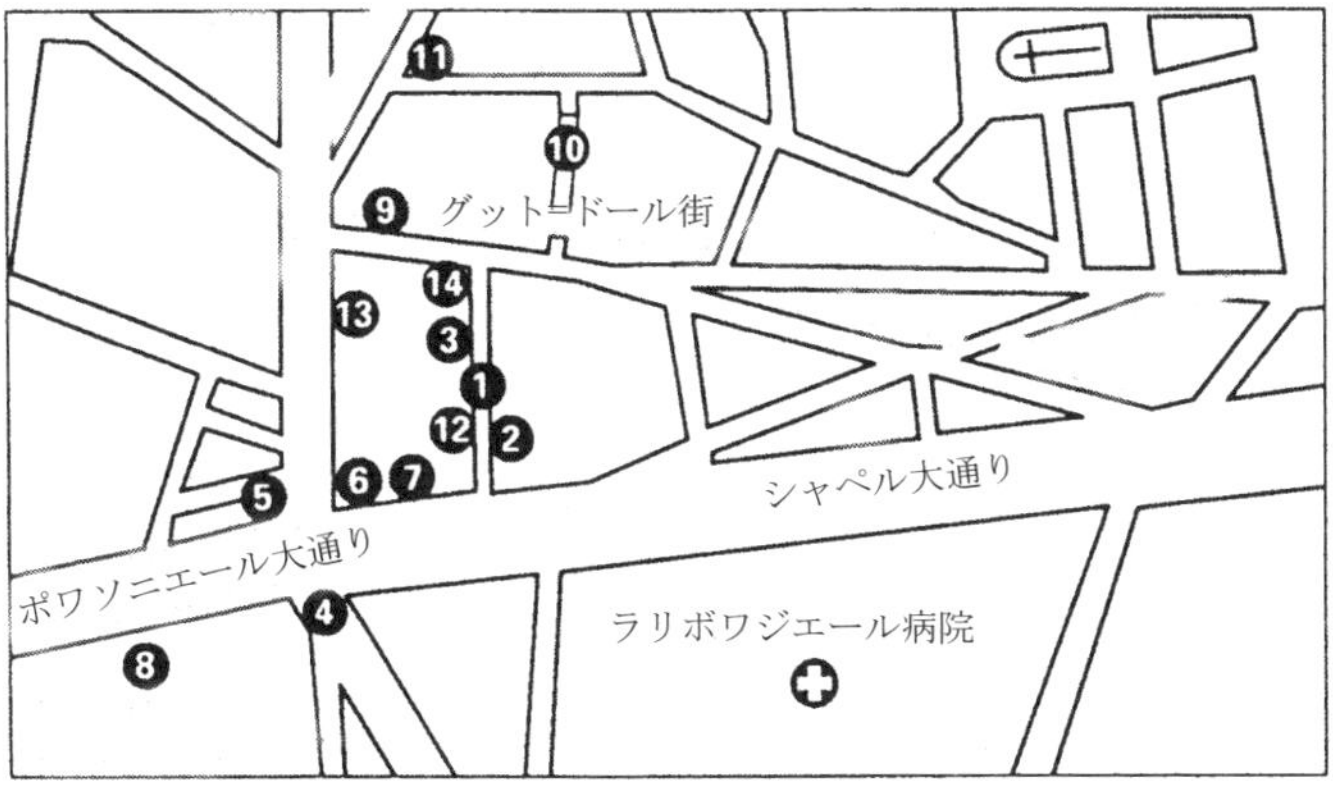

『居酒屋』の舞台（C. Becker, L'Assommoir, PUF, 1994による）

❶ 新グット＝ドール街　❷ 中庭にアカシアの木がある二階家（ジェルヴェーズとクーポーが次に住んだ）　❸ 共同洗濯場　❹ ポワソニエール市門（現在はメトロのバルベス＝ロシュシュアール駅）　❺ コロンブ親父の居酒屋〈酔いどれ〉（現在は衣料スーパー〈タチ〉）　❻ ダンスホール〈グラン・バルコン〉　❼ 安宿（ガルニ）〈親切館〉（ジェルヴェーズとクーポーが最初に住んだ）　❽ 屠殺場（物語の後半で取り壊される）　❾ 巨大アパート（一階で洗濯屋を開業、ナポレオン三世の勤労者アパートがモデル）　❿ ヴィラ・ポワソニエール（本エッセーの目的地）　⓫ でぶのシャルルの肉屋　⓬ マダム・フォーコニエの洗濯屋（ジェルヴェーズが働いていた）　⓭ マダム・クードルーのパン屋　⓮ ルオングルの食料品店

すると〈Mike's Hostel〉という安宿が見えた（**写真1**）。「ウェルカム」なんて書いてあるから、客層はアメリカのバックパッカーあたりだろう。それにしても、かなり「やばそうな」ホテルである。でも、場所としては、ちょうど、南仏から上京したジェルヴェーズとランチエが住んでいた安宿《ガルニ》の〈親切館《ボンクール》〉の位置にあたる（地図を参照）。そこで、勇んでカメラのシャッターを切ったのだが、まことに迂闊であった。どどっと、こわい兄さんが出てきて、もみ合いになった。「怪しい者ではございません」なんていってもだめで、「ふざけた野郎だ、勝手に写真を撮りやがって。さっさとフィルムを出せ」とすごまれた。しかし、大切な映像が写っているのだから、おいそれと脅しに屈するわけにはいかない。ぐにゃっと力を抜いて、無抵抗であることを強調して、じっとしていた。やがて相手の怒りも治まり、写真を撮影した理由を説明して、事なきをえた。この辺にはサン・パピエと呼ばれる不法滞在者も多いのだから、写真撮影にはもっと慎重を期するべきであった。

　なんだかシャペル大通りがこわくなって、ラリボワジエール病院――クーポーは、この病院の建築現場で働いていたという設定――を横目でみて左折して　さっさと新グット＝ドール通り（現在の名称はイスレット通り）の坂道に入った。ゾラは、執筆に際して克明な取材をおこなうタイプの小説家の草分けのような存在だけれど、この新グット＝ドール通りだって、もちろんじっくり観察している。「取材ノート」のその個所を全訳してみよう。小説（『居酒屋』第四章）に、いかに反映されているか、比較していただきたい。

　通りは、まんなかあたりから坂になっている。狭くて、ぺちゃっとなった歩道の、ところどころが欠けている。どぶからは、常に石鹸水があふれ出ている。突きあたりの、グット＝ドール通

図 1　ジェルヴェーズを口説くクーポー（最初の挿絵版、1878 年より）

写真 1　〈親切館〉の場所にある安ホテル

> りのところから、坂を下りながら。すると右手に黒っぽい店、靴屋、桶屋。そして左手には小間物屋とか、張り紙がしてあり閉まっている店、なんだかあやしげな食料品店。中央あたりにくると、家の高さは低くなって、二階までしかない。その低い壁のあいだに、何本かの小道が入りこんでいる。中庭はいやなにおいがする。その右手に　共同洗濯場がある。三つの巨大な円柱、つまり鉛のタンクがそびえているものの、建物はさほど大きくない。蒸気機械が右側に、受付が左側にある。まんなかには、扉と洗濯場への通路が。上の方には、鎧戸のついた乾燥室。この洗濯場をすぎると、赤煉瓦のきれいな家。アカシアの木が一本、道にまで突き出していて、この通りを陽気にしている。その正面にはソーダ水の工場。そしてその上手に貸馬車屋、ルイーズ。それからずっとはじの、外郭通り〔＝シャペル大通り〕の方には、四、五軒の洗濯屋があり、うち一軒はきれいな店である。これらの小さな店の反対側には、銅製のひげそり用の皿を手にした床屋がひとり。低い家は、緑、黄色、赤、淡い青に塗られている。[3]

「右手に共同洗濯場がある」という個所に注目しよう。ルネ・クレマンの映画の名場面でもおなじみだけれど、ジェルヴェーズとヴィルジニーが洗濯へらを手にして格闘を演じた、あの共同洗濯場のことだ（**図2**）。いや、もう少し正確にいう必要がある。ゾラは、小説のイメージを抱きながら現地取材をおこなうから、ときには、取材メモの部分に、そうした虚構が侵入することもあるものの、この共同洗濯場は実在したとわかっている。今は、もちろん存在せず、「居酒屋広場」という名前が小説との縁を偲ばせてくれるにすぎない。こうした有料の洗濯場がパリ市内に百軒もあったというから、第二帝政期とは、まさに共同洗濯場の黄金時代なのであった。そして「取材ノート」にあるように、こう

図2　ジェルヴェーズとヴィルジニーの格闘シーン（最初の挿絵版より）

した共同洗濯場の近くに、個人のクリーニング店が蝟集していたのかもしれない。ジェルヴェーズはそうした店で懸命に働き、やがて独立して店を出すわけなのだが、それだって、この共同洗濯場のある坂を上がり、左折してすぐ近くなのだ。共同の洗濯場と個人の洗濯屋とは、うまく共存共栄をはかっていたらしい。

わたしは昔から『居酒屋』という小説が好きだったから、ルネ・クレマンの映画も何度となく観た。そして「共同洗濯場」なる存在に、なんというか、淡い郷愁のようなものを抱いていた。入口で料金を払うシーンなんか、なにやら銭湯の番台を思い起こさせて懐かしいのだ。そこで、セーヌ河に浮かぶ昔の洗濯船の写真を見ては、想像をたくましくし、フランスやイタリアの地方都市の川べりで、庇付きの洗濯場を発見しては感動していた。

ノルマンディのヴァローニュ――『ボヌール・デ・ダム百貨店』の主人公ドゥニーズの故郷である――の川沿いを散歩していたときも、小さな洗濯場に気づいて、思いは『居酒屋』に飛んでいた。なんとかして、パリの共同洗濯場をこの目で確かめたいと思った。でも、あちこち調べたものの、もはや「共同洗濯場」などは、この世に存在しないらしい。ところがある日、十二区のコット通り rue de Cotte で、「ルノワール市場の大洗濯場」という文字を見つけた（写真2）。どきどきと胸が高鳴ったが、実際は建物の正面がかろうじて残っているだけで、本体は取り壊されていた。残念無念！　でも、これだけでも十分にうれしくて、記念にと幾度もシャッターを押した。[4] それとても、かなり前の話だ。この映画のセットのような共同洗濯場の痕跡、今でも残っているのだろうか？

　ところで、『居酒屋』でジェルヴェーズがもっとも幸福な日々をすごした家は、どこであったのか？それは家具付きホテル〈親切館〉の一室だろうか？　そんなはずがない。クーポーと新婚時代をすごしたとはいえ、そこは、あらゆるものを質入れして遊びほうけた挙げ句に、他の女と消えてしまったランチエとの、みじめな思いが残る空間だ。では、洗濯屋を開業したグット＝ドール通りの巨大アパートか？　いや、そうでもなさそうだ。その時点では、屋根から墜落したクーポーは、すでに労働意欲をなくしていて、夫婦の運命は、ほどなく暗転するのだから。

　となると、消去法によって答えはひとつしかない。それは、二人が結婚後しばらくして移り住んだ、新グット＝ドール通りの家、すなわち共同洗濯場近くの二階家にほかならない。グージェ母子と知りあったのも、かわいいナナが生まれたのも、この四年間のあいだのできごとなのだから。先ほどの「取材ノート」で、「赤煉瓦のきれいな家。一本の樹木（アカシア）が道路にまで突き出していて、この通りを陽気にしている」とあるのが、それだ。プロヴァンス地方出身のゾラは、小説の取材の際、アカ

写真2　共同洗濯場のなごり

シアの木が目印の「赤煉瓦の家」が、ことのほか気に入ったにちがいない。そこで、この常緑樹をモチーフとして、この一角を、『ルーゴン＝マッカール叢書』の原点、南フランスの架空の町プラッサン（作者の故郷エクス＝アン＝プロヴァンスがモデル）に結びつけたわけである。だからジェルヴェーズも、「ちょうどプラッサンで、城砦の裏手にあった露地を思い起こさせるような、静かな一角だわ」と、心安らぐことができた。アカシアの木を眺めていると、洗濯女は、気分が愉しくなってくる。この一隅は、パリの場末という都会の砂漠に、ぽっかりと浮かんだオアシスなのだった。現在では、むろん赤煉瓦の家もアカシアの木もない。壁面のだまし絵は楽しいけれど、プロヴァンス地方の気分を味わわせてくれるわけではない（**写真3**）。

でも、ゾラの愛読者は落胆するには及ばない。実は、すぐそばに、南仏の田舎に帰ったような気分を追体験できる場所が残っているのだ。地図の⑩〈ヴィラ・ポワソニエール〉がそれであって、ゾラも訪れている――「取材ノート」には「ヴィラ・ポワソニエール」のひとことしかないが。大きな扉が路地に立ちはだかっていた。しかし、小さな潜り戸を押すとぱかんと開いたから、ちゃっかり入らせてもらった。赤煉瓦の塀の左右には、コテージ風の一戸建てが立ち並び、緑もとても豊かで、にわかにパリとは信じがたい風情がただよう一角であった（写真4）。

この「ヴィラ」は、七月王政時代に造成されたという。パリ周縁部には、こうした、古き良き時代の新興住宅地が残っている。二十区や十四区で、昔はパリの田舎であった界隈を漫歩していると忽然と目の前に現れる、二階建ての家が並ぶ横町、それが「ヴィラ」なのである。ただしそうした横町はきまって私有地となっている。「ヴィラ villa」とは「別荘」といった意味ではなく、両側に一戸建てが並んだ、この手の路地や袋小路を意味するのだ[5]。〈ヴィラ・ポワソニエール〉が好例であって、わたしは私有地に勝手に侵入してしまったという次第。最近は、暗証番号によるオートロック方式になっていて、通り抜けられないことが多い。その後、パリに留学している学生に聞いたところ、〈ヴィラ・ポワソニエール〉もそうなったとメールが返ってきた。ゾラ愛好家としては、なんとも残念である。

ともあれ、パリのメディナを彷徨しつつ、『居酒屋』の時空間に思いをはせてみたらどうだろうか。ただし、カメラなど身の回りの品には、くれぐれもご用心のほどを。

●「水の通り道」

では、「黄金のしずく」の界隈に別れを告げて、もうひとつの作品に移動しよう。『居酒屋』という悲惨な物語の次に、『ルーゴン=マッカール叢書』第八巻のゾラは、転調を試みている。それが『愛の

写真3　イスレット通り

写真4　〈ヴィラ・ポワソニエール〉

一ページ』という珠玉の作品。『居酒屋』と同じく、舞台はパリの市門《バリエール》の外側とはいいながらも、パッシーというお屋敷町に場所が移る。「この新しい色調は（中略）、『ルーゴン＝マッカール叢書』というシリーズに、多様性をもたらすはずだ」、作者もこう自負している。

用事で訪れた、年末のパリ。夕方まで暇ができたので、ホテル近くのナシオン駅からメトロの二号線に乗った。この路線は、かなりの区間、列車が高架を走るから展望を楽しめる。ゾラの作品が、パリの市門——合計六十も存在したという——と深く結びついていることはいうまでもない。だが市門を擁したパリの市壁も、十九世紀後半には取り壊されて、ぽっかり空間があいた。そこに建設されたのが、メトロの二号線、六号線なのだから、地上走行部分が多いのは当たり前なのだ。

メトロはジョレスの駅をすぎた。窓から、ルドゥーの設計になる入市税関のベージュの建物が見えた。となりに、サーカスのテントがちらっとのぞいていた。やがてバルベス＝ロシュシュアール駅――わたしは、バルベスの界隈に一瞥をくれた。『居酒屋』の舞台に表敬の意を示すべく、わざわざ二号線で遠回りをしてみたのだ。ナシオンから逆方向の六号線に来れば、左岸の市壁跡をずっとたどり、ビルアケムでセーヌを渡って、パッシーに早く着けたのに。駅前のスーパー〈タチ〉は倒産したとの噂だが、どうなっているのだろうか？　やがてメトロは地下にもぐり、モンソー公園――ここにも入市税関の建物が残っている――を通ってエトワール駅へ。ここで六号線に乗り換えて、パリをぐるっと半周以上してパッシー駅に到着した。

駅を出て、坂道をのぼり――いや正確にはエスカレータに乗ったのだが――、ほんの少し歩くとコスタリカ広場に出る。それにしても、きょうは氷雨模様で、やたらと寒い。小さな折り畳み傘など役には立たず、がたがた震えながら、フード付きコートを持参すべきだったと反省することしきり。首をちぢめたままで、広場の向かい側に目をやると、〈ヴィヌーズ通り〉の坂道が顔をのぞかせていた。vineux/se とは「ワインの」とか、「ワインがたくさんとれる」といった意味である。パッシー界隈には、その昔に修道会のブドウ畑があったらしく、ずっと先には〈ブドウ畑通り《リュ・デ・ヴィーニュ》〉などというのも存在する。

要するに、『愛の一ページ』の舞台は、『居酒屋』と意味的に隣接しているのである。こういうことだ。『居酒屋』は、「黄金のしずく」地区で、安くて強い酒が、貧困な場末という社会的身体に浸透していって、主人公を「叩きのめす《アソメ》」ドラマであった(6)。では、これまたワインに結縁のある界隈で展開されるところの、『愛の一ページ』の場合も、アルコールが浸透していくのだろうか？　そうではない。姦通という性愛が、まるで樹液のように主人公にしみこんでいく物語なのである。実際、ゾラは草稿で、「少しずつ浸透していく飲酒癖を研究してみたけれど、それと同様に、愛が生まれて、成長していくさまを研究すること」と、メモしている。

〈ヴィヌーズ通り〉はブーメランみたいに曲がっていた。未亡人のエレーヌ——ユルシュール・マッカールと帽子職人ムーレの長女——は、病身の娘ジャンヌを連れて上京し、「パリの田舎」のパッシーでひっそり暮らしていた。その建物は、このドッグレッグした坂道のなかほどあたりであろうか。

ふと見上げると、通りの両側の建物は、ほとんど四階建てであった。作品の「取材ノート」にも、「パッシー、田舎町のようだ。四階建ての家々、通りまで樹木がはみでた小さな家」とある。エレーヌ母娘は屋根裏部屋を借りていたという理屈らしい。美しい肌をした、いかにも健康的で、貞淑な女性が、近くに住む家主のアンリ・ドゥベルル医師と恋に落ちる。とはいえそれは、あくまでも秘められた、つつましい恋なんだよなと思いながら、歩いていると、目の前に「ブリジット・バルドー財団」を発見。動物愛護で有名な元女優の財団が、こんな場所にあったとは。残念ながらシャッターがおりていたが、バルドー関係のグッズやら伝記のたぐいを販売しているらしい。もっともわたしはバルドーのファンだったことは一度もなくて、むしろミレーヌ・ドモンジョをご贔屓にしていたのだが。

それにしても、寒くてたまらない。広場に引き返し、角のカフェに入って、紅茶を注文する。カフェは場外馬券売り場にもなっていて、寒さと静けさが支配する外とは大ちがい、熱気でむんむんしていた。

身体も暖まってきたので、勘定をすませ、目的地に向かう。レヌアール通りを少し行ったところの〈オー小路《パサージュ・デ・ゾー》〉、つまりは「水の通り道」が本日の目標地点である。水といっても、これは「鉱水」の意味だ。その昔から、パッシーは鉱泉で有名であって、かのモリエールも通ったと伝えられる。十九世紀には某銀行家が、スイス風の山小屋を建てて湯治場にしたともいう。たしかバルザックが、ハンスカ夫人との愛の巣にしようとして、借りる算段をしたのが、この山小屋《シャレー》ではなかったか。いや、あまり自信はない。ともあれ、ゾラが師と仰いだ《人間喜劇》の作者が、レヌアール通りをずっといった左側に、つまり「バルザックの家」に住んでいたことはいうまでもない。

物語で象徴的な役割を演じる、この〈オー小路《パサージュ・デ・ゾー》〉だが、ぼんやり歩いていると、その狭い入口を見すごしてしまうから、ご用心（**写真5**）。現在の名称は〈オー通り《リュ・デ・ゾー》〉となっているから、これにもご注意いただきたい。では、エレーヌが初めてこの坂を降りるシーンを引用しておく。

写真5　〈オー小路〉の入口

> エレーヌは、ヴィヌーズ通りを通った後、レヌアール通りに出て、そのあと〈オー小路〉に入っていった。これは、隣接する庭園の壁と壁の間につくられた狭い奇妙な階段で、パッシーの高台から河岸に降りてゆく、切り立った小道につけられた名前である。この傾斜の下にある、おんぼろの家の屋根裏部屋に、フェチュ婆さんは暮らしていた。[7]

写真６　〈オー小路〉の坂道

写真７　アジェ撮影の〈オー小路〉（1901年）

なまじ「パサージュ・デ・ゾー」などという名前が付いているから、誤解されてもいけないと思ったのか、作者は、この狭い坂道の実体を親切に説明している。「木陰になったこの階段は、高い垣根に挟まれた森の中の道にも似て、えもいわれぬ魅力を放っている」と感じて、エレーヌは、この抜け道がとても気に入るのだった。もっとも今では、ベージュの壁に囲まれた、なんだかスペインとかポルトガルの街の一角みたいな雰囲気だ（**写真６**）。はて、『ルーゴン＝マッカール叢書』の時代にはどうであったのか？

そう思って、いつもの段で、アジェの写真集を広げてみると、案の定、このピトレスクなパサージュが被写体になっていた（**写真７**）。一九〇一年と、二十世紀に入ってからの写真とはいえ、ともかく樹木が通路にまでかぶさっているから、これが緑なす季節ならば、「森の中の道」とまではいかずとも、緑のトンネルに見立てられないこともなさそうだ。さて、「取材ノート」は、エレーヌが大好きで、いわば夢の通い路としての機能をはたす坂道について、こう書きしるす。原文でpassageとあるのは、「通り道」などと訳すべきかもしれないが、あえてそのまま「パサージュ」としておく。

パサージュ・デ・ゾー

セーヌの岸辺から、石畳の中庭のほうへ歩く。右側は、石畳が溝になって、水がちょろちょろと流れている。右側に階段があり、階段のひとつひとつが深くえぐれていて、塀には鉄の手すりが付いている。塀のところどころには、扉がついていて庭に通じているし、塀越しに木々が見えている。細長い道がまっすぐに上まで通じていて、下のところには乞食が何人かいる。この路地の上部は、となりの建物から張り出して、天蓋のようになっている。降りていくとなかほどの右側にくぼみがあって、これは井戸なのだけれど、格子がはまっている——井戸の底ではネコがニャーニャーと鳴いていた。

このパサージュは、鉄柵で閉まるようになっている。豪雨の日には、ものすごい急流になる。いつも雨水で洗われているから、とてもきれいだ。上のレヌアール通りの反対側を見ると、塀の向こうに、みごとなマロニエの木のあるお屋敷が。正面にはガス灯が。レヌアール通りは、だんだんと高級住宅街になっている。

下の灰色の家々の裏側で。女たちが、日傘を杖がわりにして階段を上がっていく。とある門から、女中が出てくる。子供たちが手すりにつかまっている。別に陰気な感じではなく、むしろ陽気な感じだ。だがとにかく、人通りが少ない。古い家には、ぼこんと穴があいている。人通りのほとんどない、知られざるパサージュで、もっぱら老婆たちの界隈である。勝手口が三つ。大きな樹木がのしかかってくる。蔦《つた》がからまっている。上から見ると、穴ぼこのような印象だが、下からだと、急な上り坂のイメージ。七つの段がふぞろいである。下にも街灯が。

パンテオンの列柱がとてもよく見える。

このパサージュ・デ・ゾーに入っていくと、とても涼しい。鉄の手すりが黒びかりしている。まずは長さ五メートルばかりの天蓋をくぐっていく。壁は粗塗りで、しみだらけで、黒ずんでいる。木の枝が、パサージュに垂れさがり、壁は下の方にいくとふくらんで、階段みたいにずっと下まで降りていく。

この記述を、『愛の一ページ』とあれこれ比較してみると、本当におもしろい。この「取材ノート」が、存分に活用されて、この空間が象徴的な機能をはたしていくことが判明する。たとえば、「いつも雨水で洗われているから、とてもきれいだ」という個所がある。雨天の日には、水が滝のように流れ落ちて、階段を洗い流してくれるのだ。そこで決定稿にも、「その清潔さによって、エレーヌのお気に入りの場所となった」と読める。純愛を志向する、ロマンチックな心情にふさわしい空間として、彼女は、この空間を偏愛するのだった。

そしてもうひとつ、「下のところには乞食が何人かいる」というあたりや、「もっぱら老婆たちの界隈である」といった個所にも、わたしは連想を働かせる——このあたりが作者の想像力を刺激して、教会で物乞いをする、あのねちっこくて、狡猾なるフェチュ婆さんという、忘れがたい登場人物が誕生したのではないのかと。[8] エレーヌは、慈善のためにフェチュ婆さんのところに通い始めるが、結局は、この婆さんが愛の導き手ともなる。また古井戸から聞こえてくるネコの鳴き声なども、物語でしっかり活用されているから、探してみたらいい。ちなみに現在、この抜け道からパンテオンの姿を望むことはできない。

さて、娘の往診にやってきた医師アンリ——家主でもあり、家庭人だ——と恋に落ちたエレーヌ、少しずつ愛の坂道をおりていく。だが小説は、この坂道に障害物を対置することを忘れない。神経症の少女ジャンヌが、嫉妬にかられて、きいっとヒステリーを起こしては、エレーヌの行く手を阻むのだ。ルーゴン＝マッカール一族の属性としての病気は、エレーヌではなく、むしろ娘に現れる。エレーヌは、この「受難」を受け止めなくてはいけない（「熱情、愛情、受難」と、ゾラは草稿に書いていた）。

さてプレイボーイのマリニョンは、アンリの妻ジュリエットにご執心。ジュリエットも、まんざらではない。マリニョンは、フェチュ婆さんの住む建物の一角を、秘密の逢瀬の空間に改造して、ジュリエットを誘う。それを知ったエレーヌは、なんとか不倫をくい止めようとして、匿名の手紙をアンリに出す——現場に踏み込ませようとの腹づもりであった。ところが直前になって気持ちが変わり、みずからアパルトマンに駆けつける。次は、そのときの〈オー小路〉の描写である。

「オー小路に足を踏み入れた瞬間、彼女はたじろいだ。階段は滝と化し、レヌアール通りを川のように流れている水が溢れ出して、一斉にこの小路に流れこんでいたのだ。（中略）水がくるぶしのところまで昇ってきて、彼女の履いている小さな靴は、危うく水溜まりの中で脱げてしまいそうになる。」

清潔さの指標であった水も、にわか雨の直後で量を増して、波乱のまえぶれとなっている。わたしがこの場所を訪れた日も、氷雨が降った後で、階段はすべすべの状態になっていた。そして昔風の角灯が壁から突き出ていた。身体をすぼめるようにして坂道をおりきると、突然、〈ディケンズ広場〉の空間が開けた。小公園の向こう側に、パッシーの駅が見える。小説には、「小路にある背の高い建物」の屋根裏部屋とあるから、フェチュ婆さんは、このあたりに住んでいたのだろうか。目の前のワイン博物館は、年の暮れのせいか閉まっていた……

エレーヌは、いつのまにかフェチュ婆さんの部屋の扉をノックしている（**図3**）。「年老いたお追従屋」にチップをあげると、婆さんは、「お望み次第で、なんなりとしてあげようじゃないの、あんた」と、奸佞邪知《かんねいじゃち》ぶりをあらわにする。

図3　エレーヌとフェチュ婆さん
（挿絵版全集、1906年）より

エレーヌが秘密の寝室に踏みこんだのは、ジュリエットが男に失望しながらも、身を任せるしかないと観念した瞬間だった。不倫寸前で、カップルは逃げていく。あいにくそこにアンリが登場して、てっきりエレーヌが匿名で密会を誘ってきたのだと思いこむ。はからずも愛の空間が提供されてしまったわけで、エレーヌとしても、自分の心をいつわるわけにはいかない。ふたりは、後にも先にも一度きりの肉体関係を結ぶのだった。

とはいっても、ゾラの愛読者が期待するようなエロチックなシーンは、この小説にはまず見あたらない。執筆プランをのぞいてみると、「とてもドラマチックで、美しく」となっているのだから、興味を持たれた読者は、直接に『愛の一ページ』第四巻・第四章にあたられるがいい。「貞淑な妻の葛藤」を主題としたこの小説は、一貫して淡い色調で描かれた、地味な印象を与える作品であることが感得いただけるはずだ。

主人公のエレーヌにルーゴン＝マッカール一族らしい「体質」がほとんどうかがわれず、一族の面々とも没交渉で、全二十作が織りなす星座のなかでぽつーんと孤立したような作品。それなのにゾラは、この『愛の一ページ』で初めて、ルーゴン＝マッカール一族の家系図を添えた。『ルーゴン＝マッカール叢書』らしからぬことの埋め合わせに、あえて家系図を抱き合わせにしたのかとかんぐりたくもなる。けっして目立つ作品ではないから、『居酒屋』『ナナ』『ジェルミナール』といった有名な小説ほど多数の読者を獲得しているわけではない[9]。でも、まさにそうした理由ゆえに、是非とも多くの読者に、このしっとりとした手触りの小説を味わっていただきたい。

『愛の一ページ』――これは一服の清涼剤のごときロマンスなのである。だが、そのあとで、作者は、いつものどぎつい世界へと帰還する。「この作品〔＝『愛の一ページ』〕で、わたしはまともな《オネット》小説家として分類されるでしょう。意を決して、年金生活者のためにがんばって執筆し、つとめて平板に、またグレーにしてみるつもりなのです。でも、次は『ナナ』でもって、猛烈な世界に戻りますが」と、ゴンクール宛書簡で宣言するのだから。

かくして物語は、「水の通り道《パサージュ・デ・ソー》」から、パリの盛り場の「パノラマ小路《パサージュ・デ・パノラマ》」の劇場へと、すなわち、ヴァリエテ座で観客を悩殺する踊り子ナナの短い生涯へと移っていくであろう(10)。

（1）『居酒屋』のトポグラフィーに関しては、次の拙稿をぜひ読まれたい。宮下志朗「期待の地平をあけること――ゾラ『居酒屋』を読む」、『読書の首都パリ』みすず書房、一九九八年、所収。なお、ジェルヴェーズ夫妻が住む巨大アパートのモデルとなった労働者住宅「シテ・ナポレオン」の建物も、近くのRue de RochechouartとRue Petrelleの角の南側に現存している。ゾラ愛好家には欠かせぬ、巡礼の地といえよう。

（2）『居酒屋』清水徹訳、「集英社ギャラリー、世界の文学 7」一九九〇年、所収。幾度かの改訂を経たところの、まさに決定的な翻訳。

（3）こうした取材メモをまとめたものとして、次のテクストが便利。E. Zola, Carnets d'enquêtes, textes établis et présentés par H. Mitterand, Plon, 1986. なお、「共同洗濯場」の取材メモは、以下に訳出してある。宮下志朗・小倉孝誠編『いま、なぜゾラか』藤原書店、二〇〇二年、三一二―三一四頁。

（4）詳しくは、次を参照。写真も掲載してある。宮下志朗『パリ歴史探偵術』講談社現代新書、二〇〇二年、「『居酒屋』の時空間」の章。

（5）プチ・ロベール辞典では〈Voie, impasse bordée de maisons individuelles〉、つまり「両側が一戸建ての道や袋小路」となっている。

（6）前掲拙稿「期待の地平をあけること――ゾラ『居酒屋』を読む」を参照のこと。

（7）以下、引用は、『愛の一ページ』石井啓子訳、藤原書店、二〇〇三年から。まことに流麗な筆致の優れた訳だと思う。

（8）なお「下書き」の段階では、フェチュ婆さんはまだ存在しない。またエレーヌは、アガートという名前になっている。

（9）手元の資料によると、『愛の一ページ』の「リーヴル・ド・ポッシュ叢書」での売り上げは、『ルーゴン＝マッカール叢書』二十作のうちで十三位となっている。『ジェルミナール』『居酒屋』『獣人』がトップを争い、以下、『ボヌール・デ・ダム百貨店』『ムーレ神父のあやまち』『ナナ』という順番。『愛の一ページ』は、『作品』『金』よりも読まれている。

（10）詳しくは、前掲『パリ歴史探偵術』、2「パリージュを渡り歩く」を参照されたい。

第6章　間テクスト性

ゾラの名は、ラブレー

荻野アンナ

●父、フランソワ

エミール・ゾラはフランソワの子である。ヴェネチア生まれのフランチェスコは、フランス移住でフランソワとなり、エクス＝アン＝プロヴァンスに運河をひらく壮大な土木事業の途上で世を去る。

エミールにはもうひとりの父がいる。十五世紀末に、シノン郊外で産声をあげたラブレーもまた、フランソワである。修道士、医者、学者。おまけに文学の土木技師で、巨人を主人公とする物語の運河を残した。

文学史的には、ゾラはラブレーの、子よりも孫と呼ぶほうが適当かもしれない。詩を書く青年のゾラは、ロマン主義の影響下にあり、文学のカミサマといえばユゴーだった。やがてリアリズムに目覚めると、カミサマが代替わりして、バルザックになる。ユゴーはラブレーをダンテやセルバンテスと並ぶ天才のひとりに数え、シェークスピアと並び論じた。(1) バルザックはルネサンス小話風の『風流滑稽談』の他にも、『名うてのゴディサール』のホラ話や、『ゴリオ爺さん』の言葉遊びで、郷里の先達ラブレーのひそみに倣っている。(2) ユゴーやバルザックを受けついでいる以上、彼らの血の中のラブレーは、幾分ゾラに遺伝しているかもしれない。

ところでラブレーは長男ユゴー、次男バルザックを始めとする十九世紀の孝行息子たちを得るまでに、三百年待たねばならなかった。彼の文学運河は、笑いもマジメも知も不条理も、清濁あわせ呑む「深淵」であるがゆえに、近代合理主義のモノサシを超えていた。十七世紀を待たずとも、すでに十六世紀の後半に、ロンサールは「フランソワ・ラブレーの墓碑銘」で、酒びたりの作家の「胃や腹からは一本の／葡萄が生えてくるだろう(3)」と謳う。作中の、飲めや歌えのドンチャン騒ぎは字義通りに受け取られ、ラブレーは居酒屋の息子という伝説が流布していく。ユマニストの知を評価しつつも下ネタに眉をひそめ、知と下ネタの共存に首を傾げるのが、しかるべき読者の反応だった。

十九世紀の幕がロマン主義で開けて、その後のラブレー再評価の歴史は、近代小説生成の歴史と重なる。読書ノートに印象を記したスタンダールから、絶賛のフローベールまで、程度の差こそあれ、ラブレーを意識する作家は少なくない[4]。むしろ大物で、言及しないほうが珍しく、その珍しい例外が、ゾラなのである。

修業時代のゾラが、モンテーニュに傾倒したことは知られている[5]。しかし文学的マニフェストはもちろんのこと、伝記のたぐいをひっくり返しても、ラブレーに特別な場所は割かれていない。ところがゾラ研究の第一人者アンリ・ミットランいわく、彼の「小説を読むと」、われわれは「ラブレー（略）を見出す」[6]。十九世紀も末の、自然主義の作家が、巨人パンタグリュエルがオシッコでパリっ子を溺れさせる類の話を、小説と称して書くわけにはいかない。その代わりゾラの中には、当時の現実を反映する巨人たち、すなわち百貨店、中央市場、株式市場、蒸気機関車といった資本主義の申し子が、脂ぎった筆でコッテリと描き込まれている。大聖堂の威容を誇る百貨店や、闇を失踪する怪物としての機関車は、ゾラに叙事詩的あるいは神話的という評価をもたらしているが、ラブレー的と言い換えることも可能だろう。

即座に留保をつける。「ラブレー的」という形容にふさわしい文体は、ゾラには見当たらない。ふだんのゾラは実用本位の短文で、イザというときは派手なイメージを積み重ねるが、遊びはない。Paix《ペ》（平和）とpet《ペ》（屁）[7]のような単純なダジャレはもちろんのこと、フランス語で一番長い動詞（morrambouzevezengouzequoquemorguatasacbacguevezinemaffresser）[8]なんぞという無駄は、眉根に皺を寄せた実直なゾラの与り知らぬところだ。

ユゴー、バルザックなどラブレー再評価の第一世代は、自らの文体でラブレーを受け止めている感がある。私事になるが、授業で十六世紀のテクストを扱う場合、近・現代フランス語と逆の読み方を勧める。近代以降のものは、主文に、関係代名詞や分詞がまとわりつくのを、ナタで縦に払っていく。ところが十六世紀は縦ではなく、横にズルズル流れていけばよい。「……であるところの」と、従属節を従属節の枝を束ねた上に、主文の幹を乗せる。この作業で、日本語の語順が逆になる場合が多い。と先に訳そうとすれば、こんぐらかること必至。モンテーニュのウネクネ文を、パスカルの先輩と思って読めばくたびれるが、鴨長明や吉田兼好をイメージすれば、意外とリズムに乗れるものだ。

そこでユゴーとバルザックに戻る。ユゴーの「天才たち」の、ラブレーの項を教材にしたら、学生が悲鳴をあげた。ユゴーがラブレーについて、ラブレーの文体で語っているためである。その後の教室は、十九世紀の作家を相手に、横に読む練習となった。バルザックにも同様の傾向が見られることは、言うまでもない。

次の世代となり、フローベールの透明な文体は、ラブレーのカラフルな饒舌の対極と見える。過去を直接模倣するのが受容の第一段階とすれば、次の段階における新しい展開かもしれない。（余談だが、その新しい皮袋に、フローベールは古い酒を盛った。ラブレー『第三之書』で主人公のパニュルジュが試みた、知の全領域の棚卸しは、『ブヴァールとペキュシェ』のおとぼけコンビにバトンタッチされることになる。）

文体のレベルでは、バルザックはラブレーと握手し、フローベールは敢えて距離を取り、共に独自の世界を切り開くことが出来た。後発隊のゾラは分が悪い。『ルーゴン＝マッカール叢書』を構想中の彼は、ゴンクール兄に泣き言を漏らしている。フローベールやゴンクール兄弟のような「彫琢しつくした小説」の後で、「もういまの若い者には占めるべき場所は」ない、「だから読者に訴えるにはもう作品の量、創造の迫力しかないのですよ」と。[9]

質より量、と開き直ったゾラは、たしかに（フローベールと比べれば）スカスカの文を、ドカスカと書きまくった。彼の物量作戦が、ラブレーと見事に通底し、同時に小説というジャンルの本質、あるいは本質の欠如を曝け出す、というのが、わが仮説である。『実験小説論』の著者でもあるゾラに敬意を表し、まずは『ルーゴン＝マッカール叢書』の一巻めにラブレーをぶつける実験にとりかかる。

●枇杷と梨

ルーゴン、マッカール両家の興亡を、ゾラは二十年以上をかけ、二十巻の小説に仕立てつつ、同時進行で、全体を俯瞰する家系樹を作成している。始祖アデライード・フークの幹から、子、孫、ひ孫、すべての登場人物が、枝葉となって伸びていく。大河ならぬ大木小説というわけだ。構想の変化に伴い、家系樹も随時剪定されて、完成とともに今ある形に定まった。

家系樹の原型ともいえる木が、第一巻『ルーゴン家の誕生』（一八七一）中に、すでにその根をおろしている。南フランスのプラッサンといっても地図にはないが、ゾラが少年時代を過ごしたエクス＝アン＝プロヴァンスが透けて見える。郊外のサン＝ミットル平地と呼ばれる空き地の描写から、この小説のみならず、全二十巻が手繰りだされるのである。

平地は旧墓地という設定。土壌は積年の死骸の堆積で「おそろしく肥えていた」。この上もなく肥沃だが、この上もなく不吉。無人のまま、野生の草木が我が物顔で生い茂る中に、ことさら目を引く「洋梨の木々」があった。

枝はねじ曲がり、化け物のような瘤がいくつもあったので、プラッサンの主婦は誰一人としてその巨大な果実を摘み取ろうとしなかった。町では人々が不快そうに顔をしかめてこの梨の実のことを噂した。しかし市外区の悪童にはそんなデリカシーはなく、日の暮れかかる頃群れをなして外壁をよじ登り、洋梨の熟しきらないうちから盗みにいった。(10)

やがて整地計画が持ち上がり、梨は倒され、大量の人骨が掘り出された。悪童が、今度は骨をおもちゃにする一幕もあったが、遺骨の新墓地への移動で町には日常が返った。物語が始まるころの平地は、すでに材木置き場として「四半世紀以上」を過ごし、相変わらず悪童たちに遊び場を提供していた。

さてその物語であるが、一八五一年のルイ＝ナポレオンのクーデタを背景に、便乗したルーゴン家は繁栄し、反抗したマッカール系のシルヴェール少年は射殺されて終わる。サン＝ミットル平地の持つ象徴性は明らかで、少年が愛をはぐくんだのも、死に赴くのも、共にこの場所で、古の死者たちに見守られてのことなのである。冒頭、悪童は「頭蓋骨をボール代わりにして遊」び、末尾、シルヴェールの頭蓋骨は砲弾で「ざくろのように裂け」る。円環は閉じられ、作品そのものが、少年の生と死を呑み込んだ墓地となり、新たな作品群に向かって開かれて終わる。

墓地という設定は作家の計算を十分に反映しているとして、登場するなり「根こそぎ」にされた梨の木々は、小説でいかなる役割を果たしているのだろうか。梨抜きでも、雑草と人骨さえ出てくれば、生と死のイメージも、末尾との整合性も保たれたはずだ。実はフランス文学には、奇妙な果実から始まる作品が、もうひとつある。『第二之書』と銘打ってあるが、ラブレーの実質上の第一作、『パンタグリュエル物語』（一五三二）の第一章である。

……アベルがその兄カインに殺されてからほどなく、この義人の血が地面に吸いこまれたためであろうか、或る年のこと、大地の脇腹から生れ出るありとあらゆる果実の、特に枇杷《メール》の大豊作となったので、人々は、この年をば「大枇杷《グロス・メール》の年」と呼んで永代に語り伝えたが、何しろ三つで枡一杯になるというほどの大きさになったからである。[11]

当時の人々は、プラッサンの町人よりは悪童に近かったらしく、枇杷の実に不快感を示す代わりに、「欣んで食べた」。美味の代償は高くつき、彼らは全員、体のどこか一部が、ひどく腫れ上がってしまった。酒樽のような太鼓腹もいれば、肩に瘤が生えた者もある。さらには男性の「天然耕夫」が「によきによきと」、「五重六重に体へ捲きつけたほど」になったり、脚が鶴のように伸びたり、とカーニバルの仮装行列を思わせる記述が続く。体の誇張が行き着く先は背丈で、これが異常に発達したものが巨人族となり、その子孫がパンタグリュエル、という因縁話なのである。[12]

ラブレーの枇杷とゾラの梨、共に血を吸って育った「巨大な果実」であり、これを食するところから物語が始まる。聖書に遡れば、エデンの園で齧られた知恵の実が、人類を無時間の楽園から追放し、歴史＝物語をもたらした。ラブレーの場合、枇杷で腹の腫れた種族は「全能腹」族と呼ばれ、その仲間が「肉野火曜氏」、すなわちカーニバルの肉食の擬人化となっている。ゾラには祝祭への直接の暗示はない代わりに、洋梨を食べるのも、骨遊びも悪童の仕業で、墓地は材木置き場となっても、子供の遊び場であり続けている。

ゾラのイメージ造形はよく絵画にたとえられるが、冒頭の場面は馴染みの印象派よりは、ブリューゲルの《子供の遊戯》に近い。その後の展開は、革命という血のカーニバル行列で、同じブリューゲルの《死の勝利》を連想させる。骸骨の「死」が馬上で鎌を振るう構図は、ブリューゲルの独創ではなく、中世以来の死を主題とする芸術につらなっている。《死の勝利》以上に、人口に膾炙したテーマに《死の舞踏》がある。骸骨の「死」が、教皇から赤ん坊まで、あらゆる階層の人々とペアを組み、踊りながら死の世界へと誘って行く。ヨーロッパ各地に、教会などの壁画としてその姿を残すが、パリにもかつては聖イノサン墓地があり、壁面の絵巻物の下には詩も添えられていた[13]。

奇妙な偶然というべきか、取り壊された聖イノサン墓地は、中央市場に変身を遂げる。ゾラが『パリの胃袋』で細密描写を試みた、ガラス張りの中央市場である。墓地の頃には、プラッサン墓地同様、敷地不足に苦しみ、古い遺骨は掘り起こされ、積み上げられて壁をなしていた。同じ界隈の目と鼻の先に市が立ち、肉屋が軒を並べていたというから、骨と肉の対照はゾラの筆を超えて、歴史の必然を隠しているのかもしれない。

ゾラは同時代の現実をつきとめるつもりで、文学の鍬をふるう。質より量と、浅く広く掘っているはずが、思わぬ一撃が、とんでもない古層にぶち当たる。先ほどの冒頭のごとく、死体が果実を生み、無機物と有機物の境界が乱れ、生と死が豊穣のうちに渾然となる瞬間に、出現した骨は二十年前のものも、中世のものも、カインもアベルもごっちゃとなる。ただし作家本人に、どの程度の認識があったのかは謎である。

いずれにせよ、ルーゴン＝マッカール叢書は、第二帝政期の絵巻物であるのと同程度に、あらゆる階層が滅びていく「死の舞踏」でもある。プラッサンの墓地の壁面には、骸骨と手に手を組んだナナやジェルヴェーズやサッカールが描かれていた、と想像してみるのも悪くない。壊れた壁の代わりに梨が生え、梨は家系樹となり、結んだ実のひとつひとつが、登場人物の各々に相当する。枇杷より洋梨のほうが、形として頭蓋骨に似ている、というのは考えすぎだろうか。そもそもラブレーとゾラの組み合わせが、恣意的にすぎるという向きもあろうから、次は素直にラブレーに寄り添うゾラを、お目にかける。

●徳利大明神とゾラ

一八七九年の中篇『コクヴィル村の酒盛り[14]』は、ラブレー読者なら素通りすることのできない目配せに満ちている。「ひょっとして、この酒盛り話、ラブレーに想を得たのだろうか」と首を傾げる訳者の宮下志朗氏は、ルネサンス学者である。この連想には、思いつきを超えた重みがある。フランス文学は「酒盛り話」が得意だが、ラブレーと特定できる根拠として、氏はフワス（Fouasse）という人名を挙げる。

綴りを少々変えて fouace にすれば、ガレット風の焼き菓子になる。十九世紀の寒村コクヴィルと、十六世紀の寒村レルネを結ぶのがコレ。『ガルガンチュア』（一五三五年？）ではレルネのフワス売りが、ガルガンチュア臣下の住民に、フワスを売らずにケンカを売って、村と村の争いが、あれよあれよという間に二国間の戦争に発展する。

フワスを人名として読む場合、渡辺一夫のラブレー訳が参考になる。渡辺訳ではフワスは「小麦煎餅」で、フワスさんはさしずめ「煎餅さん」となる。ゾラのフザケた命名には理由があり、コクヴィル村にはそもそもマエ家とフロッシュ家の両家しか存在しない。村ぜんたいが同名で、生じる混乱を避けるため、用いた「あだ名」が「現在では、本当の姓となっている」。フワスには異父兄弟がいて、テュパン（Tupain）というのだが、この名前には、「パンが隠れている」（宮下氏）。煎餅さんに対する「パン田」さん、という感じか。

ラブレーのフワスは村の戦争を招き、ゾラのフワスは、テュパンと仲が悪い。兄弟の母は同じでも、父がそれぞれマエ系とフロッシュ系で、両家は長年の敵なのである。開祖のマエ家が没落するにつれ、新参者のフロッシュ家が幅をきかせるようになって、憎悪の火に油を注いだ。現在はフワスとテュパンの他に、きな臭いケースがふたつあって、ひとつはマエ系の夫を持つ妻が、フロッシュ系を愛人にした。さらに村長の娘のマルゴに、デルファン青年が接近中だが、フロッシュ系の村長は、マエ系の青年を断固拒絶している。

コクヴィルは峡谷にへばりついた海辺の村で、漁が唯一の産業、という設定である。二派の対立で一触即発の状態に陥っていた村が、ひょんなことから和解に至るまでを、ゾラは中篇に仕立てた。きっかけは九月の嵐で、難破した外国船から、大量の樽が海にぶちまけられた。魚の代わりに釣り上げてみると、中身は美酒だった。味を占めた村人は、連日の酒樽釣りと、深夜に及ぶ宴会で、人格と同時に憎悪も崩壊し、最後はマルゴとデルファンが結ばれてめでたしとなる。

ゾラには珍しいハッピーエンドから、以上の筋と、筋を支える状況説明を抜き去ると、酒盛りが残る。連日の宴会と書いたが、期間は一週間限定で、日曜日に難破、月曜日に三人の漁師が最初のひと樽と出会い、火曜日から村全体がお相伴にあずかる。入手した樽の数は、火曜日の三樽から増えて、日曜に最多の九樽となる。最初は味見だったのが、海辺にテーブルをセッティングして、宴会の体裁が整うに従ってお開きの時間が遅くなり、ついに帰宅の手間を省き、全村民入り乱れて浜辺でのごろ寝となる。

かつて「人口二百人に達したことなど、一度もなかった」寒村でも、二百人弱が、まとめて酔っ払えば壮観のはず。以下のような無駄口が、飛び交ったことだろう。

——みなしゃん、飲まんかな。ワイン力で、五体のすみずみの渇きを追っ払うんや。

——この一杯で、渇きにびーんと一発くらわせてやる。

——この一杯で、渇きも退散とくらあ。

——とっくりと酒びんを叩いて宣言するぞ。のどからからでなくなった連中が、ここにそんなものを探しにきてもだめだとな。お酒で奥まで浣腸して、からから族を退散させたからな。

——偉大な神さまは空の星《プラネット》をつくり、わしらは空の皿《プラ・ネット》をつくるのだ。

無名の群集の、酒くさいノイズが、たっぷりCD一枚ぶんは続く。実は『ガルガンチュア』(宮下志朗訳)の第五章「酔っぱらいたちの会話」の抜粋である(六一頁)。全文を引用しようと思ったら、文庫本にして十一ページ。読者(と私)はラクできるが、編集者は許すまい。

この場面は、主人公ガルガンチュアの出産直前で、妊婦も参加の大宴会の実況中継なのである。ガルガンチュアのパパは謝肉祭用に「三六万七千と十四頭」の牛を屠り、肉を塩漬けにしたが、モツのほうは日持ちがしない。そこで近隣の町や村の、「それはそれは酒には目がない陽気な連中」を招待し、アウトドアで楽しんだ、というわけ。

三六万七千頭分のホルモンを食べる人数に比べれば、コクヴィルはむろん小規模だ。とはいえ出産に至るラブレー宴会と、結婚に至るゾラ宴会と、同じおめでたさの中で、流れる酒は生命の発露そのものである。ラブレーの後期作品で、主人公の一行は「徳利大明神」のお告げを求めて旅に出るのだが、コクヴィルの村人たちも、「天」からふってくる酒樽をお告げのごとく受け止めて、「ついには酒の崇拝にまでなった」。

同じスピリット（精神＝酒）なのだが、ふたりの作家が選んだ表現方法は対照的といえる。ラブレーは話者も特定できない無意味なツブヤキを丹念にすくいとり、ビールにたとえるなら泡百パーセントを、一章に仕立てた。ゾラの場合、会話という泡は最小限に抑えられ、セリフあるところ、必ず意味がある。

——おいルージェ、いっぺえ飲みてえか？
——もちろんだべさ。

こう抜き出せば（三八〇頁）、ラブレーの「抜いてくれや」「よこせ」「こっちに向けろや」「水で割ってくれ」と同類に見えるが、ルージェはマエ家であり、彼に杯を差し出した村長はフロッシュ勢。「飲みたいか」との問いかけは、かつての敵に向かって発せられたとき、万金の重みを持つ。

エネルギー効率のよいゾラに対し、ラブレーのほうは昼夜の別なく花火を打ち上げるような無茶をやる。筋ちょっぴり、ナンセンスたっぷり、が原則だ。『ガルガンチュア』の冒頭だけでも、謎歌があり、酒飲みの会話があり、衣装の細密描写があり、衣装の色から色彩論に飛び、といった具合。ナンセンスとは、昼の花火に対応できる視力を失った近代人の言い草かもしれず、同じナンセンスでも、章の数だけ型があり、型の数だけ文体があり、文体の数だけ世界観がある。世界観が大げさならば、現実を切り取る切り口、と言い換えてもよい。

職業作家のゾラが、同時代の読者を相手に、ラブレー流の無茶をするわけがない。第一に読者がついて来ないし、さらに近代小説以前のラブレーをそのままマネては、近代小説の旗手としては、沽券にかかわる。『ガルガンチュア』の匂いが漂う『コクヴィル』で、タワゴトを削除したゾラは、酒飲みの駄法螺が読みたければラブレーを参照のこと、ぐらいに思っていたかもしれない。

●カクテル「コクヴィル」のレシピ

ラブレー的精神を、タワゴト抜きで表現し、しかも文学の陶酔を確保する。いわばページのアルコール度数を保つために、タワゴトの替わりに、何をゾラは用いたのか。『コクヴィル』の場合は、まず固有名詞の芸がある。フワスはほんの一例で、出てくる地名・人名の多くが、意味の透けて見える作りになっている。そもそもコクヴィル（Coqueville）は鶏（coq）・殻（coque）町（ville）で、最寄りの街がグランポール（Grandport）、すなわち大（grand）港（port）。コクヴィルの魚を買う運送店のおかみ、デュフー（Dufeu）は未亡人（feu＝故）で、火（feu）のように激しい気性の持ち主。村長のラ・キュー（La Queue）の父親は実際に弁髪（queue）を垂らしていた。

コクヴィルという地名の、音の連想は、背後にもうひとつの現実、いや非現実を隠している可能性がある。コカーニュの国（pays de Cocagne）とは桃源郷で、ワインの川が流れヤキトリが天から降ってくる地上の楽園は、中世のファブリオを始めとする文学に痕跡を残し、普通名詞の cocagne はいまだに享楽を意味する。[15] 酒樽が流れついてからのコクヴィルは、まさにコカーニュと化すのだが、ラブレーの読者には、別の連想が待っている。

今一度『ガルガンチュア』に戻る。フワスが原因で戦争となり、善良なガルガンチュアと、怒りん坊（colérique）のピクロコル（Picrochole）王が戦って、負けたピクロコルは、遁走の途中で無一文となる。わが身の不運を、呪術師の婆に相談したら、答えが返ってきた。「飛んでくるはずないけれど、ニワトリヅル（cocquecigrue）なる怪鳥が、もしも飛んできたならば、おまえの王国、戻ってくるよ」と。その後のピクロコルは、いまだにどこぞでニワトリ（coq）ヅル（grue）の到来を待っている。

ニワトリヅルの到来は、おとといおいで、と同義である。架空のニワトリヅルの生息地として、架空のニワトリ（coq）町のコクヴィルは、この上もなくふさわしい。とはいえニワトリヅルもコカーニュも、ヨーロッパの古層に連なる夢の破片であり、最新の科学理論を作品に生かした（と自称する）ゾラの作品で出会うと、インテリジェンスビルの一角で貝塚を見つけたがごとき違和感がある。

たしかに『コクヴィル村の酒盛り』は、お遊びで書かれた中篇の「おとぎ話」であり、渾身の『ルーゴン＝マッカール叢書』とは違う。この前提は、次なる疑問を呼んでくる。長編の代表作は、傷のないインテリジェンスビル群たりえているのだろうか。

雄弁な一例を挙げる。『パリの胃袋』（一八七三年）の実質上の主役は、当時の感覚ではインテリジェンスビル以上だった中央市場である。鉄とガラスを駆使したモダンな空間の中で、繰り広げられるドラマは、ヤセと大食いの戦い。「謝肉祭と四旬節の戦い」と言い換えれば、文学と絵に共通のテーマで、[16] ブリューゲルにも同名の作品がある。

約二百人（奇しくもコクヴィルの人口に近い）の群集がひしめく画面の、手前で二人の異形の人物が争っている。デブの武器は、焼き豚を刺した串で、ヤセの武器は、ニシンを乗せた板だ。キリスト教暦では、酒池肉林の謝肉祭《カーニバル》の後、復活祭に至るまで、粗食の四旬節が続く。その謝肉祭と四旬節を、デブとヤセに擬人化し、肉と魚という象徴的な付属品つきで戦わせている。[17]

「きみは『太っちょと痩せっぽちの戦い』というのを知ってるかい[18]？」

問うたのは、『パリの胃袋』におけるヤセ派のひとり、画家のクロードである。彼が問題にしている版画の連作は、ブリューゲルのデッサンに基づく十六世紀の作である。肉まみれの宴会を描いた一枚では、うらやましそうなヤセを、デブたちが追い払っている。クロードはそこに弱肉強食の掟を見て、嘆息するのである。

利己的な飽食にふけるデブと、ガリガリの理想主義のヤセと。双方の行き過ぎを誇張して描くのは、『パリの胃袋』を待たずとも文学の王道であり、またしてもラブレーで申し訳ないが、彼の『第四之書』には四旬節の怪物精進潔斎坊《カレームプルナン》と、怪物を目の敵にするソーセージ軍団と、おまけに食欲（および知識欲）を擬人化した大腹師《ガステル》まで登場する。

早い話が、『ルーゴン＝マッカール叢書』という高層ビル群も、一皮むけば、いや一皮むかずとも、貝塚やら化石やら、満載なのである。いわば原子炉の前に鳥居が立っている。科学を標榜しながらも神話的なゾラ、は今や定説だが、科学の鎧の下に神話、と受け取るのもひとつの神話だ。鳥居が原子炉を神話化するより先に、原子炉の圧倒的な新しさが鳥居を呼んで来る。パサージュを論じるベンヤミンの言葉を借りれば、「新しきものからその衝迫力を受けとっている形象のファンタジーが、実は太古の世界とつながっている[19]」のだ。

そろそろ中央市場の喧騒から、海と空のコクヴィルに戻るとしよう。のどかを通り越して、ドのつく田舎のコクヴィルが、「太古の世界とつながっている」のは分かるが、はたしてそこに同時代の「衝迫力」は存在しているのだろうか。コクヴィルのcoqueはニワトリ(coq)に通じ、ニワトリはフランスの象徴でもある。コクヴィルを、フランスの縮図として読めば、おとぎ話とは異なる側面が見えてくる。

マエ家とフロッシュ家の争いは、フロッシュ家に「新興町民」(la bourgeoisie)の位置付けが与えられるなり、貴族対ブルジョワの階級闘争の様相を帯びる。村で例外のよそ者は、司祭と役人で、役人のあだ名が「皇帝」とは出来すぎている。本来は中立的な立場にあるべき二人だが、やがて美食家(デブかも)の司祭はご馳走してくれるフロッシュ・ブルジョワにつき、「皇帝」はマエ貴族の側にまわる。「この村の現状なるものは完全な無政府状態であり、軍は世俗権力に反抗し、宗教はブルジョワジーの快楽にこびているのであっ」た。こうなると『コクヴィル』は、第二帝政絵巻の『ルーゴン＝マッカール叢書』を総括する小品として、マクロ作品群の中のミクロコスモスとしての様相を呈し、独自の輝きを帯びてくる。

一方が他方を滅ぼすか、共食い以外に解決不可能と思われた事態を、一週間で雲散霧消させたのが、降って湧いた酒である。固有名詞に継いで、酒の描写もゾラの腕の見せ所、ラブレーのカーニバルとは一味違った『コクヴィル』のコクを出している。妙に具体的な人名に対して、本来の主役ともいうべき酒が、極端に抽象的な扱いを受けているのだ。

舞台がフランスで、酒盛り話とくれば、読者はブルゴーニュやボルドーのウンチクを期待するはず。ところが国民的飲料であるはずのワインも、農民や職人には高値の花、という現実が十九世紀半ばまであり[20]、コクヴィルの村人も、わずかな蒸留酒の知識がすべてだった。外国から到来した、色も香りもあでやかな液体を、正体不明のまま、それこそ鵜呑みにするしかなかった。

寄ってたかって味見した最初の酒は「みごとな黄金色」で、「やや濃厚だったが、花の味がする」。甘すぎると思った男たちも、「飲めば飲むほど、好きになってしま」った。他にも「深紅」でオレンジ風味のもの、「透明」で「舌がひりひり」するもの、それぞれに美味で、つるつる喉をすべるけれど、「それがなんだかだれも知らなかった」。

その後も派手な甘い酒と、透明な火酒のオンパレードとなるのだが、作者は甘くておいしい、と強くておいしい、の二点に徹して、田崎真也ひきつり、山本益博が目を剥く味オンチぶりである。その原因は恐らく二つあり、その一、ゾラは飲まなかった。[21]その二、味の細密描写は対象を特定し、現実にしばりつける。コクヴィルにおける酒は、最低限の物質性をそなえつつ、相克を止揚する霊的な存在であらねばならなかった。

甘い酒、強い酒は、村人をとりこにして後、ようやく名前が、読者にだけは明かされる。「甘口のリキュール」、すなわち「キュラソー、ベネディクティーヌ、トラピスティーヌ」など。蒸留酒は「コニャック、ラム、ジン」のお馴染みにとどまらず、「インドネシアの『アラク』、クミンが入ったスウェーデンのブランデー、ルーマニアの『トゥイカ・カルガレスカ』、セルビアの『スリヴォヴィッツ』」と名前の羅列だけでも凄まじいが、まさに名前だけで、描写は皆無。理由その一、ゾラが下戸、という読者の声をはね返すがごとく、ゾラは間髪をおかずに、霊としての酒の賛歌をうたいあげる。

やがて、この汲めどもつきない酒の数々を前にして、想像力が昂じてきて、ついには酒の崇拝にまでなった。なにしろ、名前も定かではない新酒で、毎晩、毎晩、酔いしれていたのだ。まるでおとぎ話だった。それは慈雨であり、すばらしい液体を噴出させる泉なのだった。蒸留されて、神が創造された、あらゆる花や果実のエッセンスが封じ込められた、あらゆるアルコールが手に入ったのである。（三七九頁）

天から降り、地から湧く命の水は、この世の善と美のエッセンス。テクストの高揚に身をゆだねつつも、「名前も定かではない」という一点が、気にかかる。納得するためには、「太古の世界」の創世記まで遡らねばならない。

神が天地創造に要した時間は一週間、コクヴィルが酒盛りで和解するのに要した時間だ。エデンの園では、神がアダムとイヴに許した特権により、二人は他のあらゆる生物を名づけた。名前を知る、とは支配すること。一方、初めて名づけ得ないものと遭遇したコクヴィルの村人たちは、「生まれたばかりの子供のように純真無垢で、なにも知らないままに、神さまがお届けくださったものを、きまじめに飲んだのであった」。

彼らの「純真無垢」は、楽園への先祖返りを思わせる。「神さまがお届けくださったもの」で事足りて、「汗水たらして働」く必要から解放される。そもそも労働とは、原罪の結果としての楽園追放により生じたものだった。

人性は、無垢の黄金時代から、青銅時代、鉄の時代と劣化の一途をたどる。[22] 唯一の例外がコクヴィル村で、流れついた酒樽のおかげで「黄金時代に突入した」。もはや、だれも、なにもしなかった」。無垢と無為はワンセットの扱いになっており、そのためかテクストには「怠惰」（paresse, paresseux）という表現が頻出し、海の底のヒラメに至るまで「不精者の」（paresseux）と形容されて、恩恵というか、とばっちりを受けている。

《怠け者の天国》もまたブリューゲルの作品である。デブが三人、マグロのごとく寝そべっている。皮に包丁を刺した焼きブタが、「わたしを食べて」と言わんばかりにウロチョロしても、デブは一瞥する手間さえ惜しむ。タルトの瓦を敷いた屋根から、タルトが落ちてくるのを、大口開けて、ひたすら待ち続けている。

無垢が美徳なら、無為も必然的に美徳となるのだろうか。コカーニュの国と怠け者の天国は、同じトポスの地続きであり、怠け者の天国とこの世の地獄もまたしかり。『コクヴィル』の二年前に、ゾラが『居酒屋』で、怠け癖がついた主人公のアル中地獄を描き尽くしたことを、忘れてはなるまい。

村人たちは、『居酒屋』のジェルヴェーズも真っ青の飲みっぷりなのに、なぜコクヴィルは楽園のまま終わることができたのか。おまけに彼らは飲みに徹し、食べるシーンは一切出てこない。(甘いリキュールの肴がモツ煮込み、というのも気持ち悪いが。) 酒盛りの一週間で、木曜日まで村の「煙突からは煙が立ちのぼって」いるのを目撃されているが、金曜日になると、「もはや煙は見えなかった」。つまり煮炊きをしなかった。すきっ腹の燃料がアルコールでは、アル中一直線の、一里塚が胃潰瘍と肝硬変である。

天のタダ酒が一週間の期間限定で、アル中になる時間がなくて、幸いだった。それでも読者の胸中には、その後の村人を思うとき、一抹の不安が残る。一週間は、飲酒癖と怠け癖をつけるには、十分な時間ともいえる。少なくとも自分に置き換えてみると、黄金の一週間の後、二度と勤労意欲が湧かないと、確信が持てる。

おとぎ話にすら転落の予感があり、底なし沼の水面に薄絹を敷いて踊っているような感覚は、ゾラ読みの暗い悦楽だ。『コクヴィル』が間一髪でハッピーエンドに逃げ切れたのは、期間限定の他にも要因がある。これまでコカーニュ、エデン、黄金時代、怠け者の天国と、「太古の世界」の諸相に言及してきたが、最後にもうひとつ、「さかさまの世界」(23)を挙げておく。現実社会の身分や役割分担が逆転し、牛がしゃべり、男が子供を産む世界は、古くから知られるトポスで、最も分かりやすい例が、ラブレーにある。『パンタグリュエル』第三十章で、いったん死んだ人物が生還し、地獄での見聞を披露する。「アキレスは頭瘡持ち、／アガメムノン王は大喰い、／オデュッセウスは草刈男」と羅列が続き、この世の権威があの世ではミジメな暮らしぶり、逆に貧乏文士が「大した御身分」になっている。ラブレーほど派手ではないが、『コクヴィル』でも世界がいったん「さかさま」(à l'envers) にひっくり返り、そこから酒の物語が始まる。問題の場面では、漁に出た船が沖で奇妙な動きを始めたのを、村人たちが固唾を飲んで見守っている。視野から消えた船が、ふたたび姿を現してみると、無人になっていた。

なにやら不可解なことが起こっているらしく、その異様さに、だれもかれも気が動転していた。(三五八頁)

「気が動転」(les têtes à l'envers) という慣用句を、文字面どおりに読めば、「頭」(tête) が「さかさま」(à l'envers) となる。波間で「ワルツを踊」るとは、「どう考えても、この船は気が狂っていた」。陽気な狂気の原因は、ほどなく判明する。酒樽を釣り、中身を干した漁師たちは、泥酔して船底で眠りこけ、船は遠目に無人と見えていた。「船が酔っぱらりと、人間みたいに踊る」と知った村は、「大笑いしたり、憤慨したりした」。

酒が作った「さかさまの世界」では、船すら酔って踊りだす。連日の酒盛りを支える枠組みがコレで、枠の中の空間は、日常の重力から、あらかじめ解放されている。三世紀という長い時間をかけて固まった、マエ家とフロッシュ家の力関係も、数日で無効となるわけだ。換言すれば、近代小説の形をとった作中で、この手の奇蹟を起こすためには、近代小説以前のラブレーよりもさらに古いトポス群が、大活躍せねばならなかった。

最後にもう一回だけ、ラブレーに登場してもらう。怠惰と勤勉は、『ガルガンチュア』の主要なテーマのひとつでもある。主人公のガルガンチュアは、五歳ですばらしい「尻ふき方法」を発明し、逸材ぶりを発揮するが、旧弊なソルボンヌ神学部式で勉強した結果、「ぼんやりして、すっかりばかになってしまった」。親はあわてて家庭教師を変え、最新のユマニスト式教育を受け直したガルガンチュアは、「正道に戻」った。

旧式の教育では、朝のひとときは、以下のように過ごされていた。

それから、うんちをして、おしっこをして、げろを吐いて、げっぷをして、おならをして、あくびをして、つばを吐いて、咳をして、しゃっくりをして、くしゃみをして、じゅるじゅるっとばっちく鼻水をかみまくってから、朝食をとり、（一六四頁）

モツのフライや小ヤギのグリルなど、もたれそうなものをたらふく詰め込んで、朝酒を一本つけることも忘れない。同じ朝が、新式の教育では、こうなる。

それから雪隠におもむくと、自然の消化作用による産物を排泄する。そこでも、師傅が、いましがた読んだ個所をくりかえして聞かせ、難解で、はっきりしない点について説明するのだった。

（一九一頁）

教師がトイレまでついて来るのはたまらないが、幸いにしてラブレーは、教育学者ではなく、根がモノ書きである。喰って飲んで寝て怠けて、教育学者なら批判で終わるはずの部分が、うんち、おしっこ、げろ、げっぷで、むしろチャーミングに仕上がっている。「消化作用による産物を排泄」の堅苦しさを、げろ・げっぷが揉みほぐし、他方、げろ・げっぷのフニャフニャ感は、極端な勤勉と並置されることで、妙味を増す。

共存不可能なはずの価値観と、形式と、文体と。ラブレーの時代には、選択しない、という選択肢も、存在した。宮下志朗氏いわく「おもしろまじめ[24]」、バフチンいわく「メニッペア[25]」、坂口安吾の言葉を借りれば「人間に関する限りの全てを永遠に永劫に永久に肯定肯定肯定」するファルスの精神[26]、と相成る。

ところが近代は、何かを肯定したら、残りは否定する。一貫性を求める時代に、ゾラの知性は律儀に応じようとした。搾取は悪であり、ブルジョワの保守はエゴイズムで、庶民はけなげ、勤勉は美徳だ。進歩には犠牲が伴うぶん、よりよい明日を信じよう。しかし彼の筆は、一種の真空と直結しており、コカーニュの国や怠け者の天国が、判断停止の領域から溢れ出し、デブとヤセの、マエとフロッシュの、止揚知らずの対立のはざまを、わがもの顔で跋扈している。

歴史には存在しない「もしも」を、物語の世界に託してみる。『コクヴィル』のゾラが、もしも十六世紀を生きていたら。ラブレーが十九世紀人で、『居酒屋』を書いたとしたら。ゾラの名が、ラブレーであったかもしれないという夢想は、文学の明日を紡ぐ蜘蛛の糸かもしれない。

（1）Victor Hugo, *William Shakespeare*, introduction par Bernard Leuilliot, Flammarion, 1973. 第一部第二之書「天才たち」でラブレーが取り上げられている（p. 80-83）.

（2）『ゴリオ爺さん』の時代にはパノラマ、ジオラマが一世を風靡して、語尾に「ラマ」をつける「ラマ語」が流行ったりした。詳しくは拙論参照、ラーマすいません。「同じ穴のムジナについて――ラブレー、ラシーヌ、バルザック」、『21世紀　文学の創造3　方法の冒険』岩波書店、二〇〇一年、三五頁―六九頁。

（3）『ロンサール詩集』井上究一郎訳、岩波文庫、一九五一年、五七頁。

（4）スタンダールについては、ジャック・ブーランジェの小論に拠る（Jacques Boulenger, « Rabelais et Stendhal», *Revue du XVIe siècle*, XIX, p. 319-320）。同じ著者にはラブレーの後世による受容を論じた一冊（*Rabelais à travers les âges*, Le Divan, 1925）がある。

（5）一八六一年に『エセー』と出会ったゾラは、モンテーニュの融通無碍な思考と文体に魅了されたらしい（Alain Pagès et Owen Morgan, *Guide Emile Zola*, Ellipses, 2002, p. 55）。「モンテーニュは彼にフランス散文の美しさを教」え、その「細かなる視察」は彼の取材に生かされた（山田珠樹『ゾラの生涯と作品』六興出版社、一九四九年、二四頁）。また、落合太郎の「ゾラとモンテーニュ」は、両者の「自然主義」を通して並べ論じた興味深い試み（エセー）である（『浪漫古典第三編　エミイル・ゾラ研究』昭和書房、一九三四年、五五頁―六〇頁）。

（6）アンリ・ミットラン『ゾラと自然主義』佐藤正年訳、白水社（文庫クセジュ）、一九九九年、六六頁。

（7）日本ならイモだが、フランスは栗でお腹にガスが溜まるそうな。*Gargantua* の第四十章の該当部分には、ふたつのダジャレ訳がある。

「これを肴に、うまい新酒でもお飲みあれ、皆様方も屁和《へいわ》の御使者になられますわい。」（『ラブレー第一之書ガルアンチュア物語』渡辺一夫訳、ワイド版岩波文庫、一九九一年、一八九頁）

「こいつをかじりながら、うまい新酒でも飲めば、ほら、みなさんも、「和《わ》屁《へい》」を結べますよ。」（『ガルガンチュア』宮下志朗訳、ちくま文庫、二〇〇五年、三〇六頁）

（8）『第四之書パンタグリュエル物語』の第十五章は、この手の「長フンドシ語」があふれている。ちなみに渡辺一夫訳（ワイド版岩波文庫、一九九一年、一一二頁）では「ぽかぽかどかどかぴちゃぴちゃめりめりごりごりごつごつ殴」る。

（9）『ゴンクールの日記』斎藤一郎編訳、岩波書店、一九九五年、二二五頁。

（10）『ルーゴン家の誕生――「ルーゴン＝マッカール叢書」第一巻』伊藤桂子訳、論創社、二〇〇三年、六頁。（ちなみに原題は *La Fortune des Rougon* で、先行する訳では「運命」や「幸運」だったのを、叢書の第一巻ということで意訳している。）

（11）『第二之書パンタグリュエル物語』渡辺一夫訳、ワイド版岩波文庫、一九九一年、二二頁。渡辺訳では「枇杷」になっているが、原語の Mesles は現代語の nèfles（かりん）に相当する。校訂版（Le livre de poche, 1994）の編者 Gérard Defaux によると、プリニウス以来小さめのリンゴに譬えられるこの果実は、エデンの園でアダムとイヴの齧った智恵の実を連想させる。『創世記』のパロディ、というわけだ。

（12）かりんは「《グロテスク》な果実」と見なされ、その木は「瘤のある体からごつごつとした陰気な手足を延ばし、（略）その果実も、ある人たちにとっては奇形とすら感じられたようである」（ジャン＝リュック・エニグ『［事典］果物と野菜の文化誌――文学とエロティシズム』小林茂他訳、大修館書店、一九九九年、一三七頁）。著者エニグは『パンタグリュエル』の同じ箇所を引き、滑稽な誇張の背後にリアルなものを見ている。

（13）入門書をひとつ。水之江有一『死の舞踏』丸善ブックス28、一九九五年。

（14）〈ゾラ・セレクション〉第一巻『初期名作集』（宮下志朗訳、藤原書店、二〇〇四年）収録。なお原典はプレイヤード版を参照した。Emile Zola, *Contes et nouvelles*, édition par Roger Ripoll, Gallimard, 1976.

（15）二世紀のルキアノスは、ラブレーの先輩格だが、彼の『本当の話』（呉茂一訳、ちくま文庫、一九八九年）には、すでにパンの成る麦や、ワインやミルクの河が登場している。『パニュルジュ航海記』（渡辺一夫訳、要書房、一九四八年）はラブレーに想を得た同時代の小品で、主人公は島巡りの途中で「新鮮なバターの山」や「牛乳の河」と出合う（第十八章）。

（16）*La Bataille de Caresme et de Charnage*, edition critique par G. Lozonski, Champion, 1933. 十六世紀の初

頭に至るまで、汎ヨーロッパ的に流布したこのテーマについて、多数の資料と注を含む。

（17）蔵持不三也『祝祭の構図――ブリューゲル・カルナヴァル・民衆文化』ありな書房、一九九一年。第一章は問題の絵の詳細な解読の試みになっている。

（18）〈ゾラ・セレクション〉第二巻『パリの胃袋』朝比奈弘治訳、藤原書店、二〇〇三年、二九九頁。

（19）ヴァルター・ベンヤミン『パサージュ論Ⅰ』今村仁司他訳、岩波書店、一九九三年、八頁。

（20）ディディエ・ヌリッソン『酒飲みの社会史』柴田道子他訳、株式会社ユニテ、一九九六年。農民や労働者、すなわち大多数は、お祭り以外は水で我慢し、「その水さえ節約するために、食卓を離れる時になって」（一四頁）飲んだ、という有り様。

（21）既出の *Guide Emile Zola* によると、太り気味だったゾラは、一八八七年以来、ダイエットを貫徹した。紅茶をちびちび飲んで、ワインはやらず、たまにシャンパンをたしなむ程度だった（二〇頁）。昼食後にリキュールを舐める、というからには、甘い酒が好みかもしれない。「故にゾラは殆んど九分通りまで禁酒家と云つて良い」（山田珠樹、前掲書、一一三頁）。

蛇足になるが、ゾラの食に関して、ゴンクールの日記より引いておく。

「ゾラはこってりしたご馳走に嬉しそうで喜色満面であった。そこでわたしが、『ゾラ君はどうやら食い道楽のほうですね』と訊いた。『そうなんですよ』と彼は答えた。『これがぼくの唯一の悪徳なのです（略）』」（前掲書、二七二頁）

実際にはグルメというより食いしん坊で、グルメ志向も「成功を顕示するため」だった、という厳しい意見もある（Courtine, *Zola à table*, Robert Laffont, 1978, p. 15）。

（22）一例として十三世紀の『薔薇物語』を挙げる。後編の作者ジャン・ド・マンは、議論の途中で「いまやすべてが悪くなる一方」と断じ、オウィディウスをふまえつつ、「黄金時代」について言及する。人々は純真で、「大地は耕され」る必要がなかった（ギヨーム・ド・ロリス、ジャン・ド・マン『薔薇物語』篠田勝英訳、平凡社、一九九六年、一九八頁―二〇〇頁）。

（23）E・R・クルツィウスによれば、「逆立ちした世界」のトポスは古代の「不可能事の連鎖」（impossibilia）に端を発し、中世キリスト教世界における社会風刺の要素を加えながら、ラブレー、テオフィル・ド・ヴィオへと続き、二十世紀にはシュルレアリスムの共感を得るに至る（『ヨーロッパ文学とラテン中世』南大路振一他訳、みすず書房、一九七一年、一三一頁―一三七頁）。

なお、この主題の絵画表現については『ブリューゲル・さかさまの世界』（カシュ・ヤーノシュ編、早稲田みか訳、大月書店、一九八八年）がある。中にはハンス・ザックスの詩「なまけ者の国」が引用されており（四三頁）、一連のテーマに相関関係のあることが分かる。

（24）氏はクルツィウス（前掲書）に依拠して、こう説く。「諧謔と厳粛の結合、つまり『おもしろまじめ』の精神とは単に修辞の領域にとどまらず、ひとつの理想の生き方なのでもあった」（宮下志朗『ラブレー周遊記』東京大学出版会、一九九七年、三七頁）。

（25）「メニッペア」とは「メニッポスの風刺」と呼ばれるジャンルで、古代から「現代に至るまで文学におけるカーニバル的世界感覚の主要な担い手・普及者の一つ」であった（ミハイル・バフチン『ドストエフスキーの詩学』望月哲男・鈴木淳一訳、ちくま学芸文庫、一九九五年、二三三頁）。

（26）坂口安吾「FARCE（ファルス）について」、『堕落論』集英社文庫、一九九〇年、一四一頁。

ゾラ、紅葉、荷風

——明治文学の間テクスト性

柏木隆雄

●ゾラ、魔風恋風

明治三十六（一九〇三）年七月九日から八月二十三日まで、四十六回にわたって『大阪毎日新聞』に連載された『戀と刃』は、次のような文章で始まっている。

> 湘南鉄道会社の横浜停車場の構内に、駅夫や車掌達の合宿所になつて居る五階造の建物があるが其の五階の窓から首を出して、灰色した二月半ばの空の下に広がる構内の混雑、機関車の往来抔を眺めて居るのは、三浦停車場の駅長助役を勤めて居る原田剛助である。剛助は何時も社用で横浜へ出て来る時は、屹度女房のお勢を伴ひ、此室でしんみり差向ひの晩餐を食る事を、此上なく嬉しい事にして居るので。

激しい、異常な情念の逆る物語展開で世を驚かせたこの作品は、作者永井荷風がその「小引」で明かしているとおり、舞台となる地名、登場人物をそっくり日本に置き換えたエミール・ゾラ『獣人』（一八九〇）の本邦初訳である。荷風時に弱冠二十四歳。原作の出版からわずか三年後のことだ。もちろん全訳ではなく、「唯だ編中重立たる事件の推移を叙し、原著の概略を綴」ったもので、日頃ゾラの著作を反復熟読した結果、その記憶に基づいて筆を執ったとある。[1]話半分としてもずいぶんゾラを尊重していたことが知れるが、原作のセヴリーヌがお勢、その夫ルボーが剛助となるなど、音を合わせた名付けもいかにも翻案らしい。

冒頭、セヴリーヌがルボーが待つ部屋に帰ってくるところを、荷風はこう訳している。

「私ですよ、急いで来たもんだから、真実に熱い事ねえ、つい馬車に乗れなかつたから……わざわざ車を雇ふのも贅沢だと思つて、一生懸命になつて歩いて来たんですよ。真実に熱いじや有りませんか。」

「だが、お勢。伊勢崎町から帰つて来るのに何時間かゝると思つてるんだ。」と、剛助の声は荒々しかつたので、お勢は、

「あら、あなたも分から無い事ねえ、私が心配しているのは所天《あなた》も能く知つてる癖に……」と声を潤ました。

此の優しい女房の一言に、嫉妬深い剛助は忽ち疑念を晴らしたらしく、最う可愛くて堪らぬと云ふ様に、屹度とお勢を引き寄せて、激しく幾度ともなく続け様に接吻した。(2)（後略）

ゾラのこの箇所についてみれば、荷風の訳が日本的な情緒をおびながら、しかも原文をきわめて忠実になぞっていることがわかるだろう。荷風は明治三十五年四月に「ゾラ氏の故郷」、六月に「ゾラ氏の『傑作』を読む」、そして七月に「ゾラ氏の作 La Bête humaine」と続けて、いずれも雑誌『饒舌』に書き、翌三十六年九月に『女優ナナ』と題して、『ナナ』の抄訳と短編「洪水」の翻訳、「エミール・ゾラと其の小説」という評論の三編を収めた本を出版している。そしてこの『戀と刃』が同年十一月だから（ただし連載は七月から八月）、いかに荷風がゾラに入れあげていたか分かる。「エミール・ゾラと其の小説」などは、あるいはその種本となったものはあるに違いなかろうが、綿密な紹介に感服してしまう。翻訳ばかりではない。この時期、明治三十五年の創作を見てみても、「野心」（四月）、「地

獄の花」、「夢の女」（五月）、「闇の叫び」（六月）など、まさしくゾラの濃い影響を感じさせずにはいない作品が続く。

荷風ばかりではない。明治三十年代は、それこそ日本の文壇にはゾラ旋風が吹き荒れていた。ゾラ、と言えば泣く子も黙るほどだった。荷風が読んだのは英訳であったのか、フランス語原典だったのか。彼がフランス語を勉強していたのは確かだし、評論を読んでも当時のゾラ熱の作家たちよりも深い理解を示し、知識も詳しいが、そのフランス語の能力について議論を上下するだけの資料が手元にない。

ところが彼はそれ以後ゾラの影を映す作品を示さなくなる。あまりにフランスの自然主義の作家たち、ゾラ、モーパッサンに憧れて、彼の地を踏むべくその年明治三十六年の九月にアメリカに向けて旅立ったのだ。荷風がパリの地に達したのは明治四十年七月のことだった。その一年後、再び日本の土を踏んだ時、彼は「冷笑」を湛えた新帰朝者として、かつてのゾラ熱を忘れたかのごとく、文明批評の皮肉な文章を綴り、哀切な叙情を乾いて密度の濃い美文で書く。明治三十六年から四十一年七月の帰朝まで、その変化はどこからくるのか。一つには彼自身の痛切なフランス体験があろう。さらにはその間五年の日本の文壇の推移も関係するかも知れない。ゾラ文学は、どのように受容され、そしてどのように一時の熱が冷めてしまったのか。その移入の最初から振り返ってみることにしよう。

●ゾラ移入の道程

じっさい明治二、三〇年代の文壇を年表などで見てみると、そのゾラの影響の大きさに今更ながら驚いてしまう。たとえば富田仁の『フランス小説移入考』に付された「明治期フランス文学翻訳年表」を検してみよう。明治四（一八七一）年『泰西勧善訓蒙』箕作麟祥訳から始まって四十五（一九一二）

年十二月のモーパッサン『コルシカの旅』榊櫻訳までおよそ六百編、その折々の流行の様が年代とそこに現れた作品群を勘校することによって手に取るようにわかる。(3) すなわち明治十年から二十年あたりまではヴェルヌ、民権運動の盛んな十五年前後はルソー、さらに二十年以降森田思軒の手になるユゴー、黒岩涙香のボアゴベなど探偵小説趣味が目に立つ。しかし、二〇年代の日本文壇を席巻したはずのゾラの作品は意外に少ない。年表にその名が表れるのは、明治二十四(一八九一)年一月『読賣新聞』に掲げられた尾崎紅葉の『むき玉子』がその翻案として紹介される最初である。

もとよりゾラの名前や作品の紹介は沢山ある。おそらくその最初の言及は中江兆民の訳したヴェロンの『維氏美学』であるが、明治二十年から三十年に至る間の十年間に二百件近い数字が挙げられ、これらの多くは作品そのものの翻訳ではなく、いわゆる文芸評論、ゴシップ記事的なものが多い。この圧倒的な数をみても、この時期どれほどゾラが文壇批評に載っていたかが知られるだろう。その代表的なものとして、明治二十一(一八八八)年十月六日『朝野新聞』に紹介された記事を挙げておこう。

> 仏国の小説の遠慮なく社会の実況を写し出すは、英人の非難するところなるが、仏人は又英国小説の実際に迂遠なるを嘲笑し、英人の如く実際に有る事柄をも隠して立派なる言行のみを並べ立てれば道徳教科書には善く、小説として見る時は何等の価値もなしと答へて、猥褻なる小説多き中にも、特に有名なる作者はバルザック、ゾラ等なるべし、ゾラ氏は名士なるも其の著書には猥褻なる者多く、倫敦にて之を出版したる書肆は淫猥俗を乱るの廉を以て法廷に召喚せられたり。(中略)先般告発せられたるゾラ氏の「ナナ」、「ラ・テル」(『大地』のこと)の如きは久しく英国に行われ、その発売高は数十万部に及べるなるに、今日に至て出版者の法廷に召喚されたるは何

故にや。

これを書いたのは後に東京市長にもなり、護憲の神様のように言われた尾崎行雄（一八五八―一九五四）で、当時三十歳の尾崎は『米欧漫遊記』と題してロンドンからこの記事を送ってきたのである。このゾラ批評は、西欧一般の批評を要約するとともに、いわゆる俗耳に入りやすいこうした要約は、たちまちに日本の大多数を捉えるものだから、一般的なゾラ論として通用するようになるのは想像に難くない。

もちろん尾崎のような興味本位の記事ではなく、文学に真剣な眼差しを送る者たちも、ヨーロッパでもっとも巨大な作家としてのゾラを意識せざるをえなかった。尾崎の記事が読まれるちょうど一ヶ月前、ドイツ留学から帰った森鷗外は、その四ヶ月後、『読賣新聞』にドイツの批評家ルドルフ・フォン・ゴトシャルの「小説論」を紹介、ゾラの小説を批判した。その論調はさらに同じ年の十月「医家の説より出でたる小説論」にそのまま続いている。

今の所謂自然主義の小説をば、ゾラ名付けて試験小説となさんとす。この名はゾラがその小説論に冠したる所にして生理学者クロード・ベルナールが試験医学に取れるなり。（中略）ゾラは此論をなして「ルゴン・マカルド」の大作を出し、己が実行の績を示しつ。ルゴンが福と題したる首編より『土地』と題したる新編に至るまで、化学所の週報に非ざる時は、解剖学の週報ならむと思はるる叙法を用ゐたり。(4)

鷗外はこの記事の前、二十二年の五月『国民の友』に寄せた「文学と自然」という評論で、「かの淫猥醜悪のことを厭わずして小説にあらはすエミル・ゾラは欧州にて詩学上の自然主義を唱うる主なる一人にして」などといささか尾崎の記事と同じ様な攻撃をしている。[5] はたしてどこまでゾラが淫猥醜悪なのか。鷗外はおそらく彼の拠ったドイツの文芸評論家ゴトシャルの「ナナ」批判に強い影響を受けたに違いなく、もちろん彼が幼いころより受けた儒教思想も影響しているかと思われるが、若い鷗外が西洋の華やかな都会を知った上でのこととすれば、これはあくまで観念的なものでしかないだろう。

彼の評論で逸することのできないのは、明治二十五年の「エミル・ゾラが没理想」という評論である。[6] 没理想を説くゾラその人が、実際は「天成の詩人であるから、空想を退けて批評しているはずが、結局その理想を作品に活かしている」というようなことを言って、ゾラの詩人的天分を認めているように、ここで鷗外のいう「理想」とはイデーのことであって、ゾラ一派がイデーの議論よりも客観的な事物尊重の視点に立っていたことは理解していたことになる。

鷗外が初めてゾラについて論じたと同じ頃、徳富蘆花も明治二十二年八月に「仏国現今実際派文学者の巨擘エミール・ゾラの履歴性行一般」という文章を発表している。なかに「人多くはゾーラを以て卑猥の作者となすと雖も、公平なる批評家の説によれば、彼は啻に不徳卑猥の作者にあらざるのみならず、或意味に於ては仏国小説家中尤も有徳なりとす」と述べて、彼が拠ったと思われるヨーロッパの批評家の文章を引いてもいる。蘆花のみならず、当時文壇で特異の地位にあった内田魯庵もゾラの文学の理解者であったようだ。明治二十三年十月の「見聞きのまま」には、

さる人ゾーラの脚色は赤裸美人を点出するにありと称せしが、若しかかる批評眼をもて読まば、

実際派は廃業とも見へむ。道徳論者が口を極めて小説の弊を説くは、かく浅々しき批判者、誤解者多き故にこそ。

と述べた。彼は自身が明治三十年にゾラの *L'attaque du Moulin* を『戦塵』と訳しているくらいだから、ゾラ文学の理解は人よりも深かったろう。

●尾崎紅葉とゾラ

その内田魯庵が『思ひ出す人々』（一九二五）に「紅葉と外国文学」の項を設けて次のように記しているのは注目される。

紅葉は常に門下の諸生に對して外國小説研究の不必要を説き、創作家に必要なるは實世間の觀察であつて外國小説なんぞを讀んだつて役に立たないと云つてゐた。（中略）が、紅葉自身は常に外國小説を讀んで頭を肥やしてゐた、就中ゾラの作を愛讀して『ムール和上の破戒』の如きは再三反讀して其妙を嘖々してゐた。『巣の傑作』を讀んだ時は恰も地方に暮してゐた私の許へ態々手紙を遺して盛んにゾラの作意を激賞して来た。『むき玉子』はゾラの此作から思付いたのである。(7)

ここで魯庵のいう『ムール和上の破戒』は、ゾラのいわゆる *La faute de l'abbé Mouret*（一八七六）で、これは当時の文壇の人々がよく読んでいたようだ。キリスト教的詩人として、またワーズワースの紹介者として知られる宮崎湖処子が明治二十六（一八九三）年二月に「牧園」と題して部分訳してもいるものである。もっともゾラの邦訳第一号はL'innondation『洪水』（一八八四）で、松居松葉が明治二十五年八月から十月まで『国民新聞』に連載したものとされる。(8)松居は松翁とも称して市川左団次と組んで演劇改革に従事したことで知られるが、松葉の号からも分かるように若いとき尾崎紅葉の門を叩き、その指導下にあった。おそらくはこの『大洪水』の訳にしても紅葉の意向が多分に入っているのではなかろうか。というのもすでに明治二十二年十月に紅葉が発表した『戀山賤』は、ゾラの『ムーレ神父のあやまち』を翻案したものだということになっているからだ。いずれにしても、この『戀山賤』にしても『むき玉子』にしても、従来、翻訳を通じての紹介か、飜案であった外国文学が、紅葉という意識的な作家の手によって、一つの純然たる創作の材料として扱われるようになったことは注目すべきだろう。

『二人比丘尼色懺悔』（明治二十二）の成功によって作家としての位置を得た紅葉は、化政期の戯作趣味から脱皮し、西鶴の写実へと赴くのと平行して、自己の文学を確立するための彷徨の一つとして外国文学に向かったと言われる。紅葉のこの態度を「文学精神にふれるというよりも、筋をとろうという関心から」という意見（福田清人(9)）があるが、よく引かれる田山花袋の『東京の三十年』（ドーデの『パリの三十年』に案を得たものという）に、明治二十二、三年頃、官吏をしている友人の蔵書にゾラが数冊あり、「今、フランスでこの人の作が流行つてゐるんだ。」と友人がその本を示したので、見たくてたまらなかったと書いてある。先にも記したとおり、ヨーロッパのみならず、ゾラの文学は日本においても「全盛期」であった。花袋が当時の文壇の覇者、尾崎紅葉を訪ねた際、紅葉がゾラの英訳を取り出してその非凡なことを論じるエピソードは、『東京の三十年』の中でも印象深い。

かれ（紅葉）はやがて立つて、棚の上から、一冊の洋書を取つて私に示した。私はそれを手に取つた。それはゾラの“Abbe Mouret's Transgression”であつた。

二人の話はそこでゾラの話に移っていく。紅葉は花袋に、

「評判の作家ださうだが、成るほど細かい、実に書くことが細かい。一間の中を三頁も四頁も書いている。日本文学にはとても見ることができないものだ。」かう言つて、傍にあつた扇を取って開いて見せて「この影と日向とを巧く書き分けてあるからね。それに、話の筋と言つては、ごく単純で、僧侶が病後色気のない娘に恋する道行を書いたものだが、その段々恋に引寄せられて行く心理が実に細かく書いてある。日本の文芸もかう行かなくつちやいかん」

兎に角かれは其時分既にゾラを読んでいたのである。私も負けぬ気になつて“Conquest of Plassans”の話をした。

今日考へて見ると、紅葉の写実は、三馬から西鶴、それから一飛びにゾラに行つたといふ形であつた。ゾラの作は、かれは常にその傍を離さなかつたらしい。[10]

『戀山賤』は明治二十二（一八八九）年十月、『我楽多文庫』の評判があがるとともに、「我楽多（ガラクタ）」の俗めいた呼称を取り去って、『文庫』として通常の雑誌として発刊された、その第二七号に掲載されたものである。[11] 彼がその『文庫』の発売を依頼した吉岡書籍店から「新著百種」の第一号として『二人比丘尼色懺悔』をその年の四月に発表、文名一時にあがった頃だ。花袋の思い出を読む

限り、当時の紅葉の、いかにも大家然とした姿が彷彿とするが、『戀山賤』を書いたこの年、彼は二十二歳、帝国大学法科大学経済科から文科大学国文科に転科したばかりの学生だった。

●「見立て」の魅力──『戀山賤』と『ムーレ神父のあやまち』

『戀山賤』は小説としてはごく短いもので、たまたま女中たちと山のワラビ取りに出た深窓の令嬢が、その興に乗じて道に迷い、行くも進むもならずにいると、斧を持った山男が現れて、介抱すると、彼女を背に負うて山を下る。山男は、はじめてみる美人に心迷い、そのまま引っさらおうとまで考える。しかし娘を案じる一隊に出会って迷いが醒め、正気に戻ると先の欲念を恥ずかしく思う、といった心理スケッチである。[12] この作品は山男の一時の気の迷いを、やや精密に写して、それが評判になった。幸田露伴が評価したのも、その描写力に優れたものを見出したからだ。[13]

田山花袋によれば、『ムーレ神父のあやまち』について紅葉は「話の筋と言っては、ごく単純で、僧侶が病後色気のない娘に恋する道行を書いたものだが、その段々恋に引き寄せられて行く心理が実に細かく書いてある。日本の文芸もかう行かなくっちやいかん」と言ったという。たしかに「その段々恋に引き寄せられて行く心理」を「実に細かく書」くという点では、ゾラの影響を受けたもののようにも思われる。しかも魯庵がいうように紅葉は「就中ゾラの作を愛讀して『ムール和上の破戒』の如きは再三反讀して其妙を嘖々してゐた」のだから、当然ゾラの筆法による影響を考えてもよさそうだ。花袋の紅葉訪問は明治二十四年のことだから、『戀山賤』執筆後二年もたって、なおこの作品をわざわざ示す、というのも妙な話のように思えるが、こうしたエピソードが語られている魯庵の『思い出す人々』は大正五（一九一六）年、花袋の『東京の三十年』はその翌年の大正六年に出ているから、花袋が魯庵の記述に何らかの影響を受けたのかも知れない。じっさい魯庵はこの小説が出た翌月『女学雑誌』一八七号で「紅葉山人の『戀山賤』」という批評を書き、そこで『戀山賤』は実にゾーラの『アベ・ムール』に胚胎せり」とすでに述べているのである。

はたして紅葉はゾラの影響を受けているのか。以下に検証してみよう。

ゾラ『ムーレ神父のあやまち』は、『ルーゴン＝マッカール叢書』の第五巻、『ルーゴン家の繁栄』、『獲物の分け前』、『プラッサンの征服』に続くもので、執筆は一八七五年、ゾラ三十五歳の作品である。敬虔、純情な青年神父ムーレは、少し知恵の発達の遅れた妹デジレと南仏の教会に赴任する。そして俗なところもある同僚の神父との葛藤も経ながら、教区の人々を教化する任務を誠実に果たしていく。ある日、叔父である医師パスカル博士とともに広大な貴族の館とその庭園を管理する無神論者の老人を訪ね、そこでアルビーヌという彼の姪に出合う。彼女は叔父の主義から学校にも行かず、自然に育った十六歳の少女だが、彼女は神父に興味をもつ。ムーレもまた突然彼の教会に現れたアルビーヌに心を乱し、少年の頃から信仰しているマリアに向かって深い祈りを捧げるが、心神耗弱してついに熱病を発してしまう（第一部）。

第二部ではすでにムーレは「パラドゥー」と呼ばれるアルビーヌの庭園の一室にいて、彼女の看病を受けているところから始まる。パスカル博士が、彼の療養のために自然の香りいっぱいの彼女のところにひそかに連れてきたのだ。ムーレは彼女の心のこもった看護に健康を回復し、パラドゥーの自然に眼をみはり、アルビーヌと幸福感に浸る。しかしある日その庭園を囲む壁の破れから外界を見、彼の同僚の神父が彼を見つけて、帰るように説得される。彼はついにアルビーヌを見捨てて、ふたたび教会に帰り、自らの罪を恥じる。アルビーヌは彼に戻ってくるように懇願するが、彼は頑なに拒み続ける。アルビーヌは絶望のうちにパラドゥーで死者同然の生活をおくる。ついに彼は意を決してアルビーヌに会いに行くが、彼女は薔薇をいっぱい敷き詰めた中で死んでしまうのである。

富田仁は『フランス小説移入史』の中で、ムーレ神父の「一切の愛欲を斥け、ひたすら聖人君子的生活を過ごそうとする努力と、自己の内奥に燃えたぎる情念、つまり本能としての官能の充足を、社会から隔絶した廃園において図ろうとする欲求との相克」がゾラの作品の重要な主題であり、「この人間の内部に巣くう霊肉相克の問題は『戀山賤』にも見られる」としている。[14] そして両者ともに霊性の勝利という類似があると言う。しかし、それならどうして主人公を山賤として僧侶としなかったのか。と富田は疑問を呈して、最後には果たして紅葉がゾラを読んでいたのだろうか、という疑問にまで発展させるのである。

けれども、その問いはあまりに霊性といった抽象的な概念に論者が深く入り込んでいるからではないか。むしろ紅葉の興味は描写にあったはずだ。ゾラもその執筆の動機というか、趣旨を、「人間の本性と宗教との大いなる闘い。恋に落ちた司祭はこれまで一度も、管見の限りでは、描かれたことがない」と書いて、[15] 敬虔、純朴たるべき宗教者の、本能との闘いを叙するところに小説にする妙味もあり、また彼の周囲にいる本来の教会に属する人々の卑しさを明らかにしながら、しかもみずからは尊く、浄くあろうとする主人公が、本性（nature）むき出しの美少女に誘惑されるところにゾラの小説家としての描写の意義があると説いているのである。*La faute de l'abbé Mouret* というタイトルを見ても、l'abbé Mouret はアナグラムとして見れば、l'amour et bébé「恋と赤子」と解くことができる。すなわち愛と無垢であり、またヒロインの名 Albine は純潔な「白」を意味する。しかもまた Albi に通じて、かつて中世南仏における異端、アルビジョワ派、カタリー派を思い起こさせ、「完徳者の禁欲生活と帰依者の全く現世的な、時には乱倫に及ぶ対照的な生活」[16]をも連想させる。ゾラは物語のキーワードをその登場人物の名前で示しているのである。紅葉は、しかし、そこまで深くゾラを読みとる必要はなかった。彼にとっては小説の趣向が、手に入れられればよかったのだ。たしかに山男の純情がゆらぐ様は凡夫の常を写すもので、これを描く興味がまずあったのだろう。

そうした趣向については、すでに西鶴の『武家義理物語』にある一編に、娘を託された老人が、ある雷の夜、怖さの余り彼の臥所に来た娘と添い寝しているうちに、妖しい気分になって、思わず意を遂げようとするものの、いやましばし、と念仏を唱えて自制する話が語られている。[17]このことは富田仁も言及して、むしろこの西鶴からの影響が強いかのような推測をしているが、たしかにそのこともありえよう。のちに『むき玉子』において見られるように、紅葉の西鶴への傾倒はあきらかに見て取れるのだから。しかしそのことをあまりに過大視するべきではないだろう。というのも富田は忘れているが、純情な武家の娘と違って、誘惑するアルビーヌが純然たる自然の子である事実がある。紅葉における換骨奪胎は、むしろそうした男女を「入れ替える」という江戸戯作風の見立ての趣向にこそあり、そこに自ら誇る筆の妙味を発揮しようとしたのではないか。

たとえば第二部の最初、ムーレ神父が病床にあって無意識の時、アルビーヌは彼の寝顔をほしいままに見て楽しむが、これはそのまま『戀山賤』の山男が意識を失った令嬢に幼稚ないたずらをして心をはずませる場面に合致する。ゾラの原文において、ベッドに横たわるムーレは「回復期にある少女のように美しい」とあることも、その思いつきの偶然でないことを示すだろう。[18]自然の中で育った美しい娘アルビーヌを、同じ自然まるだしの、素朴な、そして美しいとは正反対の山男に仕立て上げ、気を失って横たわっている白い肌の無垢清浄なムーレ神父を、おなじく気を失って倒れる大人しやかな美しい令嬢として、ゾラ作品中の男女を入れ替える。そこにこそ紅葉の江戸っ子作家らしい洒落が見られるはずで、『戀山賤』という作品が、その趣向の面白さ、うがちだけで終わってしまっている原因もまたあるのだろう。もちろん凡夫が美女と会った時の、しかも俗にいう据え膳の位置に立たされた時、自制するのは難しい。そこに荘厳と滑稽のきわどいあわいがある。しかし紅葉は必ずしも、そうした西鶴のまなざしだけを良しとしたのではなかろう。おそらく、そうした西鶴的状況と同じものをゾラの読書においてはしなくも見いだし、しかもその描写の微細に感心した上での、模倣であったように思われるのだ。

この小説のヴィゼッティによる英訳はゾラの原文に較べて全般的に平易で、とりわけ第二部は多少の英語力があればすらすら読んでいける程度のものだ。ムーレ神父が回復してアルビーヌとの交情に心を動かされていくという展開に、紅葉が心引かれたというのも、読解の度合い、ということからしても十分に肯けるのだ。

●裸女の描き方——『むき玉子』とゾラの『作品』

『戀山賤』は、これをゾラの翻案と言うには、量の大小、質の高下からしていささか憚りがあるが、その二年後の明治二十四年、すなわち花袋が初めて紅葉を訪問した年の一月に『読売新聞』に連載した『むき玉子』は、つとに魯庵が「『渠の傑作』を読んだ時は恰も地方に暮らしていた私の許へ態々手紙を遣こして盛んにゾラの作意を激賞して来た。『むき玉子』はゾラの此作から思い付いたのである」とその「紅葉と外国文学」に指摘するように、ゾラの『作品（制作）』*L'Œuvre*（明治十九年、一八八六）に多くを得た作品だ。しかもこれは翻訳、翻案ではなく、紅葉自身は、自己の創作として世に問うたものである。

たしかに、『むき玉子』の主人公大久保蘭谿は、『作品（制作）』のクロード・ランチエと同じく芸術の制作に並々ならぬ努力を払う画家で、裸婦のモデルに使った娘と恋して結婚するのも共通するが、しかしこの小説をゾラの「翻案」、「焼き直し」（赤瀬、富田）と言うのはすこし言葉が強すぎるように思われる。

ゾラの『作品（制作）』を一読すれば、紅葉が『むき玉子』一編の趣意である裸婦のモデルに立つ娘の心理と画家蘭谿の苦心を人情本仕立てに描いたのと異なり、前者がバルザックの『知られざる傑作』と拮抗するような、芸術の究極の可能性への追求と、自己の限りある能力との壮絶な闘い、芸術の魔に取り憑かれた老若の仲間たち、そして市井の平凡な幸福を願う心優しい妻たちの姿などが圧倒的な力で迫って、『むき玉子』とは全く別物の印象を与えるはずだ。小説家紅葉が惹かれたのは、先の『ムーレ神父のあやまち』の場合と同じく、おそらく開巻冒頭のランチエとクリスチーヌとのロマネスクな邂逅、ランチエの絵に対する情熱の純粋さに感動して、自らモデルとなるクリスチーヌのけなげな殉情ではなかったか。

サロンに出品する絵のモデルの得られないことを嘆いて展覧会への出品を断念したクロードが、部屋を訪れたクリスチーヌに「あぁ、君がいる！　これこそ待っていた奇跡だ、勝利は間違いなしだ、君が尊い犠牲を払ってくれさえしたら！　お願いだ、聞いてくれたまえ」と懇願する場面、
彼女は、身を固くして真っ青になりながら、一語一語聞き取った。彼の祈るような熱い目が、彼女に強い作用を及ぼした。彼女は、急ぐことなく、帽子を取り、外套を脱いだ。それから、淡々

と、同じ静かな態度でブラウスのボタンを外し、コルセットも解き、ペチコートを落とし、シュミーズの肩紐も外すとそれは腰まで落ちた。(中略)ずっと黙ったまま、一糸もまとわぬ処女の姿で、彼女はソファに身を横たえ、ポーズをとって、一方の腕を頭に敷き、目を閉じた。喜びに茫然となって、身動《みじろ》ぎせず、彼は彼女の脱衣を見守った。本当の彼女を見出したのだ。(19)

とゾラの文にある箇所が、『むき玉子』の、

席には堪ふまじき乙女心に、應とはいへず、否ともいへず、無言《だまっ》てあらば手籠めにも遭むかと恐ろしく、さりとて男の目前にて帯は解れず。(20)(後略)

というお喜代の含羞の態を写し、やがて蘭谿が、「埋もれぬ紅梅の蕾《つぼみ》と見しは、わづかに色づける乳房なりけり」という運びを生み出した可能性は疑いない。とはいえ、蘭谿の絵がみごと展覧会で金牌の栄誉に輝き、それを見た旧藩主がお喜代を側室に所望するという一幕をはさんで、結局二人の恋が成就する、という筋立ては通俗に傾き、裸婦の絵が小説に持つ意義が薄れて、単なる風俗問題を扱った形に終わってしまっている。結局のところ、紅葉におけるゾラの発見といっても、実はこういう風俗的な描写、あるいはバタ臭い風俗をいかに和風にしつらえて見せるかが紅葉にとっての腕の振るいどころで、これは「焼き直し」というより、魯庵の言うとおり、発想を『作品(制作)』の一場面から単に「思付いた」というべきだろう。

しかし問題は単なる思いつきばかりではない。先の『戀山賤』の場合にも見たように、この『むき

玉子』で蘭谿が散歩の道すがら、たまたま美人の行水するに行き会い、

邪魔なる垣の杉の小枝を推分け、顔さしあてて男の熟視《み》ると知らねば、女子は湯浴果て立上がり、柳の幹に片手を懸けて及び腰に体を拈り、此方へ七分の前向になりて足裏を拭ふ下視の頭より、肩に乱し懸けたる洗髪に風が戯るれば、乳の肉豊の辺より太股の半面に月は蒼白き光線を浴せかくれど、女はさらに繕はぬ無心の立姿に、いみじくも虫音を緩にあしらひたる、人界の顕象にあるべしと思はれず。(21)

と、その画題を思いつく趣向は、すでに西鶴『好色一代男』の中、「人には見せぬ所」に、九歳の世之介が屋根から行水をする女房を遠めがねでのぞき見する話、

あやめ葺きかさぬる軒のつま見越の柳しげりて、木下闇の夕間暮、みぎりにしのべ竹の人除に、笹屋嶋の帷子・女の隠し道具をかけ捨てながら菖蒲湯をかかるよしして、中居くらいの女房、「我より外には松の声、若きかば壁に耳、見る人はあらじ」と、ながれはすねのあとをもはじぬ臍のあたりの垢かき流し、なをそれよりそこらも糠袋にみだれて、かきわたる湯玉油ぎりてなん。世之介四阿屋の棟にさしかかり、亭の遠眼鏡を取持て、かの女を偸間に見やりて、わけなきことどもを見とがめゐるこそおかし。(22)

を思い起こさせよう。しかもこの西鶴の場面は遠く、『源氏物語』の「空蟬」にある光源氏が夏のある

夜、すだれごしに空蟬と軒端萩がいるのを覗いて、

白き羅の単襲、二藍の小袿たつ物、ないがしろに着なして、くれなゐの腰ひき結へるきはまで、棟あらはに、ばうぞくなるもてなしなり。いと白うをかしげに、つぶつぶと肥えて、そぞろかなる人の、頭つき額つき物あざやかに、まみ・口つき、いと愛敬づき、はなやかなるかたちなり。(23)

とあるところに淵源があることを知れば、紅葉における蘭谿ののぞき見の趣向が、古典文学の系列の中にはっきりと位置づけられることになる。紅葉が西鶴を知ったのは明治十八（一八八五）年、彼が十八歳の時だが、以来、のちに西鶴全集を校訂出版するまで、彼は深く読み込んでおり、そして『源氏物語』や『伊勢物語』などの古典は早くから、教養としても趣味としても愛読するものだった。明治二十九（一八九六）年の『多情多恨』は源氏物語に暗示を得ていることはつとに知られていることである。

つまり紅葉は縦に古典の系譜に連なることを意識し、横に西洋フランスの文豪と尊ばれるゾラを引いて、新しい文業を拓こうと努力していたのだ。その試みの表れが日本では新奇な裸婦像の制作というきわめて西洋的な題材をとった『むき玉子』ではなかったのか。紅葉が『むき玉子』で、創作の案を得るに苦慮する蘭谿を写して、

萬象雑然と脳中を襲ひて心の激するまゝに蹶起し、再び洋燈を點して古畫帖を披けば、古人は神か聖か、名案は唯此裏に網羅して後人に遺所なし。これより翻案せむとの勇気もなく、畫帖を

捨てゝ枕に就けどなほ睡られず、睡られねば案ずれど案じ得ず。(24)

と書く文が、そのままゾラを読む紅葉自身の姿とすれば、『むき玉子』の画家の名を『作品（制作）』のクロード・ランチエの音に通じる大久保蘭谿（らんけい）としたところに、紅葉らしい種明かしの洒落を読み取ることができよう。このことは、その翌年作者を当てれば懸賞をつけるという春陽堂の企てに、紅葉自身が戯曲『夏小袖』を書いて、その筆名を「森盈流《モリエール》」としたのと同巧である。その『夏小袖』はそれこそモリエール『守銭奴』の翻案であった。

●貴種を捨てた主人公――『隣の女』とゾラ『恋の一夜のために』

舞台と人物を日本に置き換えたにすぎない翻案は、そのほかに同じモリエールの『戀の病』（明治二十五年、一八九二）やマリヴォーからの『八重襷』（明治三十一年、一八九八、『読賣新聞』）などがあげられるが、明治二十六年の『隣の女』は、ゾラの短編『恋の一夜のために』*Pour une nuit d'amour*（明治九年、一八七六）をそっくり日本に置き換えたものだ。二年前の『むき玉子』はゾラの一齣の情景から意匠を「小説的に敷衍せるもの」（紅葉『冷熱』自注の言）であろうが（この点は明治二十二年『戀山賤』におけるゾラ『ムーレ神父のあやまち』の趣向摂取と通じる）、この『隣の女』はすでに指摘されているように、ほとんど全編、ゾラの小説に拠っている。

「古人は神か聖か、名案は唯此裏に網羅して後人に遺所なし。これより翻案せむとの勇気もな」い、としていた紅葉がこの挙に出たのは、それだけゾラへの傾斜を語るものか。もちろん題材の奇なことも、彼の技癢を誘ったに違いない。松居松翁に借りた英訳本に拠ったとされているが、『隣の女』とゾラの原作をつき較べてみれば、その苦心の跡が手に取るようにわかる。

発端、主人公粕壁譲の紹介は、ほとんどゾラの主人公ジュリアン・ミションの人物造形をなぞっている。植木屋の間借り人であること、郵便局の吏員、若いのに謹厳で貯金もある。しかし友人の少ないこと、自分の部屋に閉じこもってフルート（粕壁の場合は尺八となっているのも、いかにもの趣向でほほえましくさえある）を吹くのが唯一の楽しみであること、おそろしく醜い容貌であることなど、ぴったり符合する。その吹く音楽を隣の美女に聞きとがめられ、その美女に好意を持った男は、やがて夜毎に吹いて聞かせる、このあたりの状況はほとんど翻訳に近い。

> 管《たけ》が鳴出すと、今まで寂としてゐた隣家に、遽に女の聲が聞えた。確に例物が嬌語を洩すのである。譲はさうと氣は着いたけれど、格別意にも介めずに吹いてゐたが、なにといふ氣無しに、ひょいと上眼づかひすると、隣家の二階の欄に女の姿が見える。[25]

とある紅葉の文が、ゾラの、

> 彼は明かりもつけずにフルートを吹いていた。（中略）すると突然目の前のマルサンヌ家の窓が開いて、暗い正面を照らし出した。一人の娘が現れて手すりに肘をついた。[26]

といった原文から得たものであることは明らかだ。若い女性に心を奪われた男が、ある日、女から誘われてその屋敷に行くと、女は男に身を任す風情で頼み事を打ち明ける。子供時代の嗜虐的な遊びのままに、表の純真な淑女とは裏腹に、相手の男をサディスティックにもてあそんだ挙げ句、痴戯の最中に誤って殺してしまったのだ。彼女が声をかけたのは死なせた愛人の始末が狙いで、男は死体を運ばされた挙句、自らも死ぬ羽目になるという展開は、『隣の女』の場合、囲われ者の女が間男を引き入れ、痴話喧嘩のはずみで階段から転げ落ち死んでしまうことになって、時間の推移、季節感も含めて符節を合わせる。一々の指摘はひかえるが、ほとんど逐十にたどったと言ってよい箇所は枚挙にいとまがない。

しかしゾラの作品の眼目の一つである、女の愛人に対するサディスムの病理の克明な描写と、そのおぞましい結末の微細にわたるレアリスムは、紅葉において捨象され、女の嬌として艶に、しかも冷酷な様と、それに振り回される男の滑稽なまでの哀れさに描くことに力が注がれている。「原作が単色沈静な銅版画とすれば、紅葉のは多彩、陽気な浮世絵」（島本晴雄[27]）と評される所以だが、そこに紅葉のゾラ理解の浅薄さを見るのは酷に過ぎよう。紅葉はこの時二十七歳、ともかくも英訳を読みこなし、巧妙に翻案してみせた手際こそが、彼の胸をそらせるところで、むしろ連綿と醜を説き明かすことは、旧道徳と旧文学に育った、その美意識の許さぬことだったはずだ。そういう文学意識が、ゾラばかりに没頭させず、さらに他の西洋種を仕込む努力へと向かわせて、芸術の上で徹底しない憾みを残すことにもなったのはやむをえまい。

ついでながら、ジュリアン・ミションが念願のフルートを古道具屋で何度もためらったあげくに買い求め、町の人に見られないようにひたすら布で隠して下宿にいたり、夜の更けるのをまって恐る恐る吹き出す、とある場面は、あたかも夏目漱石の『吾輩は猫である』で、寒月が故郷でバイオリンを買って、それを演奏する筆とそっくりだ。あるいは漱石はこのあたりゾラに学んだのではなかろうか。

しかし『隣の女』で注目すべきは、先の大久保蘭谿が旧藩の家老の息子で、美男、秀才という型の如くのヒーローであったのに対して（その原型であるゾラの描く画家クロード・ランチエは醜男である）、このしがない独身男、粕壁譲は平凡な郵便局員で醜男であるなど、そっくりゾラの主人公をなぞっていることだ。ここにおいて紅葉はその描く対象をロマンティックに理想化をせず、写実的な視線をようやく、ゾラを通ることによって、手に入れたことになる。

しかし、粕壁が醜男であるのは、ゾラの『恋の一夜のために』の主人公と同じなのだが、その内的意識の描写は、あるいはゾラの原作以上の細やかさと言ってよい。その上紅葉は粕壁譲を為永春水の愛読者に仕立て上げている。つまり彼は『春色梅暦』の主人公、丹治郎のパロディでもあるのだ。場末の借家に逼塞し、ひそかにわが部屋に女の出入りを待つ身の上は、あたかも丹治郎のそれと重なるが、惜しいかな！　江戸の二枚目の優男と異なって、紅葉の主人公は醜男であり、その上几帳面で小金まで貯めて、すこぶる健康。色男で病み上がりの丹治郎とは雲泥の差なのだ。

『梅暦』冒頭の米八と丹治郎の痴話のやりとりは、隣家の女と旦那の間で再現され、また隣の女が彼に気があると家主の植木屋夫婦に世辞を言われて、譲が二人に鰻を奢らされるのは、丹治郎が恋人お長に鰻を奢る場面の裏返しに他なるまい。粕壁が鰻を奢るのが、むさい植木屋夫婦であるだけにいっそう切ない。しかも江戸戯作に片足を突っ込んでいた紅葉の主人公は、ゾラの原作を忠実になぞるように見えながら、あるいは忠実になぞられることによって、かえって戯作の紋切り型色男のパロディを脱して、独自の写実的な描写を獲得しているのだ。新しい明治の近代社会を写す器としての小説にふさわしい登場人物を造形する糸口を、紅葉はゾラという近代写実の名手の文章を、翻案する過程において摑んでいったのではないか。

それに加えて、『隣の女』の文体に注意する必要がある。「管が鳴出すと、今まで寂としてゐた隣家に、遽に女の聲が聞えた。確に例物が嬌語を洩すのである」といった簡潔で凛とした文章は、これまでの『戀山賤』や『むき玉子』のような、旧来の文語体の美文で綴ったロマンティックなものではない。きびきびとした言文一致体だ。粕壁もその憧れの対象となる女も、これまで日本文学で描かれてきた貴種、美男、美人ではなく、ついそこいら近所で見かける、ありきたりの男女が扱われている点でも新しい。紅葉はようやく、彼らと同じ地平に立って、時に彼らを揶揄し、時に同情し、時に批判しつつ、どこかちぐはぐに展開していく彼らの人生を見つめるに至るのである。

田山花袋は「紅葉の写実は、三馬から西鶴、それから一飛びにゾラに行った」と述べた。紅葉の傑作『多情多恨』(明治二十九年)の生き生きした人物たちは、やはりゾラの忠実な翻案『隣の女』を書くことを経て可能だったように思われる。醜男の主人公粕壁譲は、その冷静で一見平凡な文体によって、近代的主人公の面影を持つことになった。もし紅葉がこの文体のままで、すなわちゾラの文体を日本の口語文に移したのと同じ努力を、最後の傑作『金色夜叉』に傾注していたとしたら、どれほど迫力ある近代小説が生まれたことだろう。

名文に身を削った紅葉は、この畢生の大作と自負する『金色夜叉』を、会話の方は、日常の生き生きとした表現を駆使して遺憾なかったが、地の文章については、従来以上の美文、得意満面に華美な文語で書きつづった。金権社会の過酷な世相を描くためにはあまりにちぐはぐな文体。『金色夜叉』の失敗は、おそらくその美文を連ねた点にある。塩原行きの名文が謳われるにしても、またその鏤骨彫身の苦心惨憺が喋々されるにしても、失ったものは、実は、想像以上に大きい。そのことは夏目漱石が、プロ作家としての第一作『虞美人草』を紅葉を手本にした美文で試みて、みごとに失敗したことからもわかるだろう。漱石は熊本にいる時も紅葉の『金色夜叉』を取り寄せて愛読したという。当時、漱石にとっても新聞小説の模範は紅葉の『金色夜叉』だった。

文体はその内容をも決する。ゾラの綿密な写実姿勢は、紅葉においてついに実を結ぶことはなかった。漱石が『虞美人草』の失敗を認めるや、『三四郎』において、闊達な自己の文体を開拓して、以後彼独自の世界を描くことに成功するのは知られる通りである。

紅葉のゾラ理解には限界があった。ゾラが徹底して冷静に、人間本性のありようを描こうとした姿勢を、ひたすら醜をむき出しにあばきだすこと、と心得てしまった紅葉以後も、日本の作家たちにとって、ひたすら醜、それも性的な醜を説きあかすことは、じつは旧道徳と旧文学に育った、その美意識の許さぬことだったのだ。紅葉のあと、ゾライズムを鼓吹した小杉天外もその弊を免れていない。小説『はやり歌』(明治三十五年、一九〇二)はゾラに則った彼の最高作と言われるが、その冒頭に圓城寺家の淫蕩な血統を吹聴して話の底を割ってしまう拙劣さはともかくとして、クライマックスである雪江と達の温室での姦通の場面も、

何處から迷込んだか、おおきな羽衣蝶が室内に入って来た。葉も花も見慣れぬ物に出逢ったので、彼方此方と珍し相に飛廻つて、羽を細かにぱた〳〵して居たが、偶と人間の顔に近寄つて、熱い息を嗅いで、吃驚した様に強く鼓翼をして、慌てゝ此の室を出て、而して中央室の半開になツて居る窓から飛脱けて、白い友達の居る畑を目掛けて行つた。(28)

と暗示的に表現して、きわめて慎ましい。そこに日本的な美意識を働かせたのだ。また雪江が夫の描

いた裸婦像を切り裂く場面が、先にあげたゾラの『作品（制作）』にヒントを得ているとする意見（富田仁[29]）もあるが、原作にはそういう箇所は無く、天外が『作品（制作）』を読んでクロードの裸婦の絵に対する嫉妬を知っていたにしても、絵の完成に執着するあまり、ついにその裸婦に魅入られた夫を取り戻すべく、自身がモデルとなった裸婦像に凄絶な女の闘いを挑むクリスチーヌ、淫らなその裸婦像の下におぞましく死ぬクロードの赤裸々な描写の激しさは生かされていない。紅葉の『むき玉子』から十年、天外にいたってゾライズムの骨格が日本の小説に具体的な形をとるに到ったことは確かだが、ゾラの美味しそうなところを、つまみ食い、それもはなはだ拙劣につまみ食いしている印象はまぬがれない。

その意味で『はやり歌』の三ヵ月後に、荷風が「ゾラ氏の『傑作』を読む」と題して、短いがかなり専門的な文章を著したのは、明治におけるフランス文学移入が新しい時代に入ったことを示すことがらだろう。[30] 戯作の世界から、西洋的文学意識に裏打ちされた世界へ。明治初期の実用・娯楽とは類を異にする新しい文学運動が新しい局面を開くことになるのである。明治三十六年、荷風の『戀と刃』の翻訳もその意味で意欲的であったと言うべきだろう。

●自然主義文学のゆくえ——『蒲團』のもたらしたもの

明治三十年代後半は、かくてゾラ、モーパッサンを宗とする自然主義が日本の文壇を牛耳ることになった。その文壇の中心となる人々の多くが、かつて紅葉の門を叩いた弟子たちであることもきわめて皮肉な歴史の現象とでも言えようか。なかでも明治四一年『新小説』に発表された田山花袋の『蒲團』は、自然主義文学のきわめてセンセーショナルな話題を提供して、自然主義と花袋自身に決定的な評価をもたらした。

上京して下宿した若い女弟子に不覚にも恋着した中年の小説家が、奔放なその女弟子に翻弄されたあげく、彼女が彼の家を去ったあと、女弟子が使っていた机や引き出しを開け、果ては彼女の寝起きしていた蒲団を押し入れから出してきて、蒲団や枕に顔をおしあてて、女の残り香に涙を流す、という当時としてはきわめてセンセーショナルな内容は、賛否の批評とともに、たちまち花袋を文壇のトップに押し上げ、告白文学全盛の時代を招いたことはよく知られている。

しかし果たしてそれは真の意味で彼の血を吐くような「告白」だったのだろうか。花袋は『東京の三十年』で『蒲團』の由来をハウプトマンの作品に触発されたことを言い、その他影響を受けたものとして西洋の作家もあげるが、彼がかつて真剣に読んだはずのゾラについては、そこで一言も触れていない。[31] けれども『蒲團』を『蒲團』たらしめた有名な結末、のちに花袋を告白文学の盟主とした最後の場面は、じつは、紅葉の『むき玉子』の粉本となり、天外の『はやり唄』にもその影を落とすゾラの小説『作品（制作）』の読書経験なしには無かったのではないか。

花袋の『蒲團』で、女弟子が彼の家から去ったあとの主人公を写して、

机、本箱、罎、紅皿、依然として元の儘で、戀しい人はいつもの樣に學校に行つて居るのではないかと思はれる。時雄は机の抽斗を明けて見た。古い油の染みたリボンが其の中に捨ててあつた。時雄はそれを取つて匂ひを嗅いだ。（中略）時雄はそれ（蒲團）を引出した。女のなつかしい油の匂ひと汗のにほひとが言ひも知らず時雄の胸をときめかした。夜着の襟の天鵞絨の際立つて汚れて居るのに顔を押附けて、心のゆくばかりなつかしい女の匂ひを嗅いだ。[32]

とある有名な場面。これは、ゾラの『作品（制作）』第一章の末尾、パリに初めて出てきた夜クリスチーヌが、雷雨のさなか画家クロードと出会い、彼の親切で彼のアパートの粗末なベッドで一人寝た翌朝、その寝姿をスケッチする彼とゆっくり話す間もなく、去らせがたい男が引き止めるのを振り切って女が出ていったあと、彼が、まだぬくもりの残るベッドを見つける描写とまったく瓜二つではないか。

彼は、すべてきちんと、じつに清潔に金盥も、タオルも石鹸も並べてあるのを見とどけて、それからかっとなった。女はベッドの始末をしていかなかったのだ。彼はベッドを直し始めたが、大仰なほど力を入れ、両腕いっぱいにまだ生温かいマットをかかえ、匂いのする枕を両のこぶしで叩いた。シーツから立ち上る若い、この温かさとこの匂いとにむせかえる。彼はざぶざぶと水で顔を洗い、額を冷やした。その湿ったタオルにもまた同じ匂い。処女の吐息が息をつまらせ、その甘美な香りがアトリエ中に散乱した。(33)

引用した箇所は『作品（制作）』でも冒頭の部分であり、その情景、心理とも、ぴったりと重なるではないか。モデル問題や作家の体験に重きをおく批評の多い中で、平野謙は花袋のここの描写を「はたして事実を直写したものだろうか」と疑いをはさんでいるが、(34)この場面に先立って「雨戸を一枚明けると、光線は流るゝように射し込」んだとあるのが、『作品（制作）』のその情景にも朝の日差しが重要な意味を持つのと同巧であるのをみると、花袋がゾラから「思いついた」という推測を付け加えても無駄ではあるまい。田山花袋が尾崎紅葉とゾラ読書を競った挿話は既に記した。花袋は、自己の体験とゾラの読書体験を、みごとにこの最後の結末の場面に結びつけて、これまでの日本文学になかった境地を開拓することができた。

しかし日本の文壇はこの結末の毀誉褒貶の空しい議論ののち、「私」の個人的体験こそが文学の大道と思いこんでしまったのだ。ところが、ゾラという小説家の虚構の世界をなぞるものであった『蒲團』の結末の、そのスルス（材源）を見抜けず、ひたすら私的体験と勘違いした同時代の作家、そして作者自身もその材源を明らかにせず、「芸術的神秘」を守ることによって、「私」の私生活を、ひたすら「愚直に、正直に」書きすすめる手法こそが、「自然主義」であり、「文学」であるということになったのだ。

渡欧前、あれほど熱心なゾラ主義者だった永井荷風が五年にわたる米国、フランス滞在から帰ってきたのは、その『蒲團』が発表されて一年後のことである。ゾラと言い、自然主義といい、日本の文壇で蔓延するこうした文学状況は、かつてゾラに深沈した荷風にとってどう映ったことだろう。彼が皮肉な「新帰朝者」となるのは、むしろ当然のことではなかったか。かくして日本の自然主義は、小さな個人の告白、それもきわめて狭い体験をひたすら「リアリズム」と称する正直さで、美文をことさら廃して綴っていくようになり、ゾラの奔放といってもよい物語の構成力、強靱な想像力によって生み出される『ルーゴン＝マッカール叢書』の創造的世界とはまったく無縁になってしまったのだ。

その後大正期から昭和にかけて、フランス語原典からのフランス文学研究者による正確を期した翻訳が出るようになった。しかしゾラは日本において明治以来のさまざまな偏った印象を引きずったまま、本来の読者を獲得できずに推移してきた。藤原書店の『ゾラ・セレクション』の刊行は、明治以来のゾラ観を払拭する絶好の機会のように思われる。花袋の『蒲團』の呪縛が、このセレクションにおいて解けることを願わずにはいられない。

（1）『荷風全集』第十八巻、四頁、岩波書店、一九六四年。
（2）荷風、前掲書、六―七頁。
（3）富田仁『フランス小説移入考』東京書籍、一九八一年。
（4）『鷗外全集』第二二巻、一―二頁、岩波書店、一九七三年。
（5）同書、十三頁。
（6）『鷗外全集』第二三巻、八四―八七頁、岩波書店、一九七三年。これはのちに当時の文芸批評をリードしていたもう一方の旗頭坪内逍遙の反論を引き起こし、いわゆる「没理想論争」として名高い論争のきっかけとなった。結論から言えば、鷗外の血気盛んな鋭鋒に、老巧な逍遙がいったんは矛をおさめた形でことは収まったものの、「没理想」という概念そのものの理解が双方で食い違っていたから、実り多いものにはならなかった。
（7）内田魯庵「思い出す人々」、筑摩書房版『明治文学全集』第九八巻二五三頁、一九七七年。
（8）したがって荷風訳はその十年後ということになる。
（9）福田清人「尾崎紅葉入門」、講談社版『日本現代文学全集』第五巻所収、四二七頁、一九六三年。
（10）田山花袋「東京の三十年」、筑摩書房版『明治文学全集』第九九巻一八頁所収、一九七七年。
（11）『文庫』はこの号で終刊することになった。
（12）『紅葉全集』第一巻所収、岩波書店、一九九四年。
（13）幸田露伴「戀山賤を評す」、岩波版全集第二四巻。
（14）富田仁、前掲書、一一三頁。
（15）E. Zola,, *Œuvres complètes*, tome 3, p. 271, Cercle du Livre précieux,, 1967.
（16）渡辺昌美「カタリ派とアルビジョワ十字軍」、岩波講座『世界歴史』第十巻、二三七頁、一九七〇年。
（17）井原西鶴『武家義理物語』、岩波文庫。
（18）Emile Zola, *Op. cit.*, p. 101. ただし紅葉が読んだと思われるヴィゼッティの英訳にはこの一行が省かれているので、これを男女入れ替えの決定的証拠とするには十分でないかも知れない。Ernest Alfred Vizettelly, *Abée Mouret's transgression*, Chatto & Windus, 1900. p. 100.
（19）Emile Zola, *Œuvres complètes*, tome 5, pp. 525-52.

（20）『紅葉全集』第二巻、二六三頁、一九九四年。
（21）同書、二二九頁。
（22）『西鶴集上』、『古典文学大系』第四七巻、四五頁。
（23）『源氏物語』、『古典文学大系』第一四巻、一〇一頁。
（24）『紅葉全集』第四巻、二三八頁。
（25）『紅葉全集』第四巻、二九頁、岩波書店、一九九四年。
（26）Emile Zola, *Œuvres complètes*, tome 9, p. 589.
（27）島本晴雄「紅葉作『隣の女』の系図」、『比較文学』第一巻、一九五八年。
（28）小杉天外『はやり歌』、講談社版『日本現代文学全集』第三一巻七八頁、昭和四十三年。
（29）富田仁、前掲書、二五頁。
（30）但し二十二歳の青年永井荷風が、その梗概を記して、「その妻 Christine の病院に送らるゝ後、（夫が）最後の癲狂によりて首を縊りて自殺するに了る」とあるのは事実に反する。荷風の読み違いなのか、英訳の粗笨か（一八八〇年代、ゾラやモーパッサンなどフランス自然主義の小説は盛んに英訳されたが、それらは必ずしも忠実な訳でなかった。このことは先にも言ったとおり、紅葉の『隣の女』の原作との異同を始め、同時期の翻案・訳を言う時にも留意する必要がある）。いずれにしても、荷風は英訳、あるいはフランス語原典でほぼゾラの大略を知って、その知識は創作『地獄の花』、抄訳『女優ナナ』等その時期のさかんな活動に示された。
（31）田山花袋、前掲書。
（32）田山花袋『蒲團』、講談社版『日本現代文学全集』第二一巻七二頁、昭和三十七年。
（33）Emile Zola, *Œuvres complètes*, tome 4, p. 452.
（34）平野謙「作品解説」、講談社版『日本現代文学全集』第二一巻四五四頁、昭和三七年。

ゾラのいろいろな読み方――あとがきにかえて

宮下志朗

二〇〇二年、ゾラの没後百周年に合わせて、刊行を開始した〈ゾラ・セレクション〉は、小説類に関してはすべて読者にお届けし、あとは評論や書簡の巻を残すだけとなった。いわば、中じきりといったところであろうか。同じころ、論創社も『ルーゴン＝マッカール叢書』シリーズを立ち上げ、『夢想』『壊滅』といった待望久しい翻訳を上梓したし、『獲物の分け前』も新訳が出た（ちくま文庫）。こうしてわが国においても、ようやくにして、ゾラ文学の復権への機運が高まりつつあるようで、ゾラ愛好家としてはうれしいかぎりだ。

フランス本国ではどうか？　没後百年を期して、さまざまのイベントが催され、画期をなす成果が発表されている。たとえば二〇〇二年から翌年にかけて、パリのフランス国立図書館で、大規模な「ゾラ展」が開催された。「書く」「描く」「発言する」という三つのキャッチフレーズを掲げて、ゾラの多面性を時系列で展開した企画だ。草稿類はむろんのこと、美術批評家ゾラの側面を照射するタブローの数々や、写真愛好家としてのゾラを伝えるスナップショットなども展示された、発見の歓びにみちた展覧会であったという。ゾラ研究の泰斗アンリ・ミットランによる、決定版の伝記、全三巻も逸することができない。その時系列は、「《オランピア》の眼差しのもとに（1840-1871）」、「〈ジェルミナール〉の人（1871-1893）」「名誉（1893-1902）」と命名されている。美術批評家から出発して、小説の世界で大成功を収め、やがて時局への発言ゆえの苦難と死後の栄光へと至る、この巨人の足跡を三千ページ近くにわたってたどった傑作である。ギネスブックものの長尺物であるのに、けっして読者を飽きさせることのない、ゾラへの愛着が生んだ奇蹟の力業といえようか。また、コレット・ベッケール女史を中心とする、「生成研究」の成果も刊行が始まっており、こちらからも目が離せない。

ただ、わたしのようなゾラ愛好家から見て、ひとつだけ残念なこともある。先のミットランが新しいゾラ全集を出すというので、これはすごいぞと予約購読して、手ぐすね引いて待ち受けた。なるほど「編年体」という編集方針こそ斬新ではあるものの、注解などはほとんど付されていなかった。全体としては、ミットランがその昔手がけた全集（セルクル版）の焼き直しという印象を拭いがたいのである。これならば、図版がたくさん入っていたセルクル版のほうがましだ——こんな感想までも抱いてしまう。いやはや、ファンというものは、注文が多いのである！

ともあれ、このように作家・批評家・発言者としてのエミール・ゾラへの関心は、確実に高まりを見せている。わが国での研究状況についても、以前は、バルザックを選ぶ若手が次々と出現する一方で、ゾラ研究は閑古鳥が鳴くという状況であった。ところが最近は、同時代の科学思想との関連を究明したり、あるいは都市論的アプローチをしたりと、さまざまな試みにチャレンジする研究者のタマゴが登場して、活況を呈し始めている。

こうした状況も追い風となって、われわれは、〈ゾラ・セレクション〉発刊まもなく、ゾラ読解のさまざまな可能性を具体的に示すべきだという決意のもとに、急遽、本書を企画したのである。多面体ゾラの照射を目標にかかげたから、いわゆるゾラ研究の専門家集団に執筆を依頼するというよりは、むしろ他の領域の第一人者に、ゾラを鑑定してもらう、あるいはゾラというテクストを活用して、持論を展開してもらうという方針で臨んだ。こうしたコンセプトをご理解くださり、斬新な論考を提供してくださった、科学史、美術史、表象文化論、地域文化研究といった諸分野のリーダーの方々に、この場を借りて深く御礼を申しあげたい。またフランス文学研究者の場合も、映画とか日本文学といった切り口での考察をお願いした。歴史学からの視座は、コルバン、アギュロン、ペローといった、著名の士のエッセイを取りそろえた。

なお、本セレクションの訳者については、とにかく翻訳を優先していただきたく、結果として、『パリの胃袋』(第二回配本)の訳者、朝比奈弘治氏だけに書いていただくことになった。このあたりの事情も、ご理解いただきたい。情熱的な筆致で、早々と書き上げてくださった方には、結果的にずいぶんお待たせすることとなってしまった。なお、フランス語論文のうち、コルバン、アギュロン、ミットラン、ペローの四本は、先にふれた大規模な「ゾラ展」(フランス国立図書館)のカタログに掲載された文章である。

ところで、この「あとがき」を綴っているわたしは、そもそも十六世紀文学の研究者で、ゾラを深く究めた人間でもなんでもない。でも、とにかくゾラの文学空間が好きで、いつしか病みつきとなって、『ゾラ短編集』というフランス語講読テクストを編んでは、悦に入っていた。そして勢い余って、本セレクションの編者という大役までも引き受けたという次第である。

とはいえ、あくまでもゾラ愛好家なのだから、そうした姿勢は大切にしたいと考えて、この論集にも、本格物ではなく、あえてパリ探訪物のエッセイを提出した。ゾラは、作家になりたての頃に、早くも、「いかなる作家が、ペンで、パリのさまざまな風景を描く役割を引き受けるだろうか？　季節ごとに、その様相を変える都市の姿を、その作家は示す必要があろう」（『フィガロ』、一八六七年）と述べていたから、これを受けて、実際に現地に赴いて、『居酒屋』の空間から次作『愛の一ページ』への「ゾラのパリ」の移行をたどってみたのだ。荻野アンナ氏の文章なども、「コクヴィル村の酒盛り」という、一見してゾラらしからぬ短編に着目することを起点として、ゾラのなかにラブレーを読んでみたらどうなるかを、自由自在にスケッチしている。

直球でまっこうから勝負の文章から、軟投ぎみのエッセイまで、さまざまなスタイルとはいいながら、いずれの論考も、ゾラを読むことの大きな可能性を示唆してくれるにちがいないものと、信じている。読者のご批判をあおぎたい。フランスでは、ゾラは現在でも人気作家であり、文庫本の売り上げも安定している。バルザック並とまではいわないけれど、わが国でも、もっともっとゾラ人気が高まってもおかしくない。本論集が、そうした、ゾラ・リバイバルの起爆剤となることを心から願っている。

最後になったが、本書刊行という英断を下してくださった藤原良雄氏と、いつもながら良心的・献身的に編集の作業にあたってくれた山﨑優子さんに、深く感謝したい。

二〇〇五年五月

〈年譜〉ゾラとその時代　（小倉孝誠・作成）

年	ゾラにおこった出来事	政治・社会・文化
一五三二		ラブレー『パンタグリュエル物語』
一五三五		ラブレー『ガルガンチュア物語』
一八四〇	エミール・ゾラ、パリに生まれる。	プルードン『所有とは何か』
一八四七	父フランソワ没。一家は困窮状態におちいる。	プロスペル・リュカ『遺伝論』（～五〇）
一八四八		二月革命勃発。ルイ=フィリップの七月王政が崩壊し、第二共和制成立。
一八五一		十二月二日、ルイ=ナポレオン、クーデタを決行。
一八五二	南仏エクスのブルボン中等学校に寄宿生として入学。セザンヌとの交流が始まる。	ルイ=ナポレオン、皇帝ナポレオン三世として即位し、第二帝政始まる（～一八七〇）。 ブシコー、世界初のデパート〈ボン・マルシェ〉を創業。
一八五三		オスマン、セーヌ県知事に抜擢され、パリ大改造に着手。
一八五四	この頃からデュマやシューの新聞小説、ユゴーやミュッセなどロマン派の作家を耽読する。	教皇ピウス九世が「無原罪の宿り」をカトリックの教義とする。
一八五八	前年からパリに出ていた母を頼って、ゾラは祖父とともにパリに居を構える。	ベルナデットがルルドの洞窟で聖母マリアの姿を見る。 ミシュレ『愛』
一八五九		ダーウィン『種の起原』（仏訳は一八六二年）
一八六一	パリに出て来たセザンヌと再会。サロン展やアトリエを訪れるうちに、若い画家たちと知り合う。	
一八六二	アシェット書店に就職し、広報部で働く。出版界、ジャーナリズムの内幕を知る機会となった。	
一八六三		『プチ・ジュルナル』創刊。マネ《草上の昼食》。ルナン『イエスの生涯』

一八六五	処女長篇『クロードの告白』 この頃バルザック、テーヌ、ゴンクール兄弟の作品を熟読する。	クロード・ベルナール『実験医学序説』。マネ《オランピア》、スキャンダルを巻きおこす。
一八六六	一月、アシェット書店を退職。未来の妻アレクサンドリーヌ・ムレとの同棲生活が始まる。五月、エドゥアール・マネの知遇を得る。六〜七月、『わが憎悪』、『わがサロン評』（評論集）	マネを中心とする「カフェ・ゲルボワの集まり」が始まり、ゾラも出入りする。
一八六七	『テレーズ・ラカン』	第二回パリ万国博覧会。
一八六八	『一家族の歴史』（全十巻）の構想を練る。	マネ《エミール・ゾラの肖像》
一八六九	『ルーゴン=マッカール叢書』のプランをラクロワ書店に提出し、受け入れられる。	フロベール『感情教育』
一八七〇	五月、アレクサンドリーヌと結婚。九月、普仏戦争が勃発したのにともない、ゾラ一家はマルセイユに移住。	七月、普仏戦争勃発。九月にナポレオン三世は降伏し、ここに第二帝政が崩壊する。共和制が宣言される。
一八七一	議会通信を新聞に連載して、当時の政界を批判する。二月、パリに戻る。十月、『ルーゴン家の繁栄』	一月、休戦条約。三月、パリ・コミューン成立するが、五月の「血の一週間」の弾圧により壊滅。
一八七二	一月、『獲物の分け前』 七月、ラクロワ書店が倒産したため、以後シャルパンチエ社と出版契約を結ぶ。	
一八七三	『パリの胃袋』	大統領ティエール失脚し、王党派のマク=マオンが大統領となる。
一八七四	五月、『プラッサンの征服』 マラルメとの交流が始まる。	第一回印象派展
一八七五	三月、『ムーレ神父のあやまち』 ペテルブルグの雑誌『ヨーロッパ通報』に寄稿する。	ビゼー『カルメン』 ガルニエによるパリ・オペラ座完成。
一八七六	『ウージェーヌ・ルーゴン閣下』	第二回印象派展。デュランティー『新しい絵画』
一八七七	一月、『居酒屋』 激しい毀誉褒貶にさらされながらベストセラーとなる。	
一八七八	四月、『愛の一ページ』 五月、パリの西郊メダンに別荘を買う。これ以降、年に数カ月はメダンで過ごすようになり、必要に応じてパリに出るという生活を送る。	第三回パリ万国博覧会 テオドール・デュレ『印象派の画家たち』

一八七九	一月、小説を翻案した戯曲『居酒屋』がアンビギュ座で上演され、大成功を収める。ゴンクール、ドーデ、シャルパンチエ、モーパッサン、セザンヌなど友人たちがしばしばメダンにゾラを訪れる。	
一八八〇	二月、『ナナ』 十月、『実験小説論』(評論集) 母エミリー死去。	三月、パリ・コミューン関係者にたいする恩赦。この頃からフランスが中央アフリカへの植民地政策を推進。
一八八二	二月、『論戦』(評論集) 四月、『ごった煮』	三月、初等公教育の無償・世俗・義務化法案(フェリー法)。
一八八三	三月、『ボヌール・デ・ダム百貨店』 フーリエ、プルードン、マルクスら社会主義者の著作を読む。	八月、ベトナムを保護国化。 モーパッサン『女の一生』
一八八四	二月下旬から三月初めにかけて、『ジェルミナール』の準備のため北フランスの炭鉱町アンザンを訪れる。	ヴァルデック・ルソー法により、労働組合の結社の自由を認める。
一八八五	三月、『ジェルミナール』 十月、『ジェルミナール』の戯曲への翻案が禁止される。	
一八八六	『作品』(『制作』)	
一八八七	『大地』 この作品を機に反自然主義の傾向が鮮明になる。	
一八八八	十月、『夢』 十二月、女中ジャンヌ・ロズロとの関係が生じる。	ゴッホ《ひまわり》 バレス『蛮族の眼の下に』
一八八九	三月、鉄道小説を準備するため、ル・アーヴル、ルーアンを訪れ、さらにパリのサン=ラザール駅を見学する。	ブールジェ『弟子』 尾崎紅葉『戀山賤』
一八九〇	『獣人』	
一八九一	三月、『金』 四月、文芸家協会長に選出される(一八九四年まで務める)。九月、ジャンヌとの間に長男ジャック誕生。	ユイスマンス『彼方』 尾崎紅葉『むき玉子』
一八九二	五月、『壊滅』 八月、妻アレクサンドリーヌ、ゾラとジャンヌの関係に気づく。八~九月、南仏からイタリアに旅する。その途中ルルドに立ち寄る。	二~三月、アナーキスト・テロが頻発する。ヴァイスマン『遺伝と自然淘汰についての試論』。森鷗外「エミール・ゾラが没理想」
一八九三	『パスカル博士』『ルーゴン=マッカール叢書』全二十巻が	

	完成し、それを祝う昼食会が催される。	
一八九四	『ルルド』	十月、ユダヤ人将校ドレフュス、スパイ容疑で逮捕され、十二月に終身刑を宣告される。ドレフュス事件の始まり。
一八九六	『ローマ』	プルースト『楽しみと日々』
一八九七	三月、『新・論戦』（評論集） 十月、ゾラ、ドレフュスの無実を確信し、暮れからドレフュス擁護の記事を発表しはじめる。	
一八九八	一月、『オーロール』紙に「私は告発する！」を発表。この記事がもとでパリ重罪裁判所で懲役一年、罰金三千フランの判決を下される。ゾラはただちにロンドンに亡命。三月、『パリ』	スタンラン、ゾラ作『パリ』のポスターを描く。
一八九九	六月、イギリスから帰国。十月、『豊饒』	九月、ドレフュス再審で再び有罪となるが、大統領の特赦を受ける。
一九〇〇	パリ万博を見物、数多くの写真を撮る。	第五回パリ万国博覧会、地下鉄一号線が開通する。
一九〇一	『労働』	修道会の認可制を強化する結社法成立。
一九〇二	九月、一酸化中毒により急死。暗殺の疑いがあるとされている。葬儀では作家アナトール・フランスが弔辞を述べた。	コンブ内閣成立、教会当局との対立が激化する。 小杉天外『はやり唄』
一九〇三	『真実』	永井荷風『戀と刃』、「エミール・ゾラと其の小説」
一九〇五		政教分離法。
一九〇六		ドレフュスの名誉回復。
一九〇八	ゾラの遺骸がパンテオンに移される。	
一九二六		ジャン・ルノワール（画家ルノワールの息子）監督映画『女優ナナ』
一九三八		ジャン・ルノワール監督映画『獣人』

稲賀繁美（いなが・しげみ）
1957年生。東京大学大学院人文科学研究科単位取得退学、パリ第7大学博士。国際日本文化研究センター教授。専門は、文化交渉史。著書に『絵画の黄昏——エドゥアール・マネ没後の闘争』(1997)『絵画の東方——オリエンタリズムからジャポニスムへ』(以上名古屋大学出版会、1999)他。

高山 宏（たかやま・ひろし）
1947年生。東京大学人文科学研究科修士課程修了。首都大学東京都市教養学部教授。専門は、表象文化論・視覚文化論。著書に『庭の綺想学』（ありな書房、1995）『痙攣する地獄』（作品社、1995）『カステロフィリア』（作品社、1996）『綺想の饗宴』（青土社、1999）『奇想天外英文学講義』（講談社、2000）他。訳書にシャーマ『風景と記憶』（河出書房新社、2005）他。

野崎 歓（のざき・かん）
1959年生。東京大学大学院総合文化研究科助教授。専門は、19世紀フランス文学及び映画論。著書に『ジャン・ルノワール　越境する映画』（青土社、2001、サントリー学芸賞）、『谷崎潤一郎と異国の言語』（人文書院、2003）、『香港映画の街角』（青土社、2005）、『五感で味わうフランス文学』（白水社、2005）、『赤ちゃん教育』（青土社、2005）他。訳書にバルザック『幻滅』上下（共訳、藤原書店、2000）他。

朝比奈弘治（あさひな・こうじ）
1951年生。東京大学大学院博士課程中退。明治学院大学文学部教授。専門は、19世紀小説研究、特にフローベール。著書に『フローベール「サラムボー」を読む——小説・物語・テクスト』（水声社、1997）他。訳書にベッソン『ダラ』（新潮社、1992）、クノー『文体練習』（朝日出版社、1996）、デュマ・フィス『椿姫』（新書館、1998）、ゾラ『パリの胃袋』（藤原書店、2003）他。

荻野アンナ（おぎの・あんな）
1956年生。慶應義塾大学大学院博士課程修了。慶應義塾大学文学部仏文科教授、小説家。フランス政府給費留学生としてパリ第4大学に留学、ラブレーを研究。著書に『背負い水』（文藝春秋、1991、芥川賞）『ブリューゲル、飛んだ』（新潮社、1991）『ラブレー出帆』（岩波書店、1994）『ホラ吹きアンリの冒険』（文藝春秋、2001）他。訳書にサンペ『恋人たち——アーム・スール』（太平社、1998）他。

柏木隆雄（かしわぎ・たかお）
1944年生。大阪大学大学院文学研究科博士課程修了、パリ第7大学文学博士。大阪大学大学院文学研究科教授。専門は、フランス19世紀小説を中心に。著書に『イメージの狩人　評伝ジュール・ルナール』（臨川書店、1999）他。訳書にバルザック『従兄ポンス』（藤原書店、1999）他。編訳書に『ジュール・ルナール全集』全16巻（臨川書店、1994-99）他。

執筆者紹介 （掲載順）

アラン・コルバン (Alain Corbin)
1936年生。カーン大学卒業後、歴史の教授資格取得（1959）。リモージュのリセで教えた後、トゥールのフランソワ・ラブレー大学教授として現代史を担当（1972-86）。1987年よりパリ第1（パンテオン=ソルボンヌ）大学教授として、モーリス・アギュロンの跡を継いで19世紀史の講座を担当。著書に『娼婦』『においの歴史』『浜辺の誕生』『時間・欲望・恐怖』『人喰いの村』『音の風景』『記録を残さなかった男の歴史』（以上邦訳藤原書店）がある。

モーリス・アギュロン (Maurice Agulhon)
1926年生。元ソルボンヌ大学、およびコレージュ・ド・フランス教授。フランス近代史、特に共和主義的心性の専門家。著書に『フランス共和国の肖像――闘うマリアンヌ 1789-1880』（阿河雄二郎他訳、ミネルヴァ書房、1989）他。

工藤庸子（くどう・ようこ）
1944年生。東京大学大学院人文科学研究科。放送大学教授。専門は、フランス文学・地域文化論。著書に『小説というオブリガート――ミラン・クンデラを読む』（1996）『恋愛小説のレトリック――「ボヴァリー夫人」を読む』（以上東京大学出版会、1998）『フランス恋愛小説論』（岩波新書、1998）『ヨーロッパ文明批判序説――植民地・共和国・オリエンタリズム』（東京大学出版会、2003）他。訳書にコレット『牝猫』（1988）『シェリ』（以上岩波文庫、1994）、メリメ『カルメン』（新書館、1997）、トロワイヤ『女帝エカテリーナ』上下（中公文庫、2002）他。

アンリ・ミットラン (Henri Mitterand)
パリ第3大学名誉教授、コロンビア大学教授。ゾラ研究の第一人者である。著書に *Le Roman à l'œuvre*（PUF, 1998），*Zola*（3 vols., Fayard, 2004），『ゾラと自然主義』（佐藤正年訳、白水社、1999年）他。

ジャック・ノワレ (Jacques Noiray)
パリ第4（ソルボンヌ）大学教授。ゾラを中心とする19世紀後半のフランス文学を研究する。著書に *Le Romancier et la machine*（J. Corti, 1981）他。

岑村 傑（みねむら・すぐる）
1967年生。パリ第4大学文学博士。慶應義塾大学文学部助手。専門は、ジャン・ジュネを中心とした20世紀フランス文学。共訳書にシュヴァリエ『三面記事の栄光と悲惨』（白水社、2005）。

金森 修（かなもり・おさむ）
1954年生。東京大学大学院人文科学研究科博士課程単位取得退学。東京大学大学院教育学研究科教授。専門は、科学論・科学史。著書に『フランス科学認識論の系譜』（勁草書房、1994）『バシュラール』（講談社、1996）『サイエンス・ウォーズ』（東京大学出版会、2000）『科学的思考の考古学』（人文書院、2004）『自然主義の臨界』（勁草書房、2004）他。

ミシェル・ペロー (Michelle Perrot)
1928年生。パリ第7大学名誉教授。19世紀の労働者、社会運動、民衆文化、犯罪と刑務所制度の研究の後、とりわけこの20年は女性史の新しい領野を切り拓く。著書に『歴史の沈黙』（1998, 邦訳藤原書店、2003）。編著書に『女性史は可能か』（1984、邦訳藤原書店、新版2001）、『女の歴史』（1991-92、ジョルジュ・デュビィ共同監修、邦訳藤原書店、全5巻10分冊、1994-2001）他。

編者紹介

小倉孝誠（おぐら・こうせい）

1956年生。東京大学大学院博士課程中退。パリ第4大学文学博士。慶應義塾大学文学部教授。専門は、近代フランスの文学と文化史。著書に『19世紀フランス　夢と創造』（人文書院、1995、渋沢クローデル賞）『歴史と表象』（新曜社、1997）『〈女らしさ〉はどう作られたのか』（法藏館、1999）『近代フランスの事件簿——犯罪・文学・社会』（淡交社、2000）『「パリの秘密」の社会史』（新曜社、2004）他。訳書にコルバン『音の風景』（藤原書店、1997）、バルザック『あら皮』（藤原書店、2000）、フロベール『紋切型辞典』（岩波文庫、2000）、コルバン『風景と人間』（藤原書店、2002）他。

宮下志朗（みやした・しろう）

1947年生。東京大学大学院人文科学研究科修士課程修了。東京大学大学院総合文化研究科教授。専門は、ルネサンスの文学・社会、テクストの文化史。著書に『本の都市リヨン』（晶文社、1989、大佛次郎賞）『ラブレー周遊記』（東京大学出版会、1997）『読書の首都パリ』（みすず書房、1998）『パリ歴史探偵術』（講談社、2002）『書物史のために』（晶文社、2002）『いま、なぜゾラか』（編著、藤原書店、2002）他。訳書にグルニエ『ユリシーズの涙』（みすず書房、2000）、アラス『なにも見ていない』（白水社、2002）、モンテーニュ『エセー抄』（みすず書房、2003）、トゥルニエ『イデーの鏡』（白水社、2004）他。

ゾラの可能性《かのうせい》——表象・科学・身体

2005年6月30日　初版第1刷発行©

編者　小倉孝誠
　　　宮下志朗

発行者　藤原良雄

発行所　株式会社　藤原書店

〒162-0041　東京都新宿区早稲田鶴巻町523

TEL　03（5272）0301
FAX　03（5272）0450
info@fujiwara-shoten.co.jp
振替　00160-4-17013

印刷・製本　中央精版印刷

落丁本・乱丁本はお取り替えします
定価はカバーに表示してあります

Printed in Japan
ISBN4-89434-456-4

⑥ 獣人 ——愛と殺人の鉄道物語 *La Bête Humaine, 1890*

寺田光德 訳＝解説

「叢書」中屈指の人気を誇る、探偵小説的興趣をもった作品。第二帝政期に文明と進歩の象徴として時代の先頭を疾駆していた「鉄道」を駆使して同時代の社会とそこに生きる人々の感性を活写し、小説に新境地を切り開いた、ゾラの斬新さが理解できる。

528 頁　**3800 円**　◇4-89434-410-6（第 8 回配本／ 2004 年 11 月刊）

⑦ 金《かね》 *L'Argent, 1891*

野村正人訳＝解説

誇大妄想狂的な欲望に憑かれ、最後には自分を蕩尽せずにすまない人間とその時代を見事に描ききる、80 年代日本のバブル時代を彷彿とさせる作品。主人公の栄光と悲惨はそのまま、華やかさの裏に崩壊の影が忍び寄っていた第二帝政の運命である。

576 頁　**4200 円**　◇4-89434-361-4（第 5 回配本／ 2003 年 11 月刊）

8 文学評論集

佐藤正年 編訳＝解説

有名な「実験小説論」だけを根拠にゾラの文学理論を裁断してきた紋切り型の文学史を一新、ゾラの幅広く奥深い文学観を呈示！　「個性的な表現」「文学における金銭」「猥褻文学」「文学における道徳について」「小説家の権利」「バルザック論」他。（次回配本）

9 美術評論集

三浦篤 編訳＝解説

ゾラは 1860 年代後半～ 70 年代にかけて美術批評家として重要な役割を果たした。マネの擁護、アカデミックな画家への批判、印象派や自然主義の画家への評価……。書簡、文学作品を含め総合的にゾラと美術の関係を示す。「サロンの自然主義」他。

⑩ 時代を読む 1870–1900 *Chroniques et Polémiques*

小倉孝誠・菅野賢治 編訳＝解説

権力に抗しても真実を追求する真の“知識人”作家ゾラの、現代の諸問題を見透すような作品を精選。「私は告発する」のようなドレフュス事件関連の文章の他、新聞、女性、教育、宗教、文学と共和国、離婚、動物愛護など、多様なテーマをとりあげる。

392 頁　**3200 円**　◇4-89434-311-8（第 1 回配本／ 2002 年 11 月刊）

11 書簡集

小倉孝誠 編訳＝解説

19 世紀後半の作家、画家、音楽家、ジャーナリスト、政治家たちと幅広い交流をもっていたゾラの手紙から時代の全体像を浮彫りにする、第一級史料の本邦初訳。セザンヌ、フロベール、ドーデ、ゴンクール、マラルメ、ドレフュス他宛の書簡を収録。

別巻 ゾラ・ハンドブック

宮下志朗・小倉孝誠 編

これ一巻でゾラのすべてが分かる！　①全小説のあらすじ。②ゾラとその時代。19 世紀後半フランスの時代と社会に強くコミットしたゾラと関連の深い事件、社会現象、思想、科学などの解説。③内外のゾラ研究の歴史と現状。④詳細なゾラ年譜。
